悪役令嬢に転生したはずが潔癖王太子に
溺愛執着されて逃げられません

第一章　序盤でうっかり死んじゃう悪役令嬢に転生中!?

薄暗い闇の中で、幼い少年の悲しそうな声が聞こえた。

「……うぅ……お母さま」

泣くのを必死に押し殺そうとしている声だ。

(こんな幼い少年を置いて、お母さんはどこにいるのかしら?)

そう、母親を探そうと目を開けると、そこには現実とは思えない煌《きら》びやかな景色が広がっていた。

そして、お城の一室を思わせるそこで豪華なキングサイズベッドに自分が寝ていることに気付く。

しかも、私のすぐ隣にはおとぎ話に出てきそうな金髪碧眼《へきがん》のおこちゃま王子様がいらっしゃる!?

(まさか私、……いやいや!　いくらお酒を飲んでも、私は幼い子供に手を出すような社会人じゃない)

記憶にない状況に頭を抱えようとしたその自分の手が、想像以上に小さいことに目を大きく見開く。

そのまま豪華なベッドの真横にあった化粧台の鏡に映る自分の姿を見て、戦慄《せんりつ》する。

そこには、気が強そうな吊りがちの大きなエメラルドグリーンの目に、白銀の長い髪をおさげにした、幻想的な美しさの精霊姫が私を見つめていらっしゃったからだ。

私は、その超絶美少女に向けて『キュンです』と親指と人さし指を交差させ、小さなハートを送る。すると、その美少女が同時に『キュンです』と私に送ってきたのである。

(瞬時神対応すぎるファンサービス⁉)

試しに、両腕でハートを表現するように頭に両手の先を添えてみた。

下手したらお猿さんに見えるポーズだ。さすがの美少女も真似できないだろうと思いきや、忠実に再現してお猿さんのハートを私に送って……って！

「もしかしなくても、私⁉　いやいや、待って」

これはきっと夢よ。私がお人形さんみたいに可愛い美少女なはずがない。

メルヘンチックな夢から現実へ戻るために、後ろにあったヘッドボードに何度も自分の頭を打ちつける。

(これは夢。起きるのよ、私……)

「アンナリーゼ？　なにをしている？」

横に添い寝していた美少年が、不審な行動をする私に困惑したような視線を向けていた。先ほどまで必死に泣くのを我慢していたとは思えない、冷めた表情で私を睨《にら》んでいる。

(そうよね。私の我儘《わがまま》で、半《なか》ば無理やりエセルバート様と結婚しちゃったんだもの。そのせいなのかしら？)

毎夜、勝負下着同然のセクシーナイトドレスを着て同衾《どうきん》しても、手を出してもらえっ……あれ？

徐々に夢から覚めてきた私の瞳に映る現実に、顔から血の気が引いていく。

おこちゃまな体に、無理やり着せられた感があるセクシーナイトドレス。まったく色気がない。

むしろ罰ゲームじゃないの？　と感じた私は、羞恥心《しゅうちしん》が募《つの》るばかりだ。あまりにも残念な自分の姿をシーツで隠し、ベッドの端っこに蹲《うずくま》る。

しかも、前世の記憶と今世の記憶が存在して、私のお子さまサイズの頭が混濁している。

そんな状態でも、浮かんでくる現実があった。

それは、目の前にいる美少年が前世で読んでいたウェブ恋愛小説の男主人公である潔癖症王太子であり、この先、夜這《よば》いしてきた私を事故でうっかり死なせてしまうという現実だ。

どうやら私は、残念系悪役令嬢に転生してしまったようです。

＊　＊　＊

前世の私は、寝ても覚めても仕事ばかりの毎日を送っていた。

高層ビルが立ち並ぶ風景をバスの窓から眺めながら出社し、ＰＣ画面とにらめっこしつつ業務に勤《いそ》しんでいた。

仕事中に処理できなかった書類があれば、家に持ち帰ってまで終わらせる。ただひたすらに働き詰めな毎日だったわ。

働いていた職場はブラック会社だったのだろう。自分が会社に飼いならされ、意思を放棄し、休みでも仕事に打ち込むほどの社畜だったことが嫌というほどわかる。

そんな私の唯一の楽しみが、半身浴中に読むウェブ恋愛小説だった。この恋愛小説のおかげで明日も頑張ろうと思えたのよね。

ウェブ恋愛小説『異世界トリップ聖女の甘く淫《みだ》らな逆ハーレム』は、現代の日本から異世界トリップしてしまった可憐で愛らしい姫宮花奈《ひめみやかな》が、物語の舞台である魔法学園に入学し、その学園に通う見目麗《みめうるわ》しいイケメン達に愛されて三角関係。いや四、五角関係になりながらも別れたり付き合ったりと、ころころと展開が変化するスリルある物語で、一話も見逃せなかったわ！

そんなイケメン達との甘くて危険な恋愛の先で、彼女は男主人公である王太子エセルバートに惹《ひ》かれていく。

(前世の私も、紳士で優しいエセルバート様に、何度胸キュンしたことか。そんな彼にはトラウマがあったのよね)

彼は幼い頃、この世のものとは思えない美少年だったために、様々な国のお姫様や子息達から老若男女問わず一目惚れされ、求婚されていた。

中には彼を婿《むこ》として引き渡さなければ戦争だと、横暴な国から血染めの手紙が送られてきたり、拉致《らち》を目的に他国の間者が襲ってきたりしたことも。

息子の身の危険を感じた王は牽制《けんせい》するように、エセルバート様を宰相の娘であるアンナリーゼと結婚させた。そこまでは、よかったのだけど。

今度は彼に一目惚れしたアンナリーゼが執着し、熱烈に誘惑してくるようになったのよね。一難去ってまた一難ってやつね。

いつまた他国の間者に襲われるかもしれない恐怖と悪夢、そして毎日のように夜這《よば》いしてくるアンナリーゼに悩まされた彼は、心を病《や》んでしまう。

そんなある夜、悲劇が起きた。

その日も夜這《よば》いしてきたアンナリーゼを、彼は悪夢に現れる間者と間違えて突き飛ばしてしまったのだ。打ちどころが悪かったのだろう。アンナリーゼは、頭から血を流して死んでしまった。

その過去のトラウマによって、エセルバート様は潔癖症かつ女嫌いとなり、最初は姫宮花奈を拒絶していたわ。

けれど、この異世界に存在する火風水土の四つの属性魔法の最上級とされる聖なる光魔法――遥《はる》か昔に存在していた聖女の力を覚醒させた彼女は清らかな魔力のおかげなのか、彼に嫌悪感を抱かせることなく触れることができたのよね。さすが恋愛小説の愛され主人公と言ったところかしら？

そんな彼女の優しさと純粋な愛に、彼は惹《ひ》かれはじめ、いつしか逆に彼女に触れたいと思うようになるのよね。

それから、二人は急激に近づいて愛し合う。

（まるで運命の相手だったように惹《ひ》かれ合う二人の甘すぎる初夜は最高だったわ……って!!　小説の悪役令嬢である私、さり気なく事故死してるんだけど!?）

突然、頭にパッと社会人だった前世の記憶や知識が溢《あふ》れて、おこちゃまな私の頭がついていけてない感があるけれど、残念系悪役令嬢に転生してしまったのは確かなようだ。

しかも悲しいことに、前世を思い出した今の私は、既に我儘《わがまま》で結婚&同衾《どうきん》三日目である。

いくら他国に対する牽制《けんせい》のため、かつ王太子に釣り合うのが宰相の娘の私しかいなかったとしてもさ。大人の事情で結婚させて同衾《どうきん》までさせるなんて、おこちゃま王太子が不憫《ふびん》すぎるわ。

親は、幼い子供達だから一緒に添い寝させても問題ないだろうと思ったんだろうけど。だけど！

（おこちゃまな私は本気だったのよ！）

破廉恥《はれんち》な知識を得て、溺愛する父親の目をかいくぐって手に入れた、透け透けな下着を着ちゃうほどにね。

（小説の話の流れによれば、私は既成事実を作ろうとエセルバート様を夜這《よば》いし、間者に間違われてうっかり事故死してしまうらしい）

あと、一番重要なことを思い出したわ。

小説の主人公である姫宮花奈は、私が死んでから養子として宰相に引き取られたということだ。物語的にも王太子と結ばれるに相応《ふさわ》しい爵位が必要だっただろうしね。

（でも、お父様？　事故とはいえ実の娘を死なせている王太子と養子の娘が結ばれるってどうなの？）

魔法学園に入学して早々イケメン達に囲まれて、付き合ったり別れたりを何度も繰り返し、最終的には王太子に乗り換える好色乙女ですよ？

イケメンにモテモテな主人公って、小説とかゲームなら胸キュン展開で面白い。でも、実際にそんなことをする女は、尻軽ビッチ不倫予備軍の女にしか見えない。

その主人公が死んだ私の代わりに養子として宰相家に来るなんて最悪すぎる。

(いや、それよりも、まずは現状をどうにかするのが先決だわ)

未だにおこちゃま王太子と同衾《どうきん》している今の状況はよろしくない。

アンナリーゼの死は、いつ頃なのか詳しく記《しる》されていない。

潔癖症王太子エセルバートが、過去のトラウマを姫宮花奈に打ち明ける時に軽く話すだけだった。

下手したら今、この場で小説の物語の強制力で事故死する可能性だってある。

今着ている透け透けナイトドレスは、突き飛ばしたくなる存在に違いない。

(転生して幼いうちに事故死なんてあんまりじゃありませんか神様。せっかく異世界に転生したのだから、もっとこの世界を満喫《まんきつ》したいです！)

そう心の中で神様に訴えながら、うっかり事故死しないようにシーツのお化け状態で移動しはじめた。

(とりあえず穏便に朝を迎えるために、私はソファーで寝ようと思います)

そうして、ベッドから小さな足を出して降りようとしたけれど——

私の体が急に背後へ引っ張られたかと思うと、元いた場所に戻され、押し倒されてしまった。

「どこへ行く気だ？」

私を見下ろしてきた美少年。私をうっかり突き飛ばして死なせてしまう予定の彼が、不安そうに瞳を揺らしている。そんな彼は、私から少し離れた場所に横になったかと思うと、そのまま目を閉じてしまった。

この『お前は嫌いだけど、ここにいろ』みたいな行動に、私の頭は疑問でいっぱいになった。そこで考える。

最初、目が覚めた時に聞いたのは彼のむせび泣く声だ。

（確か、お母さまと切なそうに呟いていたわね！）

あることに気が付いた私は、寝ていた体を起こして横を向いた。

すると、目をつぶったはずの彼が、私に威圧込みの視線を向けてきたのである。

（これは、幼い子供が一人じゃ寝られない感じのあれかしら？）

彼がいればそれでいいと愛しまくっていたアンナリーゼはともかく。おこちゃま美少年な王太子は、お母さまと離れて寝るのはまだ辛いお年頃だろう。

しかも、今の皇后様は弟君を産んだばかりで、世間でいう『お兄ちゃんになったんだから我慢しなさい』的な状況なんだと思うわ。

私も前世は妹を持つ姉だったから痛いほどわかる。そして前世の歳もプラスされてお姉さん気分の私は、横に寝ているちっちゃなつむじが見えるおこちゃまな彼の頭を、包み込むように優しく抱きしめた。

「なにをする！　苦し……くないだと？」

いつもなら子供特有の力加減のわからなさ故《ゆえ》に、彼を窒息《ちっそく》させそうなくらい全力で抱きついていたけど。

見た目は子供、頭脳は大人に変わってしまった私は力加減をちゃんとコントロールできる。今まで本当に申し訳ないという気持ちを込めて、優しく労《いた》わるように彼の頭をナデナデする。

「エセルバート様。お兄ちゃんでも寂しいものは寂しいものですわ。私だって妹に母親を奪われて悲しかったですもの。その気持ち、すごくわかります！」

「君に妹は」

「寂しかったですよね」

「……っ。俺は、寂しくなんかっ」

私の言葉に、彼がなにか文句を言いそうな顔を上げたけど、その瞳はゆらゆらと揺れていて涙が溢《あふ》れていた。

あまりにも切ない泣き顔に私まで貰い泣きしてしまう。その感情のままに、彼の体をぎゅっと抱き寄せる。

すると、急に強く抱きしめ返される。抱きしめていた腕をそっと緩めて下を覗くと、そこにはぼろぼろと涙を流し、年相応に泣きじゃくる彼の姿があった。

「お母さま」

今までこの国の王太子として、母親に甘えることも簡単ではなかっただろう。弟ができて余計に孤独を感じていたのかもしれない。

（今のエセルバート様には、孤独を感じさせないくらいの『母親のぬくもり』が必要なんだと思う。

だったら、私がお母様の代わりにぬくもりを差し上げればいいんだわ！）

そうして彼を抱っこして、あやすように背中を優しく撫でる。そこで、あることに気が付いてしまったわ。

視界に映る自分の無駄に大人っぽすぎるセクシーナイトドレス姿が若干、いや、ものすごく場違いじゃないかということに。

これは危険だと、抱っこしていた彼をベッドに寝かせようとしたけど、私の体に全力で抱きついてきた彼に手がピタリと止まる。

大きな目に涙を浮かべている美少年エセルバート様に、私の頭は母性本能でいっぱいになった。

前世は仕事に明け暮れた社畜からの過労死で、赤ちゃんを産んだ経験はない。そんな私が子供を持った母親の気持ちを、今世で知るなんて思いもしなかったわ。

（確か、会社の同僚が下の子を構いすぎて、上の子が赤ちゃん返りして大変だったとぼやいていたわね）

彼も同僚の子供のように赤ちゃん返りしてしまったんだわ。これは、利用できるかもしれない。

私は夜ごと襲ってくる悪役令嬢アンナリーゼではなく、第二の母親的な聖母アンナリーゼになればいいのでは。

そうすれば義理の色欲乙女な妹からエセルバート様を救えるし、彼が事故でうっかり私を死なせることもないはず。

前世を思い出した私なら、大人のお姉さんとして、彼を襲うなんてありえない。

そもそも、私がうっかり死ぬことがなければお父様も養子を引き取らないはずよ。

(あれ？　これってもう、普通に悪役令嬢として死ぬこともな——)

「お嬢様〜眠れないようでしたのでホットミルクをお持ちっ……ふえっ？」

部屋のドアから、湯気が出ている二つのマグカップをトレーに載せて持つ私付きのメイドが入ってきた。

私達を慈愛に満ちた微笑みのまま見つめて硬直していたかと思うと——

「きゃぁぁ！　目に入れても痛くないほど愛らしい私のアンナリーゼお嬢様が性的な意味でエセルバート王子様に襲われていらっしゃいますわぁぁぁ!!」

「え、ちょっとなにその無駄にわかりやすい状況説明的な悲鳴？　誤解よ！　襲われてないから！」

「ウチの超絶愛らしく、ちょっぴりおませなアンナリーゼ様を襲いたくなる気持ちはわかりますけど！　そんな破廉恥《はれんち》なことを許した覚えはありませんわぁ!!」

(え？　このメイドちゃんは私の第二のお母さんなのかしら？)

大音量の悲鳴と誤解を招くようなメイドの言葉をなんとか止めようと、声をかけようとしたけれど。

その悲鳴を聞きつけた執事が慌てて入ってくるなり、真っ青な顔でエセルバート様を私から引き剥《は》がしてしまった。

「誤解です。抱っこしていただけっ……ヒュッ!?」

妙な殺気に背筋が震え上がる。その殺気を感じた方向を向くと、私の今世のお父様である宰相が立っていた。

氷の王様と化したお父様が、エセルバート様に冷ややかな視線を向けている。そのお父様の背後から、若き王と王妃が走ってきているのが見えた。

なんだか事が大きくなっている気がするんだけど？


その後、事情聴取が行われたのちに両親達による緊急会議が行われた。

やはり同衾《どうきん》は早すぎたことと、エセルバート様の赤ちゃん返り、それから私のおませなナイトドレスが問題に上がったらしい。

お父様の徹底した調べにより、私にその知識と大人向けなナイトドレスを提供したカジミール公爵夫人を捕らえて厳重な処罰を下したそうです。

私がエセルバート様に嫌われてしまえば、自分の娘を側室に迎えてもらえるかもしれない！　という野心でもって幼い私を唆《そそのか》していたらしい。

お茶会で会う度《たび》に『これでエセルバート様の心を射止められますわ』と、ぬいぐるみの中に大人向けのナイトドレスを詰め込んでいたのだ。

確かに、幼い今世の私は純粋に好かれたい思いでナイトドレスを受け取り、疑うことなく着ていたわ。

他にも様々な貴族にチヤホヤされ、唆《そそのか》されていた記憶を思い出してしまった。私はいいカモだったのだと痛感する。

早い結婚に早い同衾《どうきん》故《ゆえ》に起きた、悪意を持った貴族の大人達の策略。

その者達から私をどう守るべきか、お父様とお母様が夜なべして考えた結果。

私は母の故郷である隣国へ行くことになった。

「え、隣国ですか？」

我が公爵家に久々に戻ってきて早々に、最後通告のように両親から言われた隣国行き。

しかも、そのまま隣国にある小中高一貫校の聖魔法女学園へ留学する予定になっているらしい。

「私の愛しい娘アンナリーゼ。離れるのは私も辛いが、お前の将来を考えてのことなんだ」

涙を流しながら私を抱き上げ、猫吸いならぬ私吸いするイケメン宰相パパに、私は不安でいっぱいだ。

前世の社会人の記憶があるとはいえ、幼い私が一人で隣国へ行くのは怖すぎる。不安で震えていると、お母様が私をお父様ごと抱きしめてきた。

「大丈夫よ。お母様も一緒に行くからね。私の可愛い娘を一人で行かせるわけないでしょ」

（それって、実質、実家に帰らせていただきますな別居生活になるんじゃ？）

案の定、愛妻家のお父様がギャン泣きしてしまった。

クールビューティーな宰相様とは思えない泣き顔で、お母様と私をぎゅうぎゅうに抱きしめてくる悲しみのお父様。

（ごめんなさいお父様。私が母性本能でエセルバート様を抱っこしてしまったばっかりに）

非常に申し訳ない気持ちで、その夜、枕を涙で濡らして私は大反省したわ。

隣国で真面目に生活していい子になって戻って来るからね、パパ……

そうして隣国へ行く準備を整えた私とお母様は、数台の馬車を背後にお父様との別れの挨拶をしていた。

そこへ煌《きら》びやかな馬車が停まったかと思うと、その馬車からエセルバート様が焦った顔で飛び出してきた。

「アンナリーゼ！　なんで君が隣国に行くんだ！」

彼は着の身着のままでやって来たのか、王子様とは思えないほど金髪はボサボサ。着ている燕尾《えんび》服《ふく》もボタンを掛け間違っていた。

どうやら私が隣国へ行くのを今日知ったらしい。教えてくれなかった宰相のお父様を睨《にら》みつけるけれど、お父様は平然と見下ろしている。

「君は俺の妻だ。俺の傍にいるべきなんじゃないのか？」

縋《すが》るような視線にまたも母性本能が刺激されて、彼を抱きしめようとしたけど。

それを我慢して、代わりに彼の右手を両手で包み込んだ。

「今まで私はエセルバート様のことを考えずに我儘《わがまま》を言って困らせたり、破廉恥《はれんち》な姿をお見せしたりしていたことを……その、今頃になって気付いて、反省しています。そんな自分を見直す、いい機会だと思うんです！」

それに、このまま隣国に行けば、先の未来で彼のトラウマになるような破廉恥《はれんち》な夜這《よば》いが物理的に不可能になる。

それはつまり、悪役令嬢である私が、彼に間者と間違われて事故死することもないということだ。

私は隣国の聖魔法女学園から風の便りで、物語の舞台である魔法学園の話を聞ければいい。

トラウマ持ちじゃない彼ならば、魔法学園で青春を謳歌《おうか》しつつ真面目に勉学に励むことだろう。

そして私が成人して彼に好きな人ができていなかったら、そのまま妻として戻ってくればいいわけだしね。

（もし運命の相手である彼女ができて、その人と結婚したいと言ってくれれば、私は潔《いさぎよ》く離婚して隣国で平凡でも穏やかで優しい人と結婚しっ⁉）

急に腕を引っ張られたかと思うと、彼に強く抱きしめられてしまった。

「アンナリーゼ、俺は魔法学園を卒業したら必ず迎えに行く。それまで、絶対に目移りするんじゃないぞ！」

「もっ、もちろんですわ！」

私が考えていたことを察したかのような視線を向ける彼に、たじろいでしまう。

「やはり、不安だ。念のためにこれはしておきたい」

「へ？　……っ⁉」

顔が近づいてきたかと思うと、私の唇にふわりとした感触と温かさを感じ……え？

「お互いファーストキスは済ませておいた方がいいだろう？」

「ええ、はい。そうですね……ん？」

「お互いのぬくもりを忘れないためにな」

「ひぇっ」

おこちゃまとは思えない色気のある甘い言葉に、前世の年齢がプラスされているはずの私の胸がキュンとしてしまった。

「エセルバート殿下!! よくも私の愛娘にまたも破廉恥《はれんち》なことを!!」

私達のちょっぴりおませなお別れの挨拶に、お父様がブチギレている。彼から私を奪うように抱き上げ、馬車に乗り込んでいたお母様にそのまま預けられてしまった。

「私の愛娘アンナリーゼが戻ってくるまでには、エセルバート殿下を紳士で真面目な男に鍛えなおしておく。お前は心配せずに留学を楽しんできなさい」

そう私に誓いを立てたお父様の微笑みを最後に、馬車のドアが閉められ隣国へと馬車が動きはじめた。

その窓から顔を出すと、エセルバート様が寂しそうに微笑みながら私に手を振っていた。

＊＊＊

ビジネス鞄に大量の書類ファイルを詰め込んで家に帰ってきた私は、玄関先で疲れ果て、倒れ込みそうになった体を踏ん張りお風呂場へ向かっていた。

今日一日、満員電車や会社の高めな温度設定下でのＰＣ作業、帰り道の坂道で掻いてしまった汗で汚れた体を早くお風呂で洗い流したい。そのまま、ふらつきながらも脱衣所で服を脱いで私はお風呂場に入った。

すべての疲れを洗い流すように体と髪を洗い、湯船に浸《つ》かっていつものようにお気に入りのハーブ系炭酸入浴剤を入れて半身浴をする。

湯船の蓋の上に長めのトレイを設置し、スマホと天然水のペットボトルを置いた私は、お気に入りのウェブ恋愛小説を読みはじめた。

リアルではありえない禁断の甘い恋愛小説を読んでいる一時《ひととき》は、仕事に追われる辛い現実や怒りや悲しみを忘れさせてくれる。そして、話が更新される次の金曜日まで仕事を頑張るための活力の源《みなもと》でもあった。

そうして今週も仕事を乗り越えた自分へのご褒美《ほうび》にと、更新された最新話を読みはじめていたんだけど。

最新話の内容は簡単に言えば、主人公である姫宮花奈に男主人公である王太子エセルバートが、早くに婚姻契約を結んだ妻であるアンナリーゼを間者と間違えて死なせてしまったトラウマを打ち明ける話だった。

その悪役令嬢アンナリーゼのせいで、潔癖症になってしまった彼が可哀そうだと思っていたはずなのに……？

何故か事故で死んでしまったアンナリーゼを不憫《ふびん》に感じて、悲しい気持ちになってしまう。湯船に浸《つ》かっていた私の瞳から溢《あふ》れだした涙が止まらない。

「アンナリーゼは、ただ好きな人に振り向いてほしくて夜這《よば》いしただけなのに、愛する人に間者と間違われて死んでしまうなんて……。私は、純粋にエセルバート様をお慕《した》いしていただけなのに……？」

自然と口から出てきた言葉に茫然《ぼうぜん》としていたが、すぐに納得したような気持ちになった。頭の中にぼんやりと浮かんでいたパズルの最後の一ピースがはまった感覚だ。そして、アンナリーゼとしての思い出が頭の中に浮かび上がってきた。

それは、お城にある色とりどりの花が咲き誇る温室で、幼い私が嫌がられながらも彼と二人っきりでお茶会をしている姿。これが彼とはじめて出会った顔合わせのお茶会だった。

彼は、父上であらせられる王が勝手に決めた婚姻は不本意だというような表情だった。けれど、温室の天上から柔らかく差し込む太陽の光で天使の輪っかができている艶《つや》やかな金髪と、晴れやかな青空を連想させる碧眼《へきがん》の彼に、私は一瞬で恋に落ちてしまったわ。

そんな私は、彼に攻めすぎな猛アタックをしていたのよね。邪魔にされながらも、じゃれついて熱烈に告白していた気がするわ。

そんな夢を、隣国へ向かう馬車で見てしまっていたようです。

目覚めたばかりの瞳で、馬車の小窓から見える太陽の光をいっぱいに受けて黄金に輝く麦畑をぼんやりと眺める。

その黄金色に染まった景色に彼を思い出して、瞳から涙が溢《あふ》れて視界が余計にぼやけてしまう。

前世を思い出したとしても、今までアンナリーゼとして生きてきた私は、未だに彼を慕《した》っている。

大好きな彼から離れて隣国へ行くことが寂しくて堪《たま》らない。

だけど私は、彼と結ばれる主人公ではなく悪役令嬢。絶対に想いは実らない。

「物語から脱線して隣国へ留学してしまった私の未来は、どうなるのかな？」

もしかしたら、これで彼と永遠にお別れなのかもしれない。

悪役令嬢に転生した私にとって好都合だし、小説のように彼を夜這《よば》いしてうっかり死ぬことも回避できる。

「遠い隣国の学園で友達を作って、学業に勤《いそ》しんでいれば……。いつか、この恋心を消すことができるはずよ。エセルバート様も私のことを忘れて、異世界からやって来た姫宮花奈と出会って、恋に落ちるかもしれない……恋愛小説と同じように幸せになる。誰も不幸にならないハッピーエンドじゃない」

だけど、頭ではそう理解していても寂しさが募《つの》っていく。

今思えば、彼との日常はとても大切で幸せな時間だった。

黄金の麦畑を過ぎて隣国の領域に入り、緑豊かな森の景色に変わっても、私の瞳からは変わらず涙が溢《あふ》れてぼろぼろ流れ落ちていった。

＊　＊　＊

俺の妻であるアンナリーゼが隣国の聖魔法女学園へ留学して数日が経ち、城で開かれた舞踏会で、俺は沢山の令嬢達に囲まれていた。

彼女が留学したことを知り、王太子である俺とダンスをする機会を狙って頬を赤くしてチラチラと視線を向ける令嬢や、大胆にもファーストダンスを踊ってほしいと懇願《こんがん》してくる者までいる。

その令嬢達から漂《ただよ》う様々な香水。それらが混ざった強烈な香りで吐きそうになった俺は、外の空気を吸いたくなって会場にある王族専用のテラスに逃げ込んだ。

「こんなに不快に感じる舞踏会は初めてだ」

何故、ここまで不快で、心に穴が空《あ》いたような喪失感があるのか。

その答えはこの数日間で、嫌でも理解してしまっていた。

朝、目が覚めると、おはようと囁《ささや》く彼女の声が聞こえない。

王宮の図書室で本を読んでいる俺の横で、邪魔するように長話をはじめる彼女の声が聞こえない。

剣術を習っている俺の背後から一生懸命に声援を送る彼女の声が聞こえない。

『エセルバート様。おやすみなさい。よい夢が見られますように』

真っ暗な夜のベッドに毎夜、聞こえていた彼女の声が聞こえない。

今まで彼女の声が邪魔で不快だと思っていたはずなのに、今はその声を切実に聞きたい。

俺の頭の中に浮かんでくる、艶《つや》やかな白銀の長い髪を風に靡《なび》かせ、エメラルドグリーンの瞳に俺を映してうっとりして微笑む姿。彼女は俺の腕に抱きついては令嬢達を牽制《けんせい》していた。べったりとくっついて邪魔だと感じていたが、今はそんなことは思えない。

俺に引っ付いて、愛らしい笑みと好意に満ちた眼差しを向けていた彼女が愛しく思える。いや、愛しい存在だったんだ。

（今までのアンナリーゼとの日常は、どれだけ穏やかで落ち着いた時間だったのか）

離れて気付いた孤独と喪失感。弟にお母様を奪われた寂しさより、いつも俺の傍にいてくれた彼女がいない寂しさに泣きそうになる。

もし、あの夜の出来事がなければ、今も俺の傍でこのテラスから見える星空を一緒に眺めていただろう。

「アンナリーゼ。君が恋しいよ」

そうだ。俺は彼女が恋しい。いなくなって、彼女を好きなんだと気付くなんてな……

「待っていてくれ、アンナリーゼ。魔法学園を卒業したら、必ず君を迎えに行く」

そうして俺は、隣国にいるはずの彼女に思いを馳せるのだった。

第二章　隣国の聖魔法女学園生活

「ごきげんよう。今日はとても清々《すがすが》しい朝ですわね」

「ごきげんよう。そうですわね。校庭の花々も気持ちよさそうに咲き誇っておりましたわ」

聖魔法女学園の高等科の廊下で、すれ違いざまに優雅にお話しする女子生徒達。

純粋無垢《じゅんすいむく》で乙女な子羊の群れに誤って迷い込んでしまったのではと、そわそわしてしまう今日この頃。

前世の社畜社会人な淀んだ瞳の私が心の中で、煌びやかなお嬢様環境が眩しすぎて辛いと訴えているわ。

こんな生活を初等科、中等科と過ごしてきたけど、未だに慣れない。慣れたのは……

「あら？　あちらにいらっしゃるのはアンナリーゼ様では？　今日も麗《うるわ》しいですわね」

「ええ、まるで精霊姫が森の小鳥達と戯《たわむ》れていらっしゃるようですわ」

純粋無垢《じゅんすいむく》な乙女達に見つかってしまった私は、優雅な微笑みで軽く令嬢の礼をとった。心の中で『私は純粋無垢《じゅんすいむく》なご令嬢よ』と自分に言い聞かせながらね。

そう、私が慣れたのは聖魔法女学園の生徒らしく振る舞うことだ。

入学したばかりの頃は、箱入り娘のお嬢様達に溶け込めなくて大変だった。でも、人間の適応能力ってすごいわよね。

今では自然に『ごきげんよう』と言えるようになったわ。

そんなこんなで、ウェブ恋愛物語の出だしでうっかり事故死する悪役令嬢を離脱し、隣国にいる私は現在十八歳だ。そして、エセルバート様は私の一つ上の十九歳。

(丁度、物語の舞台である母国の魔法学園に、主人公である姫宮花奈が入学してくる時期だわ)

今のところ、定期的に送られてくるお父様からの手紙に、彼女を養子として引き取ったという話はない。そもそも私とお母様に、週一で会いに来ているお父様の頭に『養子』の単語はないだろう。

恋愛小説の主人公である彼女が、私の義理の妹として養子になっていないので、魔法学園にも入学してないのかもしれない。

どちらにしろ、私は物語を脱線してしまったので関係ない話だ。

正直に言えば、家族以外の連絡と面会を許されない鉄壁のお嬢様学園での生活で、エセルバート様の顔を忘れかけているのよね。

どんな顔だったのか考えながら女子寮の魔法エレベーターに乗った私は、最上階にある自分の部屋に入った。

その瞬間、今までの純粋無垢《じゅんすいむく》なご令嬢の制服を脱ぎ捨てて白ワンピースにドロワーズの下着姿でベッドにダイブする。

（自由だ――！）

私は解放感を味わいつつ大の字で寝そべりゴロゴロ。

こっそり取り寄せたちょっぴり大人向けな恋愛小説を読みながら、自作タピオカ風ミルクティーを片手に、昨日の調理実習で作ったクッキーをバリバリ頬張る。

これが聖魔法女学園生活の中で、私が作り出した数少ない至福の一時《ひととき》だ。

私が【隣国の王子の妻】だからなのか、与えられたＶＩＰルームでの寮生活は一人暮らしとそう変わらず、とても快適に暮らせている。

そんなある日の真夜中に事件は起きた。

鉄壁と呼ばれる女学園の強力なシールド魔法。そして女子寮専用に配備されている聖獣犬の目。

それらをかいくぐり、ＶＩＰルームへ続く魔法エレベーターにかけられているセキュリティーゲートまで突破し、私の部屋に侵入してきた者が現れたのだ。暗くて顔を認識できないけど、そのシルエットはどう見ても――

「男がなんで……わっ⁉」

ベッドで寝ている私の体の上に乗っかってきた男に戦慄《せんりつ》する。

真夜中に現れた侵入者に、私は瞬時に中等科で習った防衛魔法を展開した。私の上に覆いかぶさっていた男を吹き飛ばす光を両手から放つも、その光は瞬時に消える。

どうやら男も魔法使いだったらしく、相殺《そうさい》されてしまったようだ。

（これは非常にヤバいのでは？）

私は必死に抵抗するも、強く抱き寄せられて息苦しい。このままだと窒息《ちっそく》してしまうので抵抗をやめることにした。

（ここは抵抗しない方がいいかもしれない）

現代のテレビで見た、誘拐された少女が誘拐犯に抵抗せず、犯人の機嫌を窺《うかが》いながら隙を見て逃げ出したとか、そういう番組を思い出す。

（よし。ここは『長い物には巻かれろ』作戦でいきましょう！）

恐怖でこわばっていた体から力を抜いて無防備状態にした。

すると、男の腕の力がだんだんと緩くなってきた気がする。

このまま性的な意味で襲われてしまうのかもしれない。震えながら目を閉じていたけど……

何故か男は動くことなく、私に覆いかぶさったままだ。

と言いますか、私の首元に顔を埋めて匂いを嗅《か》がれている気がする。猫吸いするように、私吸いするお父様みたいな感じだ。

普通、ここで不審者変態男に戦慄《せんりつ》して、拒絶反応が半端《はんぱ》なく出るはずなのだけど。何故か、まったくもって拒絶感が湧いてこない。

逆に私吸いする男の首元から、懐かしく感じる爽《さわ》やかな香りがして。すごく落ち着いている自分がいる。

そこで、最近、忘れかけていた人物が頭に浮かんできた。確認するために、私はベッド横にある魔法ランプに魔力を込める。

すると、不審者が淡い光を放ちはじめたランプの光にうっすらと照らされ――

「エセルバート様？　ですよね⁉」

ウェブ恋愛小説の挿絵《さしえ》で描かれていたエセルバート様が、現在進行形で私の目の前にいらっしゃる⁉

「いったい、どうなさったのですか⁉」

(あれ？　なんだか、前世で見た挿絵《さしえ》と少し違う気が？)

よく見れば、彼の美しい目の下には濃い隈《くま》ができている。艶《つや》やかなブロンドの髪もボサボサで、目が明らかに死んでいる。

襲われているのも忘れて、私は彼の顔に両手を添えた。そして、ペイントのように消えないだろうかと指で隈《くま》を拭いてみる。

「まったく消えないわ。なんでこんなにやつれ果てていらっしゃるの!?」

「アンナリーゼ。やっと、会えた」

幼い子供のようにぼろぼろ涙を流しはじめた彼が、私の頬を確認するように大きな手で触れてきた。その手が温かくて、なんだか胸がドキドキする。

私は抵抗せずに、されるがままになった。抵抗したくないと思うのはきっと、母性本能が働いているからだろう。

私に抱きつく彼は、幼い頃の母恋しさに泣いていた日を思わせる。

(エセルバート様の気が済むまでっ!?)

胸に妙な刺激を感じて見下ろすと、そこには胸の先を口に含んでいる彼がいた。その予想外の状況に、私は目を大きく見開くのだった。


前世の私が愛読していた恋愛小説に登場する男主人公であるエセルバート様は、国一の剣使いで人を寄せ付けない孤高のイケメンだった。

潔癖症でもあり、寄ってくる令嬢を冷めた目つきで牽制《けんせい》して近づけさせない。

それでも主人公である姫宮花奈の聖なる魔力と優しさで、凍り付いていた心は徐々に溶かされ、やがて二人は惹《ひ》かれ合い、甘く愛し合う仲になる。そうなる、はずだったんだけど……

私の目の前にいらっしゃる彼は、幼少期のあの日を連想させる状態だった。

しかも、幼少期よりも悪化したのか、私の胸の先を虚《うつ》ろな瞳で咥えていらっしゃる。そんな彼を、私は慈愛に満ちた瞳で見下ろす。

(赤ちゃん返り状態の彼は、体だけ成長しちゃった感じなのかしら？)

幼い頃、抱っこしていただけなのに、私の大人向けナイトドレスのせいでメイドや執事に勘違いされたのが懐かしいわね。

(あ、言っておきますが、もちろん下着越しで咥えられているだけですよ)

今回は透け透けナイトドレスでもなく、真っ白な綿百%の白ワンピース姿なのでピンクな雰囲気にならないはず。そう、純粋無垢《じゅんすいむく》な幼い少年をあやすように頭をナデナデする。

すると、急に目が覚めたように彼がガバッと起き上がって、私を凝視《ぎょうし》した。

「アンナリーゼ？」

「お久しぶりですね。エセルバート様」

「夢なのか？」

「残念ですが現実ですわ」

そう言って優雅に微笑むと、彼は先ほどまで吸いついていた場所に視線を向けて顔を真っ赤にした。かと思うと、着ていたローブを脱いで私の体を隠すようにぐるぐる巻きにする。

「俺はなんて、破廉恥《はれんち》なことを……。すまない、怖かっただろう？」

醜態《しゅうたい》を見せてしまったと真っ青になって震え上がる彼は、あの頃の今にも泣き出しそうな美少年にしか見えない。私はクスリと笑って彼を抱き寄せた。

「そんなに気にする必要はありませんわ。早すぎではありましたが、私達は結婚して夫婦の間柄です。これくらいなら問題ないんじゃないかしら？」

（寝ぼけて赤ちゃん返りしちゃっただけですしね）

それよりも、彼がどうやって侵入できたのか知りたい。ここまで来た経緯も絶対に聞いておきたい。

「いいのか？　……そうだよな。君は俺の唯一触れられる女性で、妻だからな！」

「へ？　唯一触れられる女性？」

「だが……いや、これからのことを考えると、君に許してもらえるのはありがたい。願ってもないことだ」

（なにか、これからもよろしく的な含みのある言葉じゃない？）


案の定。エセルバート様は毎晩、私の部屋に忍び込んでくるようになりました。

私が問題ないと許した範囲でハグしたり、私吸いしたり、許されたからと私の胸の先に口づけしたりする。彼に邪《よこしま》な心がないから余計にタチが悪い。

そんな彼の話を聞くに、私が留学して数日も経たずに他の令嬢達に囲まれたらしい。

私という防波堤《ぼうはてい》を失った彼は、無防備状態だったようですね。

しかも、私より年上の令嬢が夜這《よば》いしてきて、媚薬《びやく》を飲まされそうになったそうです。護衛騎士にすぐに見つかり、事なきを得たとのことですが。それがトラウマになって、潔癖症になってしまったらしい。

結局、潔癖症になってしまったのね。もしかして物語の強制力かもしれません。

(あれ？　でも、それじゃあ……私は？)

「君は俺にとって、今でも純粋無垢《じゅんすいむく》な少女のようだ。いや、あの頃よりも清楚《せいそ》で聖女みたいな君には、触れることを躊躇《ちゅうちょ》してしまうくらいだ。かといって触れるのはやめないがな」

「やめないのですね」

私を抱き寄せたまま眠る彼は早朝、かなり精密な魔法陣と共に消えていく。

そんな毎夜で気付いたのは、彼が国一の剣士ではなく、国一の天才魔法使いとなり、かなりこじらせてしまっているということだ。

そして、私が留学してからの日々を彼が夜な夜な話してくれました。

それは子供が寝る前に母親に読んでもらう絵本とはほど遠い、可哀そうな幼少期の思い出だった。

宰相なお父様のスパルタ教育に、幼い私を襲った幼い王子様の噂《うわさ》を鵜呑《うの》みにして夜這《よば》いをしかけるメイドや年上の令嬢達。時には年配の貴婦人や貴族子息まで襲ってきたらしい。

その対処として、優秀凄腕な護衛騎士数十人にベッドを囲まれて鉄壁の如《ごと》く警備されながら眠るというプライベートが皆無に等しい生活をしていたそうです。

「それは、トラウマにもなりますね」

「ああ。そのせいなのか、誰かに少しでも触れられると吐き気や蕁麻疹《じんましん》が出てしまうんだ。寝ていてもいつ、誰かに襲われるかもしれないという恐怖でろくに眠れもしない。ひたすら警戒する毎日に……俺は正直、辛かった」

「どおりで、目の下に濃い隈《くま》があったわけですね。お可哀そうに」

「そんな俺が唯一安らげるのは、幼い頃の君との思い出を振り返っている時だけだった。君との穏やかな記憶を思い出しては、心を落ち着かせていた。だが……」

私に会いたいという思いが日に日に強くなって、会えないなら死んだ方がいいと思い詰め、それをこじらせた結果……

魔法学園を卒業したら私を迎えに行くという目標が、いつの間にか『隣国の聖魔法女学園へ如何《いか》に気付かれずに侵入してアンナリーゼに会うか』という目標へ変わってしまったらしい。それでおのずと剣術ではなく、魔法を極めることになったと。

その話をアンナリーゼお悩み相談室の如《ご》く聞いていた私は思う。

幼い頃に、夜ごと襲ってくる悪役令嬢アンナリーゼではなく、第二の母親な聖母アンナリーゼになればいいのよ！　と母性本能のままに抱っこするべきではなかったのではないかと。

「だから君以外、安心して触れられない」

そうして今日も当たり前のように私の部屋へ侵入してきた彼は、さも当然のように私のベッドに入り込んできた。私を背後から抱きしめてとても幸せそうに眠っていらっしゃいます。

ここ数日、私と添い寝しているおかげなのかしら。隈《くま》がうっすらになって、死んだような瞳に心なしか光が灯ったように思う。

「それに、君のぬくもりを感じていると、心が安らいで幸せな気分になる」

と、どさくさに紛《まぎ》れて私の着ていたワンピースの下着に手を入れて、直《じか》に私のお腹に触れてきた。

少し眠気に襲われていた頭が覚醒して、胸がドキドキしてしまう。

結婚していますし夫婦なんだから、こういうこともあるのかもしれない。でも、まだ早いと思うわ。

（けれど、こんな大きな男の人の手を直《じか》にお腹に感じて……）

正直に言えば、彼の温かい大きな手に触れられて嫌じゃない自分がいる。そう、乙女のように胸をときめかせて期待しちゃっていた。

少し前の自分を背後から殴ってやりたい。

何故なら、彼が私のお腹に手を添えたまま、幼い少年のような顔でスヤスヤ寝ていたからだ。

前世の私に、なんて邪《よこしま》な期待をしていたのかと責められている気分だわ。

明日の早朝、女学園にある大聖堂で反省のお祈りをすることを心に決めて、私は眠りにつくのだった。


静まり返った寝室で寝息を立てているアンナリーゼ。その横で寝ていたエセルバートが、ゆっくりと目を開ける。

「こんな無防備に眠って……。俺の可愛い、アンナリーゼ」

そう囁《ささや》き、愛おしそうにアンナリーゼの唇にそっと唇を重ねるのだった。

＊　＊　＊

慣れって怖いわよね。

真夜中に訪問してくるエセルバート様と添い寝していると、よくそう思う。

私を抱き枕にして眠る彼に慣れてしまって、下着のワンピース下の地肌に触れられることも当たり前というか、もう日課？　になりつつある。

しかも、抱きしめ方や触れ方で、彼の機嫌までわかるようになってしまったわ。

ご機嫌な時は、私を優しく抱きしめて頬を摺り寄せてくるし、機嫌が物凄く悪い時は、無心に私の胸に触れてくるのよ。

それに対して私は一切抵抗感がなく、逆に彼が来なかった日は不安で眠れなくなる始末。

(先の未来。運命の相手がエセルバート様にできて、いざ『離婚してくれ』と言われても、サクッと了承できる自信がない)

その不安に、聖魔法女学園の学業に殆《ほとん》ど集中できずにいる今日この頃。

「慣れ、怖い。依存症、怖い」

と言いながら、聖魔法女学園にある馬小屋で私が飼育担当している幻獣ユニコーンに干し草を与えていた。

そんな私を、最近、ユニコーンがジト目で見ている気がする。

まるで浮気を疑う夫のような瞳で、非常にいたたまれない。

（ユニコーンって、穢《けが》れを知らない乙女にしか懐かないと聞くし……）

後ろめたさを感じた私は、浮気がバレた妻の如《ごと》く、ご機嫌取りのため、艶《つや》やかな白馬の鬣《たてがみ》を綺麗にブラッシングする。

そして、大量の干し草と林檎《りんご》をユニコーンに与えていると、背後から女子生徒の悲鳴が聞こえてきた。

「キャア！　変質者よ！　お逃げになってぇ！」

お嬢様の悲鳴に驚いて振り返ると、いつの間にやって来ていたのか、馬屋の掃除をしていた使用人が目の前に立っていた。しかも、服を脱ぎはじめている。

「おで、君が好きになっただぁ。おでの愛がどれだけ大きいか見てけろぉ。精霊姫ちゃぁん」

そう、下半身を見せようとズボンのベルトを外した痴漢男に、声にならない恐怖の悲鳴を上げた瞬間――

晴天の空から突如出現した魔法陣。そこから雷が召喚され、ドゴォォンという轟音《ごうおん》と共に、目の前にいた痴漢男に落ちた。

真っ黒になって倒れ込む痴漢男。追い打ちをかけるようにブチギレしたユニコーンに踏んづけられ、激怒した令嬢達にまで水魔法や炎魔法を打たれてしまっている。

もはや集団暴行になりつつある光景を、私は座り込んで眺めていることしかできなかったわ。

その後、騒ぎを聞きつけ駆けつけてきた教師達により、瀕死状態の変態は連行されていった。

「ということがありましたのよ。エセルバート様」

いつものようにやって来た彼に、私は今日の出来事を何気なく話していた。

すると、一段と死んだ瞳に暗い光を宿らせた彼が、ぎゅっと私を強く抱きしめてきた。

「念のためにと、君に守護防衛魔法をかけておいてよかった」

「あ、やっぱりそうだったんですね」

私は回復魔法専攻で攻撃型の守護防衛魔法は習っていない。それに、あれは聖魔法女学園で習得できる雷の魔法陣じゃなかったもの。

(さすが剣士から天才魔法使いになったエセルバート様だわ)

すると、ふいに彼の顔が近づいてきて唇が重なる。

「突然のキス⁉」

「君の視界に、俺以外の男が映ったと思うと」

ヤキモチを妬《や》いてしまったのか、急に私をベッドに押し倒してきた。機嫌が悪くなった彼は、眉間にしわを寄せて私をじっと見つめている。そんな彼に、つい期待してしまう。

そんな私の心を知ってか知らずか、ニヤリと笑んだ彼が私の胸に触れてきた。薄いワンピース越しでも伝わってくる温もりと、大きくてごつごつした手の感触に心臓が高鳴る。

「アンナリーゼの胸は、昔と比べてずいぶん大きくなったな。君のこのふっくらと盛り上がって、張りのある胸に触れるのも、キスも、それ以上のことも全部、俺のものだ」

そう言うと私の胸の先にキスを落とし、そのまま口に含んでしまった。

今までみたいに幼い子供のように吸うだけじゃなく、舌先でこりっと捏《こ》ねられ、その刺激に体が跳ねてしまう。

ぴりっとした甘い痺《しび》れが駆け抜けて、私の口からうっとりとした声が漏《も》れた。今まで感じたことのない刺激に心が高揚していく。

「気持ちいいか？　アンナリーゼ、俺も君のここをじっくり味わわせてもらうぞ」

「そんな……っ、やぁっ……」

着ていたワンピースがエセルバート様の唾液で濡れていて、もう直《じか》に舐められているのと変わりないんじゃないかと思うほどすごく気持ちいい。

ちゅうっと吸われたり、ねろねろと転がされたりする度《たび》に甘い刺激を感じて、体がどうにかなってしまいそう。

でも、これ以上されたら歯止めがきかなくなりそうで、すごく危険だと思う。

止めるように彼の顔を両手で挟んで、無理やり胸から離させた。

「アンナリーゼ……」

切なそうに甘い声で私を呼ぶ彼は、とても苦しげに息を切らせていて耳や首まで赤くしていた。

まるで発情したような姿に胸がキュンキュンして苦しい。

その熱に当てられて、頭がふわふわしてきた。また顔を近づけてきた彼に抵抗する気力も湧いてこない。それを受け入れるみたいに私は目を閉じた。

予想通りに、柔らかくて温かい唇の感触にうっとりする。

「……っ⁉」

触れるだけのキスと思って油断していた私の口の中に、ぬるりとした彼の舌が入り込んできた。

思わず体を跳ねさせて驚いていると、ぬるぬるした舌先が擦りつけられ、這《は》わされる動きにぞくぞくとした感触が生まれる。それを感じていたいと思うけど……

「んっ……エセルバート様、大丈夫ですか？」

潔癖症なのに、こんな濃厚なキスをして具合が悪くならないか不安になる。

「こんなことして、気分が悪くなっ……んっ」

「いいや、大丈夫だ。もっと、したい……させてくれ」

切なそうな甘えるような声に、もう私の理性は完全に飛んでしまった。

そうして互いの舌を感じながら、深くて甘いキスを交わして――


気付いたらそのまま、寝落ちしてしまっていたわ。

お互い初めてのディープキスを長時間していたせいで、途中で失神したように寝落ちしてしまったみたいです。

(それにしても、私に何度も会いに来ているエセルバート様は、あちらの魔法学園でどんな生活を送っているのかしら？)

たまにイライラしながら来るなり、襲う勢いでベッドに入ってくる時もあるし。

(物語の舞台である魔法学園の現状が気になるわね)

横で気持ちよさそうにスヤスヤ眠っている彼の寝顔を眺めながら考えていたけど、あることに気が付いて慌てて制服に着替えはじめる。

「ん……？　アンナリーゼ？」

「今日は早朝から大聖堂で行われる全校集会で、女神様にお祈りを捧げる日でしたわ！」

「女神様に祈り？」

「はい。しかも、今日は校歌のピアノ伴奏をすることになっていまして……では、ごきげんよう」

「ごっ、ごきげんよう？」

そうして、完全お嬢様モードの私をぽかんと口を開けて見送る彼を置いて、私室を飛び出し早歩きで大聖堂へ向かう。

途中、通りかかった牧場で放牧されていたユニコーンに嫉妬《しっと》の視線を痛いくらいに向けられ、つきまとわれて大変だったけど、誰にも遅刻を咎《とが》められず大聖堂へ入ることができた。

昨日の痴漢事件もあってなのか、逆に教師達は労《いた》わるような視線でそっと席に誘導してくれたわ。

皆さんの純粋で清らかな視線に、私は昨夜の破廉恥《はれんち》な出来事を思い出して申し訳ない気持ちになる。

(破廉恥《はれんち》な私が、清楚《せいそ》なお嬢様が通う聖魔法女学園にいることをお許しください)

そう女神様に謝罪の祈りを捧げながら、私は校歌を合唱するお嬢様達に合わせてピアノを弾き続けるのであった。

＊　＊　＊

気が付くと私は、前世で住んでいたマンションの部屋にあるキッチンで料理をしていた。

シーサラダパスタに生ハムとサラミの盛り合わせをテーブルに並べている私は、鼻歌を歌いながら冷蔵庫に入っていた梅酒と生ビールを確認している。

一人では多すぎる食事や飲めない生ビールに疑問を感じていたけど、玄関横にある棚から、私の趣味ではないイケメンがプリントされたスリッパを玄関マットにセットしたところで気が付く。

（そうだ。今日は親友と映画鑑賞する約束をしていたんだ）

彼女は仕事から帰って、すぐに生ビールを飲むのが好きだった。イケメンスリッパは、彼女が勝手に持ってきて無理やり置いているものだ。懐かしい気持ちになるも、あることに気付いて私は首を傾げる。

「名前、なんだったっけ？」

親友のはずの彼女の名前が、まったく浮かんでこない。とても大事で、かけがえのない存在なのに。まるで頭に靄《もや》がかかったように思い出せない。

すると、急に部屋が一気に熱くなったような感覚に襲われる。

確かに、今は夏で暑い日が続いているけれど、その暑さとは違う。喉が焼けるような熱と、呼吸もできないほどの苦しさに意識が朦朧《もうろう》としてきた。

「ちょっと美桜《みお》！　こんな暑い日はエアコンつけなきゃダメでしょ！」

いつの間に入ってきたのか。仕事帰りらしいオフィススーツ姿の親友が部屋へ入ってくるなり、壁に設置していたエアコンのリモコンを取って電源を入れた。

エアコンから涼しい風が吹き出し、あんなに尋常じゃない暑さだった部屋が一瞬で快適な涼しさに満たされていく。

その涼しい風で茶髪を靡《なび》かせて気持ちよさそうに目を閉じた彼女は、背後にあったソファーに寝転がった。そんな彼女に、慌てて冷蔵庫からキンキンに冷えた生ビールを渡す。

「さすが私の親友！　わかってるじゃない美桜！」

嬉しそうに生ビールを受け取った彼女は、オーバーリアクションでは？　と思うくらいの泣き笑いで、豪快にビールを飲み干しプハーッと息を吐いた。そんな親友の姿に、私はクスクス笑ってしまう。

そうだ。彼女の名前は晴香《はるか》。

そして私の前世の名前は城崎《しろさき》美桜だ。

(なんで忘れていたのかしら？)

「それは今世には必要ないからよ」

「えっ？」

晴香が私の肩に両手を添えてにっこり微笑んだかと思うと、急激な眠気に襲われて視界が暗くなっていく。

「前世の記憶なんて思い出す必要ない。前世の美桜のことも、私のことも、すべて忘れていいの。美桜は、今の甘くて幸せな時を生きていてほしい」

真っ暗な闇に消えていく晴香は、どこか寂しげに微笑んで手を振っていた。

そうして私は、聖魔法女学園の寝室で目を覚ました。

とても大事な夢を見ていた気がするけど、まったく思い出せない。

そんな私の瞳から一粒の涙が頬を滑り、床に落ちる。

「なんで私、泣いているの？」

＊　＊　＊

聖魔法女学園生活も早二年が経ちました。

二年生になった私は、ある悩み事を抱えていた。

最近、私物がいつの間にか紛失している事件が多発しているのだ。

最初に失くしたのは、制服のポケットに入れておいたハンカチだったわ。

それをきっかけに、授業内容を記《しる》すための魔法の羽ペンに、エセルバート様の名前を密かに記《しる》していた消しゴム。静電気増強版シタジキに筆記試験対策にまとめていたノートまで紛失してしまったわ。

おかげで私は日々、隣の席のマーベリンに羽ペンや消しゴムを貸していただき、非常に申し訳なく思いながら学業に勤《いそ》しんでいる。

最初は学園ものでよくある、いじめなのではと思っていた。

でも今回、紛失したお気に入りのヒラヒラリボンがキュートなドロワーズまで紛失してしまったことで別の可能性が頭に浮かんできた。

これは破廉恥《はれんち》な下着泥棒による犯行なのではないか、ということだ。

この聖魔法女学園は名前の通り、男子は入学できないお嬢様な乙女が通う学び舎《や》である。

教師も女性で、大聖堂には女性の大司教様にシスター達が在籍している。

力仕事に男性の使用人を数人雇っていたけれど、前回の変質者事件で今は完全に男性が学園へ立ち入ることを禁止されている。

仮に下着泥棒の男性が侵入して私物を盗みに来ているのだとしたら、その泥棒はかなりの強者だろう。

聖乙女達の守護獣とも呼ばれるユニコーン達に、気付かれずに盗んでいるのだから。

学園で飼育しているユニコーンは、私達女子生徒には人懐っこくて穏やかだけど、男性を視界に捉えた瞬間に猛獣と化してしまう。最悪、額《ひたい》にある一角で心臓を突き刺されることもあるとか。

(まぁ、今のところ被害は私だけみたいだ)

この学園で、清く正しく学業に勤《いそ》しむお嬢様の下着が盗まれでもしたら、ショックで失神しちゃうかもしれない。

それに、私物がなくなりすぎて生活に支障が出てきたし、隣の席のマーベリンにずっとお借りするのは申し訳ないのよね。

(先生かシスターに相談してみようかしら)

そう悶々《もんもん》と考えながら授業を終えると、私は女子寮へ直行する。私室へ入ると、当たり前のようにエセルバート様がいらっしゃって、穏やかな笑みで出迎えてくれた。

「おかえり。今日は遅かったんだな」

「ただいま。ええ、ちょっと考え事をして」

ちなみに今日は、エセルバート様が早めに来る休日前の日の夜だ。

あれです。明日は休みだから買ったまま読んでない漫画読み放題！　攻略途中のゲームし放題！　アイスクリーム片手に映画鑑賞！　気分はハイテンションな金曜日の夜みたいなタイミングです。

私も明日は休日だからと、シャワーでなく猫足のバスタブにお湯をためて、湯船にゆったり浸《つ》かってのんびりしようと考えていたのですが。

その前にエセルバート様が私のお腹を背後から抱きしめてきて、ベッドに押し倒されてしまった。

「エセルバート様。私、まだ体を洗って……んっ」

「もう……待てない」

最後まで言えずに、彼に唇を塞がれてしまう。

そのまま、私の着ていたワンピースの中に手を入れて、胸に触れては揉みしだき、甘くて深いキスをしてきた。

さっきまで考えていた痴漢のことで、知らないうちに肩に力が入っていたらしい。キスを交わす度《たび》に全身から力が抜けていく。

(エセルバート様とこうしていると安らぎを感じる。すごく落ち着くし、不安とかがなくなって心が甘く溶かされて温かくなる)

これまで、彼のストレス改善と主人公が来るまでの癒《いや》しとして、私の胸を差し出していた。だけど日々、彼と添い寝するようになった私は、抱きしめられて触れられる度《たび》に甘い刺激を感じてしまう。どんどん彼に、のめり込んでいるような気がする。

これ以上のことを許してしまいそうで怖くなる一方で、もっと二人で気持ちいいことをしてみたいという欲が湧いてきてしまう。

うっとりと彼とキスを交わしていると、彼のゴツゴツした手が私の穿《は》いているショーツの中に入り込もうとしていた。その手を瞬時にガシッと掴む。

「ダメですわ」

「俺達、夫婦だろ?」

「ダメ!　この先は学園を卒業してからです!」

「……ケチ」

不満げに頬を膨らます彼が可愛くて、うっかり許しちゃいそうになるけど我慢よ。

(それより私はお風呂に入りたい)

一国の王太子様である彼に、汗をかいている体に触れられていると思うと非常に恥ずかしい。

忘れかけていたけど、彼は潔癖症だし『汗臭いからやっぱり無理！』とか言われたらギャン泣き決定だわ。

なので、体を放してほしいとお願いしたのに。何故か逆に強く抱きしめられてしまったわ。

「君なら大丈夫だと言っているだろ。それに、君の香りなら汗でもなんでも、愛しくなって好きだ。ずっと君を感じていられたらいいのに」

その甘い言葉に頬が熱くなる。そんな私を見て満足そうな微笑みを浮かべた彼に、首元をわんこのようにスンスン嗅《か》がれ、ベロンと舐められてしまった。

「はわっ⁉　えっ、なっなんで舐めっ！　えっえ、えっちですわぁ‼」

「ははは っ！　顔が林檎《りんご》みたいに真っ赤になっているぞ」

「誰のせいだと思っているんですか‼」

そこへ突然、部屋のドアが開いたかと思うとマーベリンが入ってきた。

「アンナリーゼさん‼」

いつも朗《ほが》らかな微笑みで羽ペンや消しゴムを貸してくれるマーベリンが、別人のように怒りを露《あら》わにし、髪の毛をメデューサのようにうねらせ……って⁉

本当に髪が蛇に変化している。小さな蛇達の赤い瞳がギラギラと私の部屋を見回していた。

その防犯セキュリティーのような赤い瞳に、エセルバート様は映らなかった。何故なら、マーベリンがドアを開けた瞬間に彼が消えてしまったからだ。

（瞬間移動⁉）

「大丈夫ですか？　なにか破廉恥《はれんち》とかえっちという声が聞こえた気がするのですが。それに、野蛮で下等生物な雄の気配を感じた気が……」

乙女も失神しちゃうだろう鬼の形相で赤い瞳を光らせ、辺りを再度見回している。そんな鬼気迫るマーベリンに宥《なだ》めるように寄り添い、『気のせいでは？』とシラを切る私。

私を下から上まで蛇の瞳で全身スキャンしたかと思うと、マーベリンは顔を真っ赤にして、おどおどしながらも棚に置いていたカーディガンを私に羽織らせた。私のボサボサになった髪も綺麗に整えられる。

「アンナリーゼさん。いくらここが女子寮で相部屋じゃないからって、そっ、そんな破廉恥《はれんち》な下着姿はお勧めできませんわ！　清楚《せいそ》で美しい白銀の精霊姫アンナリーゼの真っ白な肌を……舐め」

「なめ？」

首を傾げる私の首元に近づいてきて、匂いを嗅《か》いだかと思うと、激怒したマーベリンの体がみるみるうちに変化していく。

【雄の臭い！　私の純粋無垢《じゅんすいむく》な乙女アンナリーゼさんを襲ったのは、どこの下等生物だい？　私の瞳で石に変えて、その雄の象徴をゴリゴリにすり潰して粉砕してやる】

胴体を大蛇に変え、蛇の髪をうねらせるマーベリンは完全にメデューサへと変化し、私を守ると言わんばかりに体に巻きついてきた。

（いや、もうこれは拘束《こうそく》じゃないかしら？）

そのマーベリンの体から、紛失していた魔法の羽ペンや消しゴム、静電気増強版シタジキとノートがぼろぼろ床に落ちてきたのである。

そういえば、聖魔法女学園の女子生徒の半分が人間以外の種族だった。

隣国は様々な異種族が集まってできた国で、エルフや狼人、精霊も人間と一緒に普通に生活している。

その娘達が通っている学園では、普段は人間の姿で生活しているけれど、怒ったり感情が高ぶったりすると、本来の姿に戻ってしまう時があるのよね。すっかり忘れていたわ。

最近、私の物を盗んでいた犯人はマーベリンだったのね。エセルバート様以外の男性じゃなく、女の子でよかったけど。これからどうしたらいいかわからない。

「アンナリーゼさんは、私と親愛の契《ちぎ》りを交わす人なのに」

親愛の契《ちぎ》り。それは、聖魔法女学園に代々伝わるもの。

クラスメイトの中から親友となるペアを組み、互いの額《ひたい》に親愛のキスを交わす。簡単に言えば、百合《ゆり》っぽい伝統行事みたいなものだ。

その契《ちぎ》りの結果、大人になっても変わらずに互いを助け合う強い魔法がかかってしまう。卒業生の中には、そのまま家族同然に暮らしていたりするペアもいるとか。

でも私は留学生。この国を出て母国へ帰る身として拒《こば》んできた。

よく考えたら、私とマーベリンを除いたクラスの女子は既に親愛の契《ちぎ》りを交わしている。

（マーベリンは実質、ぼっち状態なのではないかしら？）

「清楚《せいそ》で謙虚、精霊姫のように美しいアンナリーゼさんと親愛の契《ちぎ》りを交わすのは、絶対に私なのよ!!」

私の猫かぶりなお嬢様モードのせいで物凄い勘違いが生まれ、過剰評価していらっしゃいますわ。

「私のアンナリーゼさんを誰が穢《けが》して……許せない！」

私の体に巻き付く力を強くして、今にも私の額《ひたい》にキスをしようとしている。その唇からチロリと裂けた舌が出てきた。

(私、大嫌いってほどではないけど……爬《は》虫類《ちゅうるい》系は、できれば避けたい感じなのですが)

本能むき出し興奮状態のマーベリンを前に、虚無の瞳でされるがままだ。その私の背後から怒りメラメラ状態のエセルバート様が現れた。

「さっきから俺のアンナリーゼに好き勝手しやがって……調子に乗るなよ……この変態痴女メデューサが！」

蛇の胴体に絡まれた私をするりと奪いとり、最近覚えた熱くて濃厚なキスをしてきた。

口の中に入り込んできた彼の温かい舌の感触に、頭の中でＴＰＯ！ ＴＰＯ！ と清楚《せいそ》な令嬢モードの私が赤面しながら抗議している。

でも、徐々に甘くなっていくキスに翻弄《ほんろう》されうっとりしてしまった。

そんな私と彼の甘いラブイベントを強制的に見せられたマーベリンは、刺激が強すぎたのか泡を噴いて失神していた。起きたら、ただの夢だったとごまかすしかないわね。

「それにしても、エセルバート様は瞬間移動ができるのですか？」

そんな魔法があるのなら是非、私にも伝授していただきたい。

「ああ、それは」

彼が着ていたローブを裏返しにした瞬間に、彼の体が透明になって消えてしまった。

「それはっ、まさしく！　あの……欲しい！」

「ダメだ。これは俺が通っている魔法学園の支給品……うっ！」

私は今まで見せたことがない、最大級の甘えた上目づかい&うるると瞳を揺らす攻撃を彼に食らわせたのだった。


翌朝。

私はお嬢様モードの微笑みで、目を覚ましたマーベリンを見下ろしていた。

「うう……。ここは？　えっ、私とアンナリーゼさんが同衾《どうきん》している……ですって？」

「同衾《どうきん》じゃなくて、添い寝ですよ。マーベリンが真夜中に寝ぼけていらっしゃったので、そのまま一緒に眠ることになったんです」

床に失神させたままでは風邪を引いてしまうし。騒ぎにならないように、穏便に済ませるために考えた嘘だけどね。

「私が？　そうでしたかしら？　なにか、とても野蛮で下等な生物が、アンナリーゼ様を襲っていた気が……？」

「気のせいですわ」

「その恐ろしいモノが、アンナリーゼ様のお口を淫《みだ》らに」

「気のせいですわ！　それよりもマーベリン！」

私はごまかすように、マーベリンの額《ひたい》にキスを落とした。その不意打ちな親愛の契《ちぎ》りのキスに、マーベリンの顔がみるみるうちに赤く染まっていく。

「私は留学生です。卒業すれば母国へ戻る身。そんな私でもよろしいなら、マーベリン。私と、親愛の契《ちぎ》りを結んでくれませんか？」

「契《ちぎ》りを結びますわ、アンナリーゼさん！　ああ、聖魔法女学園を慈悲深く見守りたまう女神様。素敵な夢をどうもありがとうございます。マーベリンはとても幸せですわ」

その喜びのままに、彼女も私の額《ひたい》にキスを落とし、親愛の契《ちぎ》りが結ばれた。私達を祝福するように、白い花びらがヒラヒラとベッドに舞い落ちる。

そして、夢心地でスヤスヤと穏やかに二度寝してしまったマーベリンに、妙な親近感と温かな気持ちが湧き上がる。

「親愛の契《ちぎ》りって、恐ろしいわね」

胴体が未だ蛇姿のマーベリンをすごく愛らしく感じてしまう。蛇の鱗《うろこ》はひんやりすべすべで、触り心地がいいと無心に撫でまくる。

「まだ、私のお気に入りのドロワーズを返してもらっていないけど。親友なら、あげちゃってもいいわね」

「あ、それは俺だ」

マーベリンのスベスベな鱗《うろこ》を撫でまわしていた私の手を、再び姿を現したエセルバート様が無理やり引き寄せて自分の頬に触れさせてきた。

そのヤキモチを焼く姿に、胸がキュンとするも疑問が浮かぶ。

「え？　どういうことです？」

「……？　そのドロワーズは俺が持っている。緊急用にな」

（緊急用⁉　え？　緊急って、どんな時に……ハッ‼　エセルバート様が……そんな、破廉恥《はれんち》なこと……？）

そこで一瞬、彼の破廉恥《はれんち》な姿を想像をしてしまった私は、枕に頭を沈める。そんな私を抱き寄せた彼が、背中を優しく撫でてきた。

「落ち着け、アンナリーゼ。緊急用といっても、潔癖症の発作が起きた時用だ」

「ああ、そうでしたの。よかった……ん？」

変なことに使われてなくてよかったと思うけど。

（勝手にドロワーズを盗んだのは確かなのでは？）

「まぁ、君恋しさに毎日匂いを嗅《か》いではいるがな」

そう言って、いつものように私の首元に顔を埋めて私吸いをはじめた。変態発言なのに全然変態性を感じさせないイケメンすぎる彼を見て、非常に悔しい。

でも、されて嬉しく思っちゃうのよね。それに、彼の香りにうっとりしている私は、かなり依存してしまっているのではないかと思う。

＊　＊　＊

雲一つない青空の下、晴れやかな日差しに時折吹き抜ける爽《さわ》やかな風を感じながら、私は隣国の城下町を散策していた。

人々で賑わう隣国の城下町には活気があって、中央広場には沢山の出店が並んでいる。

中間魔法実力テストを終えた私は現在、聖魔法女学園の休日を使ってお忍び散策中だ。

日頃のお嬢様モードのストレスに、気分が絶不調だった息抜きも兼ねていたりする。もちろん、学園に外出届は出している。理由は、隣国にあるお母様の親戚の屋敷に行くということにしているけどね。

(最近、私は反抗期に入ってしまっているのかもしれない)

ちなみに私の今の服装は、茶色のズボンに白いカッターシャツ、ギンガムチェックのベストに白銀の長い髪をすっぽり入れられる大きめの麦わら調のキャスケットを被っている。私が考えた靴磨きの少年風コーデで、絶賛男装中です。

女学園の教師達から、耳にタコができるくらいに女子生徒の一人歩きは危険だと言い聞かせられていた私なりに考えた男装である。親愛の契《ちぎ》りを交わしたマーベリンからもらった、特製【野蛮で下等生物な雄撃退ハバネロ極スプレー】も内ポケットに装備中で万全の態勢だ。

どこか夏祭りの出店を連想する光景に、私は懐かしさとお祭り気分を満喫《まんきつ》していた。

「ねぇ。君、今一人？　俺達とお茶でもしない？」

道を塞ぐように、私の前に立った二人のナンパ男達に困惑する。何故なら、私は絶賛男装中であり、男に声をかけられるなんて思ってもみなかったからだ。そこでハッとする。

もしかしたら、隣国の城下町はボーイズラブな小説の世界なのかもしれないと。

「すみませんが、僕は女性が好きなので。失礼します」

「ああ、やっぱ女学生はそっち系なのか。残念」

「聖魔法女学園って、親愛の契《ちぎ》りってやつで同性婚した生徒もいるって聞くしな」

（初耳ですけど⁉　それに何故、私が聖魔法女学園の生徒だってバレてるの⁉）

その驚きが顔に出ていたらしい。ナンパ男達が、ニヤニヤしながら私に近づいてきた。

近づく男達を避けるように後退するも、背後にあったレンガでできた建物の壁に追い詰められてしまった。

「いやいや、こんなに細くて綺麗な手の男がいるわけないじゃん。どう見ても骨格も喉仏《のどぼとけ》も女だし、声も男には絶対に出せない可憐な声じゃん」

完全に女だとバレていますわ。

小説や漫画、アニメで男装した主人公の正体は絶対にバレないお約束なのに、どうして見破られてしまったのだろうか。

（私が主人公ではなく悪役令嬢だからかしら？）

そう考え込んでいた私は、二人のナンパ男達に壁ドンされていた。

「近くで見たら、もっと可愛いってどういうことだよ。君、本当に人間だよね？　精霊界からお忍び中の精霊姫とかじゃないの⁉」

「俺達、実は魔法男子校の生徒でさ。これもなにかの縁だ。一緒に城下町デートしようよ。俺達と遊んでいるうちに男を好きになるかもしれないぜ」

「いえ、あの間に合っていますので」

私はキャッチセールスから逃げるように、壁ドン中の二人の腕の下に潜《もぐ》ろうとしゃがみ込む。そんな私を逃がさないとばかりに、今度は乱暴に足ドンされてしまった。

最悪だ。楽しいお祭り気分が台無しだし、もう二度とお忍びなんてしないと心に固く誓う。

「俺、男子校で結構攻撃魔法の成績いいんだよねぇ」

「よかったら君の付き合っている彼女も呼んでみない？　それでダブルデートしようぜ」

「私、もう学園に帰らないと」

「あー！　僕っ子だったのに女の子に戻ってんじゃゃんウケる！　てか、震えてない？　大丈夫大丈夫。俺達の言うこと聞いてくれたら、怒ったりしないからさ」

「いい加減にしてください。私も聖魔法女学園の生徒です。これ以上、近づいてきたら」

「なにするって？　君みたいなか弱い女が、俺達に勝てるとでも思ってるのか⁉」

二人から脅迫されているような雰囲気に恐怖を感じた私は、震える手で内ポケットに入れていたマーベリン特製スプレーを掴んだ。

私の腕を掴もうとしてきたナンパ男の両目に、スプレーを吹き付けて――⁉

真横の壁から爆音がしたかと思うと、頑丈なはずのレンガの壁がボロボロと崩壊して大穴ができていく。

そして、私を囲っていたナンパ男達の背後に、ミステリアスで美しいイケメンの死神様が降臨……

（いや、よく見てみれば大激怒していらっしゃるエセルバート様でしたわ）

「俺の妻を壁に追い詰めて、脅迫まがいにお茶に誘うとはな……」

そう男達に威嚇《いかく》しながらも、さり気なく私を背後に隠してくれた彼に、恐怖が薄れてホッとする。

その頼もしい彼の背中に、胸がドキドキして顔が熱くなった。

（これは、アンナリーゼとしてのときめきなのかしら？　それともナンパされた恐怖や緊張からくるドキドキ感を、助けに来てくれたエセルバート様にときめいていると勘違いしている吊り橋効果!?）

自分の胸のときめきが恋心なのか、そうじゃないのか悶々《もんもん》と考えていたけど。そんな私に、ナンパ男達が声をかけてきたのである。

「あ、あれ～もしかして旦那持ち？」

「こっこんな恐ろ……素敵な若旦那様がいるなら、最初に言ってくれないと」

お二人とも、私のお話をまったく聞く気がなかったと思うのですが。

ありえない言葉に、エセルバート様の背後から顔を出して頬を膨らませながら二人を睨《にら》みつけた。

そんな私に、何故か二人とも険しい顔で胸を押さえて赤面している。顔が赤くなるくらい怒らせてしまったわ。私は慌てて、味方であるエセルバート様の背後にまた逃げ込んだ。

ビクビクしつつ様子を見ていると、二人の視界から私を守るように彼が一歩前に出た。

「あ？　俺のアンナリーゼが悪いと言いたいのか？　知らない男二人にしつこく声をかけられて、怯えている彼女が悪いと？　責任転嫁も甚《はなは》だしいな」

「すいません。俺達が悪かったです。今すぐ消えますので、許してください」

強力な魔力を体に纏《まと》う彼の尋常じゃない怒りを察したのだろう。隣国の魔法男子校の学生だという男達は、早々にこの場から逃げ出そうとする。しかし、エセルバート様の壁ドンならぬ壁ドォォンな魔法の追撃が男達の背後の壁に炸裂《さくれつ》し、逃げ場を失ってしまった。

「ヤバいよヤバいよ！　コイツ、激強魔力ガハッ!!」

「おい!!　しっかりしろ相棒！　俺を一人にするなぁ!!」

ナンパ男の一人が、天才魔法使いの彼の覇気にやられて失神してしまった。その倒れた友人を怯える子羊のように震えながら抱きしめる、もう一人のナンパ男。

嫌悪感しかなかったナンパ男達を、今は少し不憫《ふびん》に思う。この間学園に現れた痴漢男も、彼に話した次の日に行方《ゆくえ》不明になっているし……

「お前達は、魔法男子校の生徒だと言っていたな。今日はしっかり荷造りでもして、己の犯した罪を後悔するんだな」

「ヒッ！　ごめんなさいごめんなさいごめんなさ――――い!!」

そうして倒れた相棒を抱えて去っていくナンパ男を見送っていると、ふいに彼がぎゅっと抱きついてきた。

「聖魔法女学園なら変な虫が付かないだろうと思っていたのに。何故、こんなにも俺のアンナリーゼを狙う奴が多いんだ」

どこか拗《す》ねたような彼の表情に、また胸がきゅんとする。抱き寄せられて鼻をくすぐる爽《さわ》やかな香りや温もりに安らぎを感じて、心がほわほわして幸せな気持ちになった。

これは吊り橋効果からくるものじゃない。前世を思い出す以前の私が抱いていた恋心と、前世の私の恋心がプラスされた二倍の恋なんだわ。

「助けに来てくださってありがとうございます！　私、もっとエセルバート様が好きになってしまいましたわ」

助けてもらった感謝と二倍慕《した》っている気持ちを、満面の笑みでお伝えしてみたけど、予想以上に自分が熱烈な告白をしていることに気付いた。

愛が重いとドン引きされているかもしれない。恐る恐る顔を上げると、そこには赤面した彼の姿があった。

今まで見たことがないほどに顔を赤くしているエセルバート様に、私も顔を赤くしてしまう。そして、抱きしめ合っていると私以上に胸をドキドキさせている彼に気付いてしまった。

頬を赤く染めて、甘い視線を向ける彼の顔が近づいてきて、私はそっと目を閉じ――

「わぁ！　ママ、お兄ちゃんとお姉ちゃんがキスしようとしてる！」

「あら？　二人ともお似合いのカップルね」

「僕もあんな風に、好きな女の子に男の子のフリさせてデートしたいなぁ」

「あらまぁまぁ。この子ったら、おませになっちゃって。うふふっ」

この異世界の住人達は、男装女子を見破る能力が生まれつき備わっているらしい。

幼い男の子とそのお母さんが私達を見て、穏やかに笑いながら去っていく。その姿を見送る私はハッとする。

私は今、沢山の人々で賑わう城下町にいたのだった。それなのに、公衆の面前でうっかりキスしそうになってしまっていた。

それだけ彼しか見えていなかった自分に、恥ずかしさが込み上げてくる。しかも、何気に周りの人々から微笑ましそうに見守るような視線を向けられている気がするわ。

恥ずかしさにいたたまれないでいると、彼が私の手を引いてきた。

「よかったら、俺と一緒に回らないか？」

穏やかな笑みを向けて誘ってきた彼に、私は応《こた》えるように繋いだ手を強く握る。

「もちろんですわ！」


そうして私はエセルバート様と手を繋いで、城下町を散策することになった。

出店で売られていたアイスクリームを一緒に食べたり、射的ゲームで大きな兎《うさぎ》のぬいぐるみやアクセサリーをすべて射止めた彼からプレゼントされて感激したりと、思いっきり楽しんでいたんですけど。

(これって、もしかしなくても初デートなのでは!?)

幼い頃にお城の庭園を一緒に回ったり、お茶会を開いて一緒に紅茶を飲んだりはしたけれど。こんな風に、二人っきりで色んな場所に行って楽しんだことなんてなかった。

(まるで、夏祭りを楽しむ恋人達みたいじゃないかしら?)

前世でもこんな恋人達がするようなデートとかには興味なくて、友達とばかり遊んでいた記憶しかない。

(待って。なら、これって前世込みで初デートなんじゃ)

「アンナリーゼ」

「へっ?」

気が付くと、私達は城下町の少し先にある綺麗な海が見える砂浜に立っていた。

意識を向けさせるように、繋いでいた手の力を少し強くした彼が、私を見下ろしている。

「こんな日が毎日送れたらいいな。君とこうやってなにも考えずに手を繋いで、風景を楽しみながら歩いて回る」

青々とした美しい海を眺める彼の横顔に、胸がときめいて顔が熱い。

「そうですね」

私は応《こた》えるように、繋いでいた彼の手をぎゅっと強く握った。

(この温かい手を離したくないな)

ずっと傍にいたいし、離れたくない。

この先、物語から脱線した私の運命が、どうなるのかわからないけど。

今、この穏やかで幸せな時を楽しみたい。

「アンナリーゼ」

顔を近づけてきた彼に、私はそっと目を閉じて受け入れるように唇を重ねるのだった。

＊　＊　＊

隣国にある聖魔法女学園の防犯セキュリティー魔法をかいくぐり、俺は愛する妻であるアンナリーゼの寝室にいつものように忍び込んだ。

そっとベッドへ向かうと、そこには月明かりに照らされてスヤスヤ眠る精霊姫。いや、アンナリーゼがいた。

艶《つや》やかな白銀の髪をおさげにして眠る彼女は、昔、俺と添い寝していた幼い彼女を連想させて、懐かしさと愛しさが募《つの》っていく。

(彼女をずっと見ていたい。触れていたい)

俺がそう思えるのは彼女だけだ。

彼女が隣国へ行ったことを知って、俺に付きまといはじめた香水臭い令嬢達や、夜な夜な現れた下着姿のメイドや大人の令嬢子息達のせいで潔癖症になってしまった俺が、唯一触れられる女性。

一国の王太子としての教育と宰相の鬼教育を受けながら、毎夜襲ってくるかもしれない女達に怯えて眠れない日々。

そんな俺が安らげるのは、あの日の思い出を振り返る時だけだった。

幼い彼女の純粋無垢《じゅんすいむく》な体の温もり。俺を慈愛に満ちた微笑みで優しく抱きしめる彼女のことを忘れられず、日に日に会いたい気持ちが募《つの》っていった。

その結果。俺は『如何《いか》にして隣国にある鉄壁の砦《とりで》とも呼ばれる聖魔法女学園へ侵入して彼女に会いに行くか』という目標を胸に魔法を極めてしまった。

今では防衛魔法を日替わりにしている聖魔法女学園の防犯セキュリティーを攻略し、第二の防衛を担《にな》っているユニコーンも、大好物である星屑で育てたスターキャロットで餌付けに成功している。

ただ一頭だけ、俺に懐かず強制睡眠魔法をかけているがな。

「うぅ……。エセルバート様？」

真夜中に突然現れた俺の気配に気付いた彼女が、うっすらと目を開けた。若葉を思わせる深く澄んだ瞳に俺を映すと、ふにゃりとした微笑みで両手を広げる。

俺の毎晩の訪問に慣れた彼女は、俺を出迎えて『いつでもご自由に抱きしめていいですよ』と完全に無防備状態だ。

夜な夜な襲ってくるメイドや令嬢達みたいに、彼女の部屋へ侵入して襲うようなことをしている自分に悩んでいた頃もあった。だが、そんな俺に彼女はこう言ったんだ。

『人間、誰しも癒《いや》しは必要です。それが、たまたま私の胸だっただけのこと。それに、夫であるエセルバート様だから許しているのですよ』

俺より年下とは思えない大人な言葉に、涙が溢《あふ》れてきたのは言うまでもない。

だが、癒《いや》しだからと許しすぎな彼女が不安だ。そうさせてしまった俺の責任ではあるが、心配になる。

なので毎日、彼女に防衛攻撃魔法を常にかけていた。そのおかげで変質者を撃退できたのは記憶に新しい。そして、城下町デートでのナンパ男達もな。

ちなみにあの男達は、秘密裏に俺の国へ送られている。変質者は城の地下牢で恐ろしい宰相による鬼拷問《ごうもん》を受け、学生のナンパ男達は保護者同伴で宰相と長時間に及ぶ面談をしているらしい。

「エセルバート様？」

考えに浸《ひた》っていた俺の懐《ふところ》におさまっている彼女が、首を傾げて俺を見上げている。

（なんだ、この可愛い生き物は？）

愛しくて堪《たま》らないとベッドに押し倒すと、今日はイライラすることでもあったのですか？　と勘違いした彼女が、自ら着ていたワンピースを捲《まく》り上げた。露《あら》わになった無垢な乳房に、俺の欲情が湧き上がる。

幼い頃、母恋しさに彼女に抱きついたことがある。その時にあったのは、ただ、寂しさを紛《まぎ》らわすように自分以外のぬくもりを感じていたいという純粋な気持ちだった。

しかし、聖魔法女学園で成長した清楚《せいそ》な彼女のふくよかな胸を見てから、俺は男としての欲を知ってしまったのだ。

俺しか知らない愛らしくも官能的な彼女の姿に、どうしようもないほどの欲情が湧いてしまう。

彼女は不眠症の癒《いや》しになるならと、俺の嘘を純粋に受け止めて胸を差し出してくれている。罪の意識を感じるけれど、その嘘で彼女に触れられるなら何度だって嘘をつくだろう。

彼女の胸を欲望のままに揉みしだけば、その刺激で徐々に彼女の乳房の頂《いただき》が俺を誘うようにつんと尖る。

堪《たま》らず硬くなっている頂《いただき》を口の中にすっぽりと含み、そのまま彼女を味わうように舌先を動かしたり吸い上げたりすると、彼女の甘い声が漏《も》れてきた。

「あっ……。エセルバートさま……んっ」

顔を赤くして涙を浮かべながらも、俺をうっとりと見つめている彼女の姿に惚《ほ》れ惚《ぼ》れする。その彼女の小さい口から見え隠れする赤い舌も味わいたくなった。欲情のままに、彼女の口の中へ舌を入れ込んだ。

なんの躊躇《ちゅうちょ》もなく俺の舌を受け入れて目を閉じる彼女が、どうしようもなく好きだ。

(そんな彼女を、もっと気持ちよくさせたいのだが……)

あの幼い日の事件のせいなのか、その先を俺は最近になって習うようになった。本来は王子教育の一環として、もっと早い段階で学ぶはずだったんだが。

父上と宰相の話し合いにより、弟達より遅れて学んでいる状況だ。

やっと最近、キスの上級編らしき本を読んで彼女にしてみたが、予想以上にドキドキして、心地よかった。

今まで見たことがない彼女の蕩《とろ》けるような顔を目にして、幸せな気持ちになる。

これ以上のことをすれば、もっと互いを感じて幸せな気持ちになるんじゃないだろうか。

その反面、深く触れすぎて彼女に嫌われないか不安な気持ちもある。

彼女とのはじめてを失敗しないために、彼女ともっと深く愛し合うためにも、しっかり勉強しなければならない。

そう意気込みながら、極秘で部下達にそっち系の書籍を入手させたエセルバートだったが。

宰相の検問に部下達が引っかかり、厳重な宰相のチェックが行われ、翌日に山積みの書類と一緒に、初心者向けのそっち系の書籍だけがエセルバートの執務室に届けられたのであった。

＊＊＊

宰相から送られてきた山のような書類の処理を徹夜で済ませた俺は、学園の執務室で一緒に送られてきた一冊の本をこっそりと開いていた。

初心者向けらしいけれど、そっち系のものに変わりない。アンナリーゼとのはじめてを失敗しないために、少しでもそっち系の知識を得たい。その意気込みでドキドキしながらも開いて読みはじめた俺だったが。

数分で読み終えた俺は、パタンと本を閉じて執務室の長椅子に脱力したように倒れ込んだ。

なんせその本の内容は、まったくもって、そっち系とは言えないものだったからだ。初等部のおこちゃまでも、鼻で笑ってしまうくらいに可愛らしい恋愛。いや、童話に出てくる王子とお姫様が真実の愛のキスをするレベルのものだった。

「さすが、愛娘を溺愛する宰相だ」

だが、俺は諦めない。彼女ともっと深く愛し合うためにも、しっかり勉強しなければ。

そう考えた俺は、学園で女子生徒に人気な男子生徒達に相談することにした。確か、城の舞踏会で麗《うるわ》しい令嬢達をとっかえひっかえ踊っていた大商人の子息が、この学園に在籍していたはずだ。舞踏会で、大人の女性とも付き合っていると自慢気に話していたからな。そっち系の知識も豊富だろう。

そうして大商人の子息に会いに、学園の執務室を出て廊下を歩いていたのだが。

「エセルバート様！　魔術実技と筆記試験、共に成績トップおめでとうございます」

(そういえば今日だったな、定期試験の結果発表は。すっかり忘れていた)

俺の目の前にある廊下の壁には、定期試験の結果が記《しる》された大きな魔法のボードがあり、一番上に俺の名前が黄金に光り輝いていた。

「やっぱり、この国の王太子様だけあってすげぇな！　俺達とは頭の構造が違う」

「天才魔法使いのエセルバート様！　素敵ですわ」

「学園きっての秀才であらせられるエセルバート様と、同じ学び舎《や》で魔法を学べるなんて光栄です！」

俺の周りに集まって来た生徒達に、褒め称えられて困惑する。

（俺はただ、愛しいアンナリーゼに会うために、聖魔法女学園の鉄壁のシールドを突破できる魔法を極めただけなんだが）

予想以上に注目されて囲まれた俺は、身動きが取れなくなってしまった。これでは大商人の子息に会う前に休み時間が終わってしまう。それに、女子生徒が触れてきそうで怖い。

そんな顔面蒼白《がんめんそうはく》になっているエセルバートを、少し先の廊下から睨《にら》みつける一人の男子生徒がいた。

灰色の髪に赤い瞳の男子生徒は、憎しみと殺気に満ちた視線をエセルバートに向けている。

「なんで僕が二位なんだ。なんで僕は、アイツより下なんだよ！　ありえない……。今までずっと、僕が一位だったのに!!」

そんな劣等感に顔を歪《ゆが》める男子生徒を見て、丁度横にいた男子生徒達がケラケラと笑いはじめた。

「これはこれは、初等部時代から天才魔法使いと誉《ほま》れ高いグレン様ではありませんか。あ、でも今は天才魔法使いだったと言うべきかな？」

「今回も総合成績二位になってしまって残念だったな」

馬鹿にしたように笑う男子生徒達から逃げるように、グレンは泣きながら廊下を走り出した。

「努力しても、努力しても、僕はずっとアイツの下なんだ。父も母も僕の努力が足りないからと怒って、誰も僕の努力を認めてくれない。アイツさえ、いなければ……僕は……」

そうブツブツと囁《ささや》くグレンの瞳は、絶望に染まっていた。

＊＊＊

我が国の成人年齢は十八歳である。アンナリーゼは現在、聖魔法女学園二年目の十九歳で既に成人している。

俺の妻である彼女を隣国から連れ帰り、夫婦の営《いとな》みというものをしてもまったく問題ない。

だが、彼女の父君である宰相が『学園卒業まで絶対に許さない』と頑《かたく》なに拒《こば》んでいる。悲しいことに彼女までもが、まだ早すぎると言う。

どうやら彼女の頭の中には、成人は二十歳という謎の固定観念があるようだ。

『これは不眠症を治すための癒《いや》し。セラピスト的ななにかよ』

『これは猫吸い的な私吸いなの。そうなのよ！』

そう、暗示のように自分に言い聞かせているのを聞いたことがある。

(幼い頃、よく俺を破廉恥《はれんち》な下着姿で襲ってきた彼女とは思えない)

きっと清楚《せいそ》なお嬢様学園の生活環境で、心も体も清く正しく成長したのだろう。

恥じらいながらも、俺の求めに応《こた》えようとしている健気《けなげ》な彼女に無理強いはしたくない。二十歳になるまで待ってあげたい。

(でも、それまで俺が待てるか、正直自信がない。うっかり襲わないようにしなければ)

そんな悩みを抱えていた俺は現在、魔法学園の図書室で吐き気を我慢しつつ読書に勤《いそ》しんでいた。

図書室にある学術書に隠された破廉恥《はれんち》すぎる本の情報を、例の大商人の子息からこっそり教えてもらい、胸を高鳴らせて読んでいたんだが……

「うっ！　こっ、こんなことを女性とするものなのか？　俺は、そんな邪《よこしま》な考えを持つメイドや大人の令嬢達に襲われそうになっていたのかと思うと……ぐぅっ」

吐き気を感じて、制服の隠しポケットに入れていた彼女のドロワーズを口元に添えた。彼女の残り香をスンスン嗅《か》いで心を落ち着ける。

そんな俺を眺めていた友人であり専属護衛騎士でもあるロイが、怪訝《けげん》そうに質問してきた。

「そのスンスンと嗅《か》ぎまくってるハンカチって、もしかしなくても隣国にいるアンナリーゼ様のものですか？」

青い前髪をかきあげながら、冷え切った海のような青い瞳を向けるロイは若干、引いているような表情だ。

「そうだが？　それに、これはハンカチではなく、彼女のドロワーズだ」

「ああ、ドロワーズですか。……って！　わぁぁ！　なっなんてものを持ってんですか！　今すぐ仕舞ってください!!」

制服の内ポケットに入れていた純白のドロワーズをひらりと見せたら、秒でロイが明後日《あさって》の方向を向き、元入れていた場所に戻すように念押しする。

「見なかったことにしますから。くれぐれも！　俺に見せたことは、ご内密にお願いします。アンナリーゼ様に知られたら、確実に怒られますよ。もう出入り禁止間違いなしです！」

「それは困る。わかった、二度としない」

幼馴染《おさななじみ》でもあるロイだからと、つい気兼ねなく見せてしまったことを大反省し、彼女のドロワーズを再び内ポケットに仕舞う。

そして、中断していた破廉恥《はれんち》な本を真っ青な顔で読んでいると。脱力したようなロイが声をかけてきた。

「その行為を、不快に感じる女性達じゃなく、愛していらっしゃるアンナリーゼ様としている想像をしてみたらどうですか？」

(アンナリーゼと？)

ロイの助言を参考に、本に描写された男女の営《いとな》みを、俺と彼女に置き換えてみることにした。

『エセルバート様。抱いてください』

目の奥にピンクの光を灯らせ、甘い声で可愛くおねだりする裸の彼女に、俺は……

「エセルバート殿下⁉　鼻血！　鼻血が出てますよ！」

「大丈夫だ。問題ない」

「いやいや。鼻血がすごいし、顔が真っ赤になってますよ⁉　やっぱり、まだ刺激が強すぎたんですよ！」

そうして鼻血を出しながらも、彼女と深く愛し合うための知識を学んで、初めてを失敗しない自信が湧いてきた。

「卒業して彼女を迎える時には、『エセルバート様大好き！　何度でも抱かれたいですわ』と言ってもらえるぐらいのテクニックを、俺は習得してみせる！」

「いや、経験ない童てっ、いえ、潔癖症で純情ロマンチストのエセルバート様には、かなり難しいですって！」

「問題ない！　俺はこれでも天才魔法使いだ。実戦で経験しなくとも、脳内でアンナリーゼと愛し合って学ぶ!!」

「不安しかないです!!」

そんな俺には、アンナリーゼのこと以外に、もう一つ悩みがあった。

「エセルバート様！　こんなところにいらっしゃったのですね」

図書室の最奥にあるこの隠れた場所へやって来た一人の女子生徒。最近、やたらと俺の視界へ強制的に入ってくる面倒な女だ。

季節外れに転校してきた平民の女子生徒で、男子生徒達が純粋で可憐だと夢中になっているらしい。

神々しいほどの乙女を妻に持つ俺としては、まったく興味がないというか、視界にも入れたくない。

それに、学園に在籍している女子生徒よりも何故か拒絶感が強いのだ。妙な違和感もあり、関わりたくない。

「捜しましたわ！」

馴れ馴れしく声をかけてきた転校生の声に、俺はまったく聞こえなかったふりをして、ロイと一緒に図書室を出ることにした。

「きゃっ！」

そんな悲鳴と共に、転校生がなにも障害物がない図書室の床で滑って、俺の目の前に倒れてきた。

すぐに避けようとしたが、転校生の手が俺の制服を掴んで回避不可だ。

故意であるのは間違いない。今にも俺の唇に、事故に見せかけてキスしようとしている。

それだけはやめてくれと、首の骨が折れてもかまわない覚悟で首を横に向けた。しかし、頬に降ってきた転校生のキスに、俺は声にならない悲鳴を上げる。

「ごめんなさい！　わざとじゃ……えっ？」

「エセルバート様！　……泡を噴いて痙攣《けいれん》してる。これは、ヤバいかもしれない。誰か！　上級の浄化魔法ができる男子はいないか!!」

嘘泣きする転校生と、慌てふためくロイの姿を最後に。

俺は深い闇に墜《お》ちていった……

＊　＊　＊

ある日、突然エセルバート様が私の部屋へお忍びに来なくなりました。

最初は上級の学年に上がって学業が忙しくなったからと思っていたけど。なんの連絡もよこしてこない彼に、だんだん不安が募《つの》ってくる。

数日前。お父様宛《あ》ての手紙に、さりげなく彼がどうしているのか書いて送った後に、私は気が付いてしまった。

もしかしたらウェブ恋愛小説の世界の主人公である姫宮花奈が異世界トリップを果たし、魔法学園に入学してきたのではないかということを。

（エセルバート様と姫宮花奈が運命の出会いを果たしてしまったのかもしれない）

お城で結婚して、幸せそうに甘く淫《みだ》らに愛し合う二人の姿が頭に浮かんできた。

私はその姿を拒絶するように、寒く感じる私室のベッドに入り込んで蹲《うずくま》る。胸がズキズキ痛むのは気のせいだ。

「気のせいよ」

そう、自分に言い聞かせて眠ろうとするけど。

「眠れない」

ここ最近、ずっと眠れないわ。

しかも、気が付いたら部屋のベランダに立っていたり、学園の庭園を虚《うつ》ろな瞳で彷徨《さまよ》ったりして、生徒や教師達に保護していただくという……

（どうやら私は、エセルバート様不足で、夢遊病にまでなってしまっているようです）

それを周りは例の痴漢事件のせいだと考えているらしく、教師達が見回りを強化し、私は定期的に大聖堂のシスターのカウンセリングを受けることになりました。

「もう私、ダメダメじゃない」

するとそこへ、コツコツという寝室の窓を叩く音が聞こえてきた。ガバリと勢いよく飛び起きた私は、ベランダに続く窓に駆け寄る。

「エセルバート様！」

期待しながらカーテンを開けると、そこには待ち望んでいた彼はいなかった。代わりに、窓の外でお父様の伝書梟《ふくろう》が首を傾げている。

一気にテンションが下がった私は、悲しくなって梟《ふくろう》のくちばしに挟まった手紙を受け取る。

だけど、その手紙の内容を読んだ数秒後。私はいても立ってもいられずに部屋を飛び出していた。

そのまま、寮を出て馬小屋へ向かう。

「セコムーン！」

馬屋で寝ていたユニコーンのセコムーンに、私は縋《すが》るように抱きつく。彼は入学当初から、私を護衛騎士の如《ごと》く四六時中見守るユニコーンで、自然とそう呼ぶようになっていた。

「お願い！　私を母国にある魔法学園へ連れていって！」

『ヒヒッ！　ヒヒーン!!』

そこへ、夜の見回りをしていた教師が駆け寄って来た。

「アンナリーゼさん？　裸足《はだし》で怪我でもしたら……？　何故、ユニコーンに跨《また》がってっ!?　いけません！　今すぐユニコーンから降りなさ〜〜い!!」

その制止の声も聞かずに、私はセコムーンに合図する。

すると、セコムーンは背中にたたんでいた真っ白な翼を広げて、勢いよく夜空へ飛び立った。

お父様の手紙には、エセルバート様が倒れたと書かれていた。高熱を出して今も寝込んでいるらしい。

なんでも、季節外れに転校してきた女子生徒が、事故に見せかけて頬にキスをしてしたそうだ。潔癖症の彼は、泡を噴いて痙攣《けいれん》まで起こしてしまったとか。

そこまで深刻な潔癖症だったとは思わなかった。

そうとは思えないほど私に触れて、熱いキスまでしていたから。

「もっと……もっと、早く気付いていれば」

彼が姫宮花奈と運命の出会いを果たして、幸せそうに愛し合っているかもしれない。

私のことなんて、どうでもよくなってしまったんじゃないかって。心のどこかで躊躇《ちゅうちょ》していた。

(怖くて、行動に移せなかった!!)

「エセルバート様。ごめんなさい」

彼が今も高熱で苦しんでいるのかと思うと、涙がぼろぼろと溢《あふ》れ出して夜の風に飛ばされていった。


私は現在、セコムーンと共にウェブ恋愛小説の物語の舞台である魔法学園の真上にいた。

聖魔法女学園と同等に強力な魔法シールドがあって、それをどうやって突破するか模索しているところなんだけど。

天才魔法使いなエセルバート様なら、教師や警備員の騎士にバレずに侵入可能だろう。回復魔法しか習っていない私に、この結界を壊す力はない。

（そう思っている間にも、エセルバート様が苦しんでいるかもしれない）

どうすることもできない悔しさでいっぱいになる。

なにもできない自分の無力さに涙を流していると、ふいにセコムーンが凛々《りり》しい瞳で私を見つめてきた。それは、まるで『俺に任せろ！』と言わんばかりの表情だ。

私を乗せたセコムーンが、助走をつけるように一段高く舞い上がる。かと思うと、物凄い速さで急降下して、額《ひたい》中央にある一角を魔法シールドにぶっ刺すように突撃した。

稲妻と、鏡が割れたような轟音《ごうおん》が魔法学園に響き渡る。

その騒音に、真っ暗になっていた魔法学園内に光がちらほらつきはじめた。でも、そんなことはどうでもいい。

今の私にとっての最優先事項は、エセルバート様に少しでも早く会うこと。

男子寮の上空まで来ると、セコムーンが何かを嗅《か》ぎ分けるように鼻をスンスンさせる。そして、如何《いか》にも豪華な王族専用に作られた屋敷を発見した。

そのまま、屋敷の二階にある小さなテラスを突き抜け、セコムーンが窓ガラスを物理で破壊。

夜風と共に部屋へ侵入した私達は、真っ暗な部屋のベッドで高熱に苦しみつつ眠る彼を見つけた。

「やっと……会えた。エセルバート様！」

私はセコムーンから降りて、会いたくて仕方なかった彼のベッドに入り込んだ。続けて自分が知る限りのすべての浄化魔法と回復魔法を唱える。

若葉色の光が彼を包み込み、苦しそうな表情が緩やかに変わっていく。

熱が引き、すやすやと気持ちよさそうに寝息を立てはじめた彼にホッとする。それと同時に、今まであった不安がなくなって一気に脱力した。

私は、そのまま彼の横に添い寝することにした。

少し心もとなく感じて、彼の懐《ふところ》に無理やり入り込む。そして、力の入ってない彼の重い腕を私の背中に回させた。

(まるで私を抱き寄せてくれているようで、すごく落ち着く)

懐《ふところ》に入り込んで感じる彼の懐かしい香り。一緒に眠る温もりに安らぎを覚える。

私は完全に、彼のことを好きになってしまったみたいだ。そう自覚して湧き上がる醜《みにく》い独占欲に体が震える。

「エセルバート様……好きになってしまって、ごめんなさい」

主人公と幸せになる彼を許せない私は、きっと悪役令嬢になってしまうのだろう。彼を不幸にしてしまうかもしれないわ。

「でも、止められない。貴方を愛することを……貴方に、触れることを……」

そうして私は涙を流しながら、彼の唇に唇を重ねるのだった。

＊＊＊

夜風を感じて肌寒さに目を覚ますと、俺の妻であるアンナリーゼの愛しい寝顔が真横にあった。

まだ夢を見ているのかもしれない。

ここは俺が通っている魔法学園で、俺の部屋だからだ。

しかも、彼女は隣国の聖魔法女学園に通っている。そう簡単には、ここまで来られない。

(この魔法学園にも、強力な魔法シールドが張られているしな。それに)

目の前にいる彼女の頭はボサボサで、目の下にうっすらと隈《くま》ができている。普段の彼女からは想像できない姿だ。

俺と同じように、彼女も病《や》むほどに俺を好きになってもらいたいという願望からきた夢だろうか。

(だが、彼女の病《や》んでる姿より、幸せに微笑む姿が見たかった)

彼女の隈《くま》ができた目元にキスを落とすと、閉じていた目をうっすらと開けた。

その若葉色の瞳に俺を捕らえたかと思うと、じわじわと涙を浮かべて、俺の体へ痛いくらいにぎゅっと抱きついてきたのである。あまりに大胆で熱烈な夢の彼女に、胸がドキドキする。

お返しとばかりに、俺の顔中にキスを落としはじめた彼女に歓喜する。だが、右頬にキスしようとした彼女を瞬時に止める。

(ここは、転校生にキスされてしまった汚れた場所だ)

夢でも、キスして彼女が穢《けが》れてしまったらと思う。

「今すぐに、俺の穢《けが》れた頬を削ってしまいたい」

できなくもない。ナイフで削ってすぐに回復すれば……

「エセルバート様、重症のようですわね。でも、もう大丈夫ですよ。私が既に、上級浄化魔法をかけていますから」

そう言うと、彼女が俺の右頬を猫のようにぺろっと舐めて微笑んだ。

（なんて最高な夢なんだ）

俺の欲望が作りだした史上最高の幸福な夢に、胸が痛い。そう思いながらも、久々に感じる彼女の香りと温もりに、心が安らぐ。

あんなに吐き気がした性教育の本で見た色々も、彼女とならできると思える。むしろ望んでいる自分がいた。

彼女と深く愛し合いたい。舌を絡めるキスを交わしつつ、彼女の着ていたワンピースを脱がせようと――

『ヒヒ――ン!!』

背後から馬の怒声が聞こえたかと思うと、首元に鋭い一角が向けられて……!?

「なんで、俺の部屋にユニコーンが!?」

辺りを見回すと、俺の部屋が大惨事に見舞われていることに気付く。

崩壊した窓ガラス。そこから、肌寒い夜風が吹きつけている。

その窓から、目を覚ましたらしい男子学生の声が聞こえてくる。部屋のドアの向こうからは、教師達の慌てた声と足音が。

これは夢じゃないと瞬時に察した俺は、下着姿の彼女をシーツでぐるぐる巻きにして懐《ふところ》に抱き寄せる。

寝ぼけ眼《まなこ》で無防備状態の彼女を誰にも見られたくない。

「エセルバート様？」

「アンナリーゼ。俺を心配して来てくれたのか？」

「はい」

「君と会ってないのは……たったの三日だ」

「三日もですよ！　三日間もの間、私は不安で不安で……。会いに来ちゃいました」

「くっ！　俺の妻が可愛いすぎる」

たった三日会えなかっただけで、こんなにもやつれ果ててしまう彼女が好きだ。

今も、まるで何十年も会えなかったかのように真剣に俺を見つめて涙を流しながら、再会を喜ぶ彼女を愛せずにはいられない。

「エセルバート様!!　こちらに、白馬が突撃したとっ！　ユニコーン!?」

ロイがドアを開けて入ってきたかと思うと、部屋の惨状を真っ青な表情で見つめて固まっている。

その背後から教師達も入ってくるなり、ユニコーンとシーツぐるぐる巻きの彼女を確認して真っ青になっていく。

「エセルバート様、この状況を説明していただきましょうか？」

＊　＊　＊

翌朝。

エセルバート様が、教員会議に呼び出されてしまいました。

その会議中に女教師と保健室の先生らしき方が現れ、私は問診を受けることになりました。

どうやら隣国に留学中の私を学園に連れ込み、如何《いかが》わしいことをしていたのでは、と大問題になっているそうです。

なので、私は今までの経緯を説明することにしました。

私が体調不良の彼が心配で、着の身着のまま聖魔法女学園を飛び出してきたこと。

学園の魔法シールドを突破し、彼の部屋の窓を破壊して侵入したこと、すべてを包み隠さずに説明したわ。

最初は清楚《せいそ》な乙女達が通う隣国の聖魔法女学園の生徒である私では、魔力的にも不可能だと信じてもらえなかったけど。私の背後で護衛騎士の如《ごと》く警戒をやめないセコムーンを見て納得していただけたようです。

そして、セコムーンと私を何度も見つめてホッとした二人の先生。たぶん、私の純潔を心配していたのだろう。セコムーンで確認されてしまった私は、非常に恥ずかしい。

「それに潔癖症のエセルバート君が、そんな破廉恥《はれんち》なことはできないですよね」

「ええ。女子生徒に触れるだけで、泡を噴いて倒れてしまうのですから」

そんな彼と抱きしめ合って、ディープキスとかしちゃってるんですけどね。と、私だけが許されていることが嬉しくて、口元がむにょむにょしてしまう。

「ん？　待ってください。貴方は許可なく、聖魔法女学園を飛び出してきたのですか？」

「あちらの学園に、早く連絡を入れなければ！」

顔面蒼白《がんめんそうはく》で部屋から退出した二人を、私はのほほんと見送っていたのだけど。

交代するようにやって来た道徳の女教師と、魔法シールドを破壊されて激怒した教師達による説教が開始された。

しかも、私が裸足《はだし》かつ、下着姿も同然であることに気付かれて説教が二時間追加されてしまったわ。

説教を終えた教師達を見送ると、私はふらつく足取りで部屋にある椅子にぐったり腰かけた。その視界に映る自分の足は土で汚れていて、スカートもぐしゃぐしゃだ。

そんな余裕もなくなるほどに、彼を愛している自分がいる。

ウェブ恋愛小説では既に私は死んでいるはずなのに、生きて主人公の座を奪ってしまっている気がしてならない。

(大丈夫よね？　物語の中には、エセルバート様以外にも素敵な殿方達が登場していましたし。主人公の相手が変わってるかもしれない。そもそも、学園に入学して――)

「あんた、転生者でしょ？」

いつの間にやって来たのか。長い黒髪に黒い瞳の女子生徒がテラスから入り込み、私の目の前に立っていた。

このウェブ恋愛小説世界の主人公。現代から異世界トリップした姫宮花奈と同じ容姿である女子生徒の姿に、私は大きく目を開く。

(……妙な違和感がある)

彼女は確かに美しいし、同性でも思わず見とれてしまうほど綺麗だった。でも何故か場違いだと感じてしまう。それもそのはず。

彼女の体と顔が、着ている制服と合っていないのだ。

海外の人には子供と勘違いされるけど、同じ日本人ならサバ読んでもバレバレ的なあれよ。

「えっと、おば……姫宮お姉さん、ですよね？」

「今、おばさんって言った？」

「言ってませんわ！　姫宮お姉様」

お嬢様学園で培《つちか》った清楚《せいそ》な微笑みを向けるも、やっぱり違和感があって気になる。

(どう見ても、成人していない純粋無垢《じゅんすいむく》な学生とは思えない)

寧《むし》ろ、保護者の美魔女ママと言われたら納得できる。少なくとも、前世の私より年上だと確信できる顔つきなのだ。

その歳で無理やり制服を着こなしている姿に、こっちが恥ずかしくなってきた。そんな私の赤面で察したのか、彼女も顔を赤くして怒鳴りつけてきた。

「これはすべてあんたのせいだから！　あんたが死なずに、生きているのが悪いんだからね!!」

その怒りのままに、勢いよく頬を打たれてしまう。予想外の攻撃に、ぽかんとしていた私を乱暴に引き寄せて睨《にら》みつける彼女に恐怖が湧いてきた。

（あれ？　恋愛小説の主人公って、もっと真面目で可憐な子じゃなかったかしら？）

「そうよ。あんたが死んでいれば、裕福な貴族の養女として贅沢《ぜいたく》できたのに。この学園にだって、簡単に……汚い仕事もせずに入れたのよ」

そう言って、光の魔力で生成したナイフを私の首元に突きつけてきた。

「物語と同じようにあんたが死ねば、本来の恋愛物語に戻るはずよ。私が主役で、沢山のイケメンに囲まれて。そして、私はエセルバート様と運命の出会いを果たして甘い夜を過ごすの！　だから、あんたは潔《いさぎよ》く死ね！」

そうして、彼女が私の首にナイフを突き刺そうと――

『ヒヒーン!!』

急に背後から激怒したセコムーンの声がしたかと思うと、私を彼女から守るように前に出て威嚇《いかく》している。

「これ、もしかしてユニコーン？」

幻想的なユニコーンの姿に興奮した彼女が、セコムーンの鼻に触れた。その瞬間。

『ビギャガッグフビビィィン!!』

断末魔のようなセコムーンの悲鳴。白銀の鬣《たてがみ》をブルブル震えさせると、泡を噴いてバターンと倒れてしまった。そのセコムーンに、私は真っ青になって駆け寄った。

セコムーンの体は痙攣《けいれん》していて、私の目から大粒の涙が流れ落ちる。

「セコムーン!?　しっかりして！　いったいなにが……？」

『ブルル。ヒッ、ヒヒー……ガクン』

「セコムーン……？　セコムーン!!　いやぁぁ!!　」

ぐったりと倒れ込んだセコムーンを抱きしめ、彼女をキッと睨《にら》みつける。

「いったいセコムーンに、なにをしたんですか！」

「なにもしてないわよ！　どいつもこいつも、なんなの!?　過剰反応しすぎよ！」

(セコムーン以外にも、こんなことに？　エセルバート様の頬に、故意にキスをした女子生徒って、まさか……)

いや、そんなはずない。姫宮お姉さんは潔癖症の彼に触れられる、聖なる光の魔力を持つ主人公だもの。

「ええ、そうよ！　私は既に純潔を捨てた女よ！　何故か遅れて異世界トリップしてみたら物語の舞台じゃない辺境の地で、右も左もわからない。なんの力もない私が、この学園に入学するためには、そうせざるを得なかった。これも全部、あんたのせい!!」

自爆発言しながらブチギレる姫宮お姉さん。そのすべてが私のせいらしい。

確かに、お父様が養女を貰わなかったのは私が生きているからだけど。

(保護者にしか見えない姫宮お姉さんが、学生として魔法学園に入学しているのも問題ありだと思う)

口ぶりからして、年齢詐称で裏口入学の疑惑が濃厚だ。それに、なによりも私は、生きて大好きな彼の傍にいたい。

（そうよ。主人公の座を奪ってしまって、申し訳ないと思う必要なんてない。私はもう、物語に出てくる悪役令嬢じゃない）

なにを遠慮する必要があるのか。私の死を望む彼女の姿に、悩んでいた自分が馬鹿だと悟った。

「私はエセルバート様の妻です。それに物語のように不仲でもない。ですから、エセルバート様を諦めてください。そして、大人の素敵な殿方を見つけてください」

それが彼女にとっても一番、無難だと思うから。

「……は？」

茫然《ぼうぜん》とした顔で私を見つめたかと思うと、今度は急にゲラゲラと笑いはじめた彼女に、ただならぬものを感じる。

「もういいわ。私が主役じゃない世界なんて、消えてなくなればいいのよ」

死の宣告のような言葉と共に、彼女の体から眩《まばゆ》い光の魔力が溢《あふ》れ出してきた。とても神々しい光なのに、すべてを呑み込んでしまいそうな恐怖を感じる。

「この世界は、ウェブ恋愛小説の世界。その物語の主人公である私が、この歪《ゆが》んだ世界を破壊すれば、きっと『世界』が間違いを正すように巻き戻るはず」

その無謀な彼女の狂気的な思考に、強い衝撃を受けた。

この世界が本当に破滅したら、どうなるのだろう。

やり直しができるのかも定かではない。仮にやり直しできたとしたら。

（私は、どうなるの？）

私という人格も消えて、今までの出来事も無になってしまうかも。

私の知るエセルバート様も、別人になってしまうかもしれない。

「待って!!」

彼女に世界を破滅させる力が本当にあるのかわからないけど。可能性があるのなら、なんとしても止めないと！

「どうすればいい？　……どうすれば、やめてくれますか？」

すると、彼女は私の胸に指を突きつけてきた。そして、さも当然だとばかりに囁《ささや》く。

「あんたの大事な人達を失いたくないなら、今すぐ消えて。できるでしょ？　あんたは物語の主役でも主要人物でもない、死んでいるはずの人間なんだから。この学園……いいえ。エセルバート様の手が届かない遥《はる》か遠い場所にすっこんでなさいよ!!　そうなれば、エセルバート様も気付くはずよ。あんたのことは一時の気の迷いで、私が運命の相手だってことをね」

まるで私のアンナリーゼとして生きてきた人生を、全否定されたようだった。

私の大事な人も、居場所もすべて手放さなければならない。その恐怖に、私の体がガタガタと震え上がる。

「あ！　そうそう。あんたが消える前に、やってもらいたいことがあるのよね。大丈夫、とても簡単なことよ。ただ物語と同じように、エセルバート様にトラウマを作ってほしいの！　死ななくて済むんだから、いいでしょ？」

「……えっ」

「そうねぇ。この学園の男子生徒達を、尻軽ビッチ女みたいに誘惑してみてよ」

彼の前でそんなことできるはずがない。そんな酷い裏切り行為なんて……

「そんなの嫌です！　……貴方の邪魔はしないから。この魔法学園には、もう二度と近づかないと誓う。だから」

遠くから、見守るだけでも――

不意に、私の腕の中でぐったりしていたセコムーンが苦しそうな鳴き声を上げた。尋常じゃない鳴き声に、セコムーンの様子を見た私は戦慄《せんりつ》する。

セコムーンの両足が、光の粒子になって消えそうになっているのだ。

「邪魔なあんたの願いを、私が叶えてあげるとでも？」

「やめて！　お願い!!」

「このユニコーンみたいに、光の魔法で消されたくないでしょ？　だったら、ちゃんと本来の立ち位置に戻って。淫《みだ》らな悪役令嬢らしく振る舞いなさい」

エセルバート様も、私を愛してくれる両親も、親友であるマーベリンも、皆すべて簡単に消されてしまう。

でも、私が国を出れば……。誰も傷つかずに、消えることもない。

「わかったわ。貴方の言う通りにする」

慕《した》ってやまない彼を裏切り傷つけなければならない不安や恐怖、底知れぬ深い絶望と悲しみに襲われる。

（けれど、エセルバート様が私のせいで消えてしまうなんて、もっと耐えられない。だから……）

「ちゃんと悪役令嬢らしく演じてみせるわ」

私はぼろぼろと溢《あふ》れ出しては流れ落ちていく涙を腕で強く拭《ぬぐ》うと、覚悟を決めたように彼女を見つめた。

そんな私を見て、彼女は初めて主人公らしい可憐で明るい微笑みを向けるのだった。

＊　＊　＊

理事長室で、俺は五日間の停学処分を言い渡された。

そんな状況にもかかわらず俺の足取りは軽やかで、アンナリーゼのいる自室へ向かっている。

俺に会えないたったの三日間で『寂しくて、来ちゃった』と、着の身着のままユニコーンと共に魔法学園までやって来た俺の妻である彼女に早く会いたい。

（俺が会いに行くことはあっても、彼女が俺に会いに来たのは初めてだ）

その温かな喜びと幸せな気分で学園の渡り廊下を歩いていると、学生達の騒ぎ声が聞こえてきた。

渡り廊下の先にある庭園に集まる生徒の大半が男子生徒。その先に見え隠れしている真っ白な翼に嫌な予感がする。

慌てて庭園へ向かい、男子生徒達の壁を無理やりこじ開ける。すると、そこには――

「美しい精霊姫のような貴方に出会えたことを私は幸せに思います。どうか、私を貴方の護衛騎士にしてください！」

「潔癖症の王子より俺に乗り換えてみない？」

「君の爽《さわ》やかで甘い香り……好き。ずっと、一緒にいたい」

男達の甘い口説き文句を耳にした俺は戦慄《せんりつ》した。

その男達をよく見ると、王家を守護する近衛騎士の子息に、この国の商業地区のまとめ役である大商人の跡取り息子、城に隣接している大聖堂の大司教の孫と、皆この学園で女子達にチヤホヤされている男子生徒達だ。

その見目麗《みめうるわ》しい三人の男達に囲まれている美しい精霊姫。彼女は正真正銘、俺の妻であるアンナリーゼで間違いない。

暖かな木漏《こも》れ日《び》が射す庭園にある大木に寄りかかり、ほんのりと微笑む彼女は、保健室の先生が貸し出したらしい真っ白なワンピースを着こなして天使そのものだ。

健康診断で着る白のワンピースが天使の羽衣に見えるのは、彼女の美しさあってのことだろう。

こんな彼女を妻にできた俺は幸せ者だな。

（いや、そんな浮かれている場合ではない！）

今にも美男子達が、彼女の手や白銀の艶《つや》やかな髪にキスしそうである。

魔法で男達を吹き飛ばしてやりたいが、停学処分を受けている俺は魔法制御の指輪をはめられ、魔法が使えない状態だ。

彼女の背後で必死に牽制《けんせい》しているユニコーンのおかげで、触れられてはいないようだが。隣国からこの学園まで全速力で来て疲労困憊《ひろうこんぱい》状態のユニコーンだけでは心許ない。

ならば、物理的に男達を退《しりぞ》けようと思ったが。なにか妙な違和感がする。

「聖魔法女学園では出会えない、素敵な殿方達とお話しできて嬉しいです。もっと、私とお話してくれますか？」

華奢《きゃしゃ》な手に触れた男達に、怒ることなく優しく微笑む彼女の姿。

彼女の手が汚されてしまったと怒りが湧き上がってくるのに、それ以上に彼女の視線に釘付けになる。

彼女は俺に視線を向けたまま、男達と和気藹々《わきあいあい》と話しているのだ。

「潔癖症の王子様には正直、飽き飽きしていたのです。こんなに素敵な殿方達がいたと知って、乗り換えてしまいたい気分ですわ」

そう言って、彼女は大司教の孫の頬にキスをした。

「待って、乗り換えてって言ったの俺だよ！」

「私にも！　そっその、護衛騎士の契約に額《ひたい》にキスをしていただけると……」

男達にキスをせがまれる彼女は、今まで見たこともない魅惑的な微笑みを浮かべていた。

「では、順番にして差し上げますわ」

そうして、俺に見せつけるように男達にキスしかけていた彼女を、手を伸ばして抱き寄せようとしたが――

【私のアンナリーゼに触れる不埒《ふらち》な野郎は、みんな石に変えてやる!!】

突如、空から舞い降りてきた聖魔法女学園の生徒。

アンナリーゼを守るように男達の前に立ちふさがり、牽制《けんせい》するように睨《にら》みつけている。女子生徒の髪がうねりはじめたかと思うと、髪が蛇に変わり、赤い瞳で辺りを見回す。視線を合わせた数人の男子生徒が灰色に染まり、石化してしまった。

その女子生徒の登場を合図に、魔法学園の空に二頭のユニコーンが引く馬車が現れ、庭園に舞い降りてきた。

教師にしては優雅すぎる魔法使いと、聖魔法女学園の生徒が馬車から舞い降りて、アンナリーゼを保護するように前に立ちはだかる。

聖魔法女学園の者達を守護するように真っ白な花びらが舞い散り、華やかな香りが漂《ただよ》う。幻想的な光景に、辺りにいた生徒達はポカンと口を開けて見入っていた。

「隣国の魔法学園の皆様、ごきげんよう」

お嬢様学園の生徒らしく清楚《せいそ》で美しい姿で令嬢の礼をすると、体調不良でぐったりしているユニコーンとアンナリーゼを回収して馬車へ乗り込んでいく。その彼女の腕を掴もうとしたが、何故か俺を拒絶するように手をひっこめてしまった。

「アンナリーゼ？」

「もう、耐えられません」

俺を拒絶する色を宿した目から、ぼろぼろと涙を流す彼女は悲しそうに口を開けた。

「お願いです。どうか……もう、私に夜這《よば》いしてくるのはやめてください」

その言葉に、俺は周りにいた聖魔法女学園の教師や生徒達の凍えるような怒りに晒《さら》される。

それだけじゃない。この学園の生徒達も批難の視線を向けているのだ。

「そうよ！　この男がアンナリーゼを脅迫して、無理やり学園に連れ込んだんだわ！　許せない！

私の親友を泣かしたあんたなんて、一生石になっていればいいんだわ!!」

そう叫んで目を赤く光らせた女子生徒に、俺は魔法制御の指輪を破壊して跳ね返しの魔法を唱えた。逆に石化してしまった女子生徒を見て、駆け寄った教師達に魔法の杖を一斉に向けられる。

緊迫感のある状況を気にせずに、俺はアンナリーゼの腕を掴んだ。

「俺のことが、嫌いになったのか？」

「……っ。放して！　エセルバート様なんて、嫌いです！　二度と、顔も見たくない……」

彼女の拒絶の言葉に、目から涙が溢《あふ》れて視界がぼやけていく。

手に力が入らなくなって彼女を解放すると、聖魔法女学園の者達が彼女を馬車に乗せた。そして、ユニコーン達と共に空へ舞い上がり去っていく。それを止めようとするが、駆けつけてきた教師達によって拘束《こうそく》されてしまった。

彼女が、俺を嫌いになった。

その事実に、どん底に落ちたような絶望が襲ってくる。

すると、俺の前に一人の黒髪の女子生徒が現れて手を差し伸べてきた。

「エセルバート様。私は貴方の味方です」

そう微笑む彼女に、俺は……

「うぐっ!!」

盛大に吐いてしまった。

なんせ以前、図書室で事故に見せかけて俺の頬にキスしてきた転校生だったからだ。

「嘘でしょ……なんで、思ってたのと違う展開になんのよ!!」

それからのことは、殆《ほとん》ど覚えていない。

気が付いたら、学園の地下にある反省部屋に入れられていた。その薄暗い部屋で、俺はずっと考えている。

(どうして俺は、アンナリーゼに嫌われてしまったのか?)

俺に甘い微笑みを向けていた彼女とは、まるで別人のようだった。

(見目《みめ》麗《うるわ》しい男子生徒達に、心を移してしまったのか?)

女の心は、猫の目のように気まぐれで変わりやすいという。

「いや、彼女は違う! なにか理由があるはずだ。……そうだよな? アンナリーゼ……?」

その後、俺は一時的に城へ返され数週間、謹慎することに。

そうして母上と父上から、彼女が離婚したいと願い出たことを聞かされたのであった。

＊　＊　＊

聖魔法女学園へ帰ってきた私は、深い後悔の念に駆られていた。

「アンナリーゼさん。今日は、色々と大変だったでしょう。もう遅いですし、部屋でおやすみなさい」

そう私を労《いた》わる教師達に、後ろめたさを覚える。寮へ行く私とすれ違った生徒達に同情の言葉をかけられる度《たび》に、罪悪感に胸が押し潰されそうになった。

被害者は、私ではなくエセルバート様で、同情される資格なんてない。

でも、そう仕向けたのは私だ。

男主人公の彼を裏切って、男子生徒達を誘惑する淫《みだ》らな悪役令嬢。

「ちゃんと演じきれたわ。これで、エセルバート様や私の大切な人達が消されることはない」

あんな酷い裏切りをした私を、彼は恨んでいるかもしれない。

「これで、私が急に消えたとしても、追いかけてくることもない。捜すことも……ない……っ」

必死に堪《こら》えていた涙が一気に目から溢《あふ》れ出し、ポタポタと滴《したた》り落ちて床にシミを作っていく。今にも泣き崩れてしまいそうな自分の体を、無理やり奮《ふる》い立たせる。

(私には、まだやらなきゃいけないことがある)

私は気合を入れるように両頬を両手で強く叩くと、行動を開始した。

寝室のクローゼットから、旅に必要な最低限の服や魔法アイテムを選んで旅行バッグに詰め込む。

(主人公の彼女が納得するくらい遠い場所に。一刻も早く、行かなければならないわ)

そうして私は生徒達が寝静まった真夜中に部屋を出て、学園の正門の外に立っていた。

私が他校の生徒に連れ去られてしまったということで、学園全体が厳重警備になっていて教師達がピリピリした表情で正門に立っていた。

でも、実は借りたままだった彼の透明ローブで全身を隠し、サクッと出てきてしまったわ。

そうして学園の外の森を、私は全力で走り抜ける。走る度《たび》にローブがふわりと風に靡《なび》いて、ほのかに香る爽《さわ》やかな香りに涙が込み上げてきた。目を閉じると、あの時の彼が浮かんでくる。

『俺のことが、嫌いになったのか？』

拒絶する私に、強いショックを受けて涙を流していた。

「ごめんなさい。エセルバート様。ごめんなさい、ごめんなさい……」

もう届くこともないだろう謝罪を何度も呟きながら、私は暗い森を進んでいく。

（もう、このまま夜の闇の中に、消えてしまいたい……）

だんだん視界が暗くなり、虚《うつ》ろになっていく。足の力も失って倒れそうになる。

でも、倒れ込む前に真っ白で温かい壁にあたってしまった。

見上げるとそこには、少し息切れしているユニコーンが立っていた。

「セコムーン……？」

置いてけぼりは許さないと言うように、私に鼻を擦りつけてくる。

「一緒に……来てくれるの？」

『ヒヒーン！』

当たり前だと言っているのか、明るい声で鳴いたセコムーンは、私に乗れとばかりに体を低くしてくれた。

「ありがとう」

そうしてセコムーンに乗った私は、夜の空へと飛び立った。

大事な人達がいないどこか遠くへ。あてもない旅へ向かう。不安や恐怖で胸がいっぱいだったけど。

そんな私の視界には、満天の星空が広がっていて。

私達の旅立ちを、見守ってくれているような気がした。

＊　＊　＊

「どうして、私が望んだ展開にならないのよ！」

魔法学園の校舎裏にある森で、姫宮はイライラした怒声を上げていた。

「この恋愛物語の主人公である私の手を取って溺愛執着するところなのに！　私を見て吐くとか意味わかんないんだけど!?　しかもエセルバート様は、あれからずっと学園に戻ってこないし！　逆ハーレム要員のイケメン達にも、何故か避けられるし!!　これもモブ男子じゃなくて、逆ハーレム要員のイケメン達を誘惑したアンナリーゼのせいよ!!　やっぱりあの時、消しておけばよかった」

怒りのままに、近くにあった大木に強力な光魔法を放った。その大木が一瞬で灰に変わって消えていく。

『そうやって、自分の都合が悪いことを人のせいにしているからじゃないの？』

「……っ⁉　誰‼」

姫宮は声がした方へ振り返るも、そこには誰もいない。ざわめく木々と、森に住んでいる小鳥がいるだけだ。

『自分の欲求を満たすことだけを考えて行動するからよ。イケメン達もドン引きして近寄ってこないんじゃない？　そもそも、清く正しい学生達が通う神聖なる学び舎《や》に、年齢詐称した貴方がいること自体が間違いなんだけどね』

「うるさい！　なんなのよ、この耳鳴り！」

頭の中から響く女性の声に、姫宮は真っ青になって自分の両耳を塞ぐ。

「私を怖がらせたら天罰が下るわよ！　私は、この異世界の神様に愛されし恋愛物語の主人公、姫宮花奈なんだからね‼」

その姫宮の言葉に反応したように、木々のざわめきも小鳥のさえずりも、一瞬でやんでしまった。静まり返った森にあるのは、言いようのない異様な空気だけだ。そして、一気に温度が下がり寒気が姫宮を襲う。

『それ、本気で言ってる？　……ああ、そうだった。貴方って、自分の都合の悪いことは忘れちゃうんだっけ？　でも、本当は理解しているんでしょ？』

「……やめて」

『自分が主人公に相応《ふさわ》しくない。罪深き者だってこと』

「うるさいうるさいうるさいうるさい!!」

その凍りつくような声から逃げるように、森を抜けて校舎へ続く渡り廊下を走る。そこで、姫宮は一人の男とぶつかってしまった。

「君、大丈夫か？」

自分を心配そうに見下ろしてきた男に、姫宮は嬉しそうに微笑む。何故なら彼はこの先、逆ハーレム要員になるイケメンかつ忠誠心溢《あふ》れる騎士志望の男子生徒だったからだ。

「君は確か、あの見目《みめ》麗《うるわ》しい聖魔法女学園の女子生徒の友人だよな」

「私が、アンナリーゼの友人？」

「ああ、彼女と君が話しているのを見かけた学生がいてな。そうか、アンナリーゼというのか。素敵な名前だな。……その、彼女と連絡を取りたいんだ。よかったら」

「ふざけんじゃないわよ」

「へっ……？」

「逆ハーレム要員の分際で。悪役令嬢と浮気なんて、絶対に許さないから」

「逆ハーレム？　浮気!?　君は、なにを……っ」

姫宮は、困惑する男の頬に手を添えて見つめた。

姫宮の黒い瞳が怪しく光り、その光を見てしまった男の瞳から光が徐々に消えていく。

「主人公の私を見てくれないなら。強制的に、私を見させればいいいんだわ。他のイケメン達も、愛しいエセルバート様も私の虜《とりこ》にしてしまえばいいのよ!!」

そうして渡り廊下を歩きはじめた姫宮は、主人公とは思えない不敵な微笑みを浮かべ、クスクス笑っていた。

第三章　幻獣の森暮らし

「アンナリーゼ。最近、幻獣の森に怪しい人間が入り込んでいるらしい」

狩りから戻ってすぐにそう声をかけてきた男を、私は座っていた椅子から立ち上がりいつものように出迎える。

艶《つや》やかなクリームレモン色の長い髪に琥珀色《こはくいろ》の瞳をした彼は、幻獣の森に住むエルフの狩人《かりゅうど》だ。

姫宮お姉さんの願い通りに、私はエセルバート様の手が届かない場所を探し求め、辿り着いたのがエルフ達が住む領域だった。

私がエルフの里の先にある幻獣の森で暮らしはじめて早三年。

そこで、色々と世話をしてくれたのが彼、セリオンだった。

最初は幻獣の森の近くにあるエルフの集落の宿に泊まっていたのだが、今は彼が作った木の香り漂《ただよ》うログハウスに住んでいる。

そんなログハウスの地下に設《もう》けられた部屋に繋がる階段を、私達は下りはじめた。

「今日はどうだった？」

「気持ちよさそうに寝ていたわ」

そうして、和《なご》やかに地下にある部屋へ入った。その部屋は、私と彼の魔法で常に温度が十二から十四度に保たれ、部屋には綺麗な浄化の泉と小さな噴水が設置されている。まさに冬眠に適切な環境と言えよう。

ちなみに、この天上の空中庭園風なお部屋をＤＩＹしたのはこの私である。

そう、自慢げにフンスと鼻を鳴らしていると。

「マーベリン、今帰ったよ」

そう愛しそうに囁《ささや》いた彼は噴水の奥にある天蓋《てんがい》式ベッドの端に座り、彼の妻であるマーベリンの額《ひたい》にキスを落とした。

冬眠中の彼女を優しく見つめながら、今日の出来事を話している彼は、本当に愛妻家だ。

彼女の住みやすい環境を作るためならばと、エルフの集落にあった家も貯めていたお金も、すべて使い果たしてログハウスを作ってしまったくらいだ。

男嫌いのマーベリンが好きになっただけのことはあります。忠実で真面目な彼は、彼女に巡り合わせてくれた恩義があると、私まで養ってくれている。

親愛の契《ちぎ》りによって私を追いかけてきた彼女と出会えたのは確かだ。でも、ひとえに彼の優しさと一途な思いが、彼女に伝わったからこそだと私は思う。

そんな真面目で義理堅い彼なのに、彼の住んでいたエルフの集落では、人里離れた幻獣の森にあるログハウスで二人の妻と、夜な夜な淫《みだ》らなことをしているエルフだと噂《うわさ》されている。

（非常に申し訳ない。私が家を出て、一人暮らしするべきなんだけど）

冬眠中の彼女を彼一人に任せるなんて、親友としてありえないことだ。セリオンが狩りをしている時に、泥棒や変態が彼女を襲うかもしれないという不安がある。

（それに、先ほどセリオンが言っていた怪しい人間も気になる）

とりあえず、今後についてはマーベリンが冬眠から覚めてから考えようと思う。


その日の夜。

ログハウスに数人のエルフの男達がやって来た。どうやら、森に侵入した怪しい人間の捜索《そうさく》を行うらしい。

男達が、白いワンピースにブランケットを羽織っただけの私を真っ赤な顔でじっと見つめている。あの淫《みだ》らな噂《うわさ》を鵜呑《うの》みにして、よからぬ妄想をしているようですね。

そんなエルフの男達に、私は『大人の魅惑の微笑み』攻撃をする。

これは、噂《うわさ》話はムキになったら逆効果だからと、お世話になった美魔女から教わった対処法だ。

その攻撃を受けた男達は鼻や下を押さえながら、次々と森の奥へ去っていく。

「これからは、これで対処しましょう」

「やめておけ。逆に襲ってくる奴がいるかもしれない。留守を頼むぞ、アンナリーゼ」

「任せてください！　貴方の愛する妻は親友であるこの私が死んでもお守りしますわ！」

「いや、君が死んだら妻が大泣きして後を追いそうなのでやめてくれ。早朝には戻ってくるから、くれぐれも生きて出迎えてくれ」

「了解しましたわ！　捜索《そうさく》、頑張ってください！」

「不安だ……行ってくる」

そうして本当に不安そうに救援の魔法石を私に持たせると、セリオンは狩りの道具である弓矢を持って森へ入っていった。

見送る私は、聖魔法女学園で習っていた強力な幻影シールド魔法をログハウスとその周辺の庭にかける。

「うん、これで大丈夫。……ううっ、寒いっ！」

夜風に肩を震わせた私は、そそくさとログハウスに入った。

そんな私を、真っ暗な森の中から見つめている者がいたことも知らずに……


戸締りをしっかりしてログハウスの屋根裏部屋にある私室に入る。

そのまま、いつものようにベッドに横になって眠りについた。

そのはずだったのに……

目を開けると、そこは懐かしい聖魔法女学園にある寮の部屋に変わっていた。

寝室のベッドに横たわっていた私は、起き上がって辺りを見回す。

薄暗い私室の机には宿題のレポートや魔導書が置かれていて、窓際ではラベンダーのポプリが入った花瓶が月明かりに照らされている。

エセルバート様の不眠を少しでも和《やわ》らげられたらと作ったラベンダーのポプリに、懐かしさが込み上げてくる。それと同時に、彼を思い出して涙が溢《あふ》れてきた。

三年経っても薄れることのなかった、彼に対する恋心。いくら忘れようとしてもダメだった。

(今頃、消えた私なんて忘れて……。物語のように、姫宮お姉さんと結婚して、子供だっているかもしれないのにね)

この異世界において、未だにセコムーンと空のお散歩なんかしてる私は、残り物状態なんじゃないかしら。

(いや、このまま独身でもいいかもしれない)

セリオンとマーベリン。二人の子供を一緒に育てて、穏やかに暮らす。

彼を恋しく思う気持ちを紛《まぎ》らわすように、二人の赤ちゃんを想像しながら目を閉じた。

そうすれば、ログハウスで新婚ほやほやな二人と、その子供を世話するアンナリーゼおばさんの夢にチェンジできるかも……

(って！　私の未来が悲しすぎますわ！)

「やっぱり、近いうちに彼氏でも作らないと……」

「彼氏？　君に彼氏は必要ないだろ？　君には、俺という夫がいるんだから」

いつの間にやって来たのか。魔法学園の制服姿のエセルバート様がベッドに入り込み、私を抱き寄せた。

私しか知らない彼の香り。潔癖症の彼が唯一触れられる私の体を優しく撫でてきて、泣きたいほどの切なさと愛しさが込み上げてくる。

「アンナリーゼ。早く君と……一つになりたい」

「……私も」

求めるように彼の頬に手を添えた。でも、その触れた頬があまりにも冷たくて、思わず手を引っ込めてしまう。

触れていた彼の体がどんどん冷たくなっていく。艶《つや》やかな金髪も、青空のように澄んだ青い瞳も、すべて色を失っていく。

「エセルバート様！　いや……やだ!!」

「アンナリーゼ……っ、痛くて、苦しいっ！」

苦しむ彼の頬にピシッと痛々しい亀裂が走り、徐々にキラキラと輝く光の粒子に変わって消えようとしている。

その体を繋ぎとめたくて彼に抱きつくも、フッと一瞬で光の粒子に変わって消えてしまった。

そんな悪夢を見た私は、真夜中に目を覚ました。

彼を失う絶望が、夢から覚めても消えることがない。言いようのない不安と恐怖に、自然と震え上がる。

震える体をなんとかベッドから起こした私は、近くの棚に仕舞い込んでいたものを取り出す。それを両腕に強く抱きしめた。

それは色々あって未だに返せていない彼の透明ローブだ。これだけは、どうしても手放すことができなかった。

エセルバート様ロスで不眠が続いた時も、寂しさで急に涙が止まらなくなった時も、このローブに微かに残っていた彼の香りに何度、助けられたことか。今はもう、殆《ほとん》ど香りは残っていないけど、彼を連想できる唯一のものだから。

（大丈夫。私は姫宮お姉さんの言う通りに、遠いエルフの里まで来たじゃない。だから、エセルバート様は死んでいない。絶対に消えてない！）

心の中でそう自分に言い聞かせながら、深呼吸をする。そうすれば、徐々に言いようのない不安や恐怖が消えていった。このまま、眠ろうと思っていたけど……

悪夢でも、私の前に現れてくれた懐かしい彼の姿に胸が高鳴って眠れない。

私を抱き寄せて、優しく触れてきた彼の大きな手の感触が恋しくてどうにかなりそう。

彼に対する甘い欲情がどんどん溢《あふ》れて、体が熱く疼《うず》いてきた。

その熱を解放するために、私は右手をショーツの中に入れる。予想以上に濡れてしまっているそこに指を沈めて、一番感じるところを撫でまわす。こんな破廉恥《はれんち》なことをする自分に、羞恥心《しゅうちしん》が募《つの》るけど手が止められない。

マーベリンは冬眠中だし、セリオンは森を巡回していてよかった。早く終わらせて早く寝よう。

自分の欲情から解放されたいと、空《あ》いた左手で胸の先を刺激するように触れる。ローブに顔を埋めて彼の姿を思い浮かべると、気持ちいい感覚が徐々に湧き上がって、頭がふわふわしてきた。

「……っ。……エセルバート様」

(会いたいな。今はもう大人で、逞《たくま》しい体なんだろうな……)

そんな彼と姫宮お姉さんが、恋愛小説と同じように激しく抱き合って、甘い夜を過ごしているのかもしれない。

幸せそうに愛し合う二人の姿を想像して、涙が溢《あふ》れてぽろぽろと流れていく。そのせいで余計にイケない。

「うぅ……イケないよぉ。エセルバートさまぁ……」

「君は、本当に酷い女だな」

そんな声が暗い部屋に響いたかと思うと、急に誰かがベッドに入り込んできた。知らない男に襲われていると救援の魔法石を握りしめたが、すぐにその力を緩める。

「そんなに苦しいなら、俺がイかせてやる」

何故なら、見たこともない暗い微笑みのエセルバート様が私を見下ろしていたからだ。

(これは、きっと夢だ)

だって、ここは母国から遠い辺境の地。しかも、人間が侵入することが難しいエルフの領域を超えた先にある幻獣の森なのだから。

夢でもいい。夢でも、彼に触れてもらえるなんて幸せだから……

「エセルバート様……会いたかった」

その思いのままに、彼の唇に唇を重ねた。そんな私を、彼は何故か苦しそうな顔で見つめる。意味がわからずに首を傾げていると、苦笑いした彼に強く抱き寄せられてしまった。

「俺と別れて三年か。白銀の髪も若葉色の瞳も変わらないな。でも、体は男を惹《ひ》きつける色気と艶《なま》めかしさがある女性になった。それに、ずいぶんと大胆で淫《みだ》らな女になってしまったようだな」

冷めたような言葉で今にも泣きそうな顔をする彼に、私が口を開く前にキスをされてしまった。ぬるりと熱い舌を入れ込んできたかと思うと、貪《むさぼ》るような激しいキスをされて頭がくらくらする。

「……んぅっ」

息もできないほど苦しいのに、恋焦がれるほど欲していた彼とのキスを止められない。もっとキスしてほしい、もっと触れてほしいと思う。その欲情に任せて、自分から舌を動かして熱いキスを交わす。

「あのエルフに教え込まれたのか？　……俺がそうしたかった。俺の手で君のすべてを奪いたかった」

彼の悔しそうな言葉に、また疑問が浮かぶも頭が上手く回らない。そんな私が着ていた白いワンピースを彼が捲《まく》り上げてしまった。

首元まで下着をたくし上げられて露《あら》わになった胸が、部屋に漂《ただよ》うひんやりとした夜気に晒《さら》され、寒さを感じる。

「エセルバートさま……？　……あっ」

彼の手が乳房を揉みしだき、その頂《いただき》を指で摘まんで軽く引っ張った。それだけでジンジンと甘い刺激が体に広がっていく。

「君の胸も奴に揉まれて、ずいぶん大きくなっているな。ふっくらと盛り上がって張りもある……愛らしく憎たらしい胸だ」

私の右胸に先に口を寄せたかと思うと、がぶりと噛みつかれてしまった。

「やぁっ！　……っ」

強く噛まれて真下を見たら、私の右胸にくっきりと彼の歯形が赤く浮かんでいた。

抗議しようとしたけど、今度はその歯形をなぞるように舌を這《は》わせられる。ぞくぞくと、えも言われぬ甘い感覚が走って抵抗できない。

ピリッとした甘い痺《しび》れが駆け抜け、思わずうっとりした声が漏《も》れてしまう。それに気をよくしたのか、そのまま硬くなった胸の頂《いただき》を口の中にすっぽりと含んでしまった。

その瞬間、聖魔法女学園にある寝室で密やかにしていた懐かしい甘い記憶を思い出して、心が温かく熱くなっていく。

「エセルバート様、もっと、私に、触れて……」

「……アンナリーゼっ」

クラッとした表情で私を見つめた彼は、また私の胸の頂《いただき》を熱い口に含み唾液を絡ませ、ちゅうっと吸ったかと思うとねろねろと転がす。

その甘い疼《うず》きが下腹に伝わり、腰がぴくぴくと勝手に動きはじめてしまう。もどかしくて腰を捩《よじ》っていると、硬くて長いものがあたった。

「入れてほしいのか？　旦那以外のを入れてほしいなんて……本当に悪い女だな」

「……旦那？　エセルバートさっ……ひゃん⁉」

逞《たくま》しい昴《たか》ぶりが足の付け根に擦り付けられて、その感覚にとろけるような快感が走り抜け、足の間に切ない熱がじわじわと込み上げてきた。

初めての感覚に驚いて言葉を失っていると、彼の瞳が怪しく光を宿して私を見つめていることに気が付いた。

「初めての女性は、じっくりと慣らしてやらないといけないと書いてあったが。君はもう経験済みなんだろ？　ならすぐに入れても、問題ないよな……」

「エセルバート様、なにか誤解、ひゃっ……っ⁉」

彼の手が私の足に添えられたかと思うと、大胆に開かれてしまった。そのまま体を割り込ませてきた彼に胸がドキドキする。

先ほどよりも間近に感じる彼のなめらかな肌に、体の熱が上がってきた。

だけど急に熱くて硬いものが私の濡れた蜜口に入り込んできて、息ができないほどの激痛に体が震え上がる。

(夢の中でも、これって激痛を感じるものなの⁉)

大好きな彼でも耐えられない痛さだ。その痛みに、顔から血の気がどんどん引いていく。

(これって、エセルバート様のが大きすぎる故《ゆえ》の痛さなのかしら？　待って。私って実はむっつりスケベで、願望におっきいのを夢にまで見ちゃったとか⁉)

ダメだ。痛さを紛《まぎ》らわそうと明後日《あさって》の方向のことを考えてたけど。痛みが強すぎてもう限界だ。

「怯えるほどに、嫌なのか？」

「ひぅっ……裂けちゃうっ!!　抜いてくだっ……いっ痛いっ！」

「……？　……へっ？」

私が顔面蒼白《がんめんそうはく》でギャン泣き状態になったことに気が付いたのか、すぐに体を離してくれた。

「まさか……奴は、妻である君を……まだ抱いていないのか？」

どうやら夢の中の彼にとって、私は誰かの人妻設定らしい。

だが、私は人妻じゃなくて乙女である。そんな私を昼ドラ的に夜這《よば》いして間男役を演じている彼をキッと睨《にら》みつけた。

「すまない。痛かったよな、初めてなら……っ！　初めてならば、女性が泣いてしまうほどの痛さだと本に書いてあった！」

エセルバート様はさっきまでの怒りを瞳に宿して闇が差したヤンデレな表情が嘘みたいに、太陽のような明るい笑みを湛《たた》えている。そして、その喜びを示すように私をぎゅうぎゅう抱きしめてきた。

「そうか……君を妻にしておいて、抱いていないとはな。愚かなエルフの男だ」

そう言うと、先ほどの強引さとは裏腹に私を優しく抱き寄せ、深くて甘いキスを落としてきた。

「一緒に気持ちよくなろう。アンナリーゼ」

耳元でそう囁《ささや》かれたかと思うと、そのまま背後から抱きしめられてしまった。わけがわからずにいた私の太腿に、熱くて硬い男根が挟み込まれて足を閉じさせられる。

内股の間に今まで知らなかった熱くて硬いものが挟まれて、どうしていいかわからなくなった。ただ目の前にあった枕を抱きしめることしかできない。

そうしているうちに、ゆっくりと動きはじめたそれが突き上げたり、引いたりを繰り返す。

「あっ……やっ……動かしちゃ……」

蜜口から溢《あふ》れた粘液が肉茎を濡らして、いっそう淫《みだ》らな感触が伝わる。気持ちよくてじわじわと甘い快楽が湧き上がっていく。

「……あっ、……ひぅ……んぅ……」

感じはじめた私のそこを、亀頭の尖端でぐりぐりと激しく擦られ、口から勝手に甘い声が飛び出す。

「アンナリーゼのここ……柔らかくて、気持ちいいな」

男性の性器を押し付けられているという恥ずかしい状況なのに、濡れた割れ目にそれを擦りつけられると、どうしようもなく身悶《みもだ》えしてしまう。

腰を掴まれ固定されて腰を揺さぶられ、部屋に響き渡る水音とベッドの軋《きし》みに、口から溢《あふ》れてくる自分の喘《あえ》ぎ声が交じって恥ずかしくて仕方ない。今すぐにやめさせたいと思うけれど……

露《あら》わになっている胸の先端が、腰を打ちつけられる度《たび》にシーツに擦れて、より甘い快感が溢《あふ》れてきて制止できない。

「君とこうやって気持ちよくなれるなんて夢みたいだ……」

「それは、夢……だかっ……やっ、そんなに、突かないでっ」

彼がいっそう激しく腰を動かしはじめ、割れ目の間で抽送《ちゅうそう》を続けられると強い快楽が全身を走った。

「イキそうだな……俺も……っ」

「あ、エセルバートさまっ……イク……イっちゃうっ……っ！」

ビクビクと体が痙攣《けいれん》して、一際高く甘い声を漏《も》らしてしまう。そして、体の奥底から熱いものが込み上げ、きゅっと陰唇を引きつらせた時。腹部や足の間に熱い飛沫《しぶき》が浴びせられた。

一気に体の力が抜けてぐったりと突っ伏していると、いきなり体を仰向きにされる。

ぼんやりと向かい合わせになった彼に視線を向けると、そこには高揚して幸せそうに微笑む彼がいて胸がときめく。うっとりと見つめていると、私のおでこや頬、鼻先にキスの雨を降らせてきた。

何度も降ってくるキスが擽《くすぐ》ったくて、思わず笑ってしまう。

「愛してる。今も昔も、君は俺の愛する妻だ。だから……もう逃がさない。そして、俺が苦しんだ分だけ苦しめて愛してやる」

碧眼《へきがん》の奥に燃えるような赤い光を灯した彼に、また激しく濃厚なキスをされる。その深くて甘い快楽に溺れていった。

そんな淫《みだ》らで甘い夢から目覚めた私は、幻獣の森から聞こえてくる小鳥のさえずりに耳を澄ましながら羞恥心《しゅうちしん》と戦っていた。

あまりにも破廉恥《はれんち》すぎる夢に、己が如何《いか》にむっつりスケベかを自覚して落ち込んでいたけど。それよりも、気になることがある。

「夢の中に出てきた間男エセルバート様の変な誤解を解きたい！」

夢だったとしても、私が不倫女みたいに思われているなんて心外だ。

(私は未だにセコムーンと空のお散歩ができちゃう独身乙女なのよ！)

そう思いつつ、ログハウスの裏にある馬屋に入った私だったが。

「セコムーン⁉」

そこにいたセコムーンが、高級品と呼ばれる三ツ星キャロットの山盛りをガツガツと一心不乱にドカ食いしている。

「ちょっと、誰に貰ったの‼　知らない人から、こんな一本で家一軒買えるようなもの貰っちゃダメでしょ‼」

母親目線で怒っていると、何故かセコムーンにドヤ顔されてしまったわ。


お昼になって帰ってきたセリオンを、私はいつものように出迎えていた。

だけど、彼は帰ってすぐに警戒したように辺りを見回し、足早に地下へ向かってしまう。

いつもと様子が違う彼に首を傾げる。その数分後に彼が戻ってきた。

「どうしたの？」

私の質問に彼は答えない。無言で私の方へ手を伸ばしてきたかと思うと、何故か途中で手を止めてしまった。そんな動作を何度かした後、腕を組み私を見下ろしてきた。

「昨日の夜、なにかあったか？」

昨日は庭に幻影シールド魔法を張って就寝した。もちろん戸締りチェックもしている。

胸を張って警備員の如《ごと》く報告した。にもかかわらず、各部屋の窓や裏のドアを確認しはじめた彼にカチンときた。

「私、ちゃんとお留守番できる大人ですわ！」

幻影シールド魔法も、セリオン以外が入ってくると防衛魔法が発動するようにしていた。頬を膨らませて彼を睨《にら》みつけていると、未だに不安そうに辺りを見回している。

「ああ、そうなんだろうが」

まるで自分のテリトリーを侵《おか》されたようなピリピリした表情で、不安そうに私をじっと見下ろす。

「念のため、里にいる魔女に君を診《み》てもらおう」

彼の有無を言わせない雰囲気に、私は潔《いさぎよ》く従うことにした。

ログハウスを出て、里へ向かう道中。何故か歩く度《たび》に右胸と、あそこにピリッとした痛みを感じる。

（もしかして、あの日が近いのかな？）

お腹の痛み止めの薬も切れたところだし。美魔女なカレンさんに診《み》てもらおう。

そうして里へやって来た私達だったが、異変に気付いて立ち止まっていた。

空に打ちあがる魔法の花火。広場では、魔法でできた森の動物達をエルフの子供達がキャッキャと追いかけまわして遊んでいる。大人のエルフ達も近くでお酒を飲みながら陽気に笑い合っていた。

そんなエルフの人々に歓迎されている、漆黒《しっこく》のローブに身を包む男の姿が目に留まる。

私の視線に気付いたのか、男が被っていた深いフードを脱いで優雅に礼をした。その男の素顔を確認した私は、驚きと混乱に目を大きく見開く。

長くボサボサの金髪、その髪から見え隠れする鋭い目。私を捉えたその碧眼《へきがん》に釘付けになる。

私の前にやって来た彼は、淫《みだ》らな夢の中で見た姿のままだ。ローブでも隠せない鍛えられた逞《たくま》しい体。眉目秀麗な顔に魅惑的な微笑みを浮かべる彼に、思わずうっとりしてしまう。

「エセルバート様？」

「やぁ、アンナリーゼ。夜ぶりだな」

耳元でそう甘く囁《ささや》いた彼に、胸キュンを通り越して腰が砕けそうになる。

しかし、彼の発言に、昨夜の間男な彼との淫《みだ》らで破廉恥《はれんち》な夢が頭に浮かんできた。それと同時に羞恥心《しゅうちしん》がぶり返してくる。

(いや待って。夜ぶりってことは、夢じゃなかったってことじゃない!!　……あれ？　じゃあ何気に右胸とあそこが痛いのは、あれの日とかじゃなくて。噛まれたり、無理やり入れら……)

「今、えっちなこと考えてるだろ」

「かっ、考えてなんかっ……ひゃんっ!?」

私の背中を強引に引き寄せ、より体を密着させられた。今にもキスされそうな距離にある彼の魅惑的な顔に、思わず目を閉じかけて――

「貴様は何者だ」

セリオンが私を庇《かば》うように前に出てきた。背中に装備していた弓を彼に向けて牽制《けんせい》している。緊迫した雰囲気に硬直していると。

「おいおい。喧嘩《けんか》かぁ？　そうカリカリすんなって」

酒に酔っているエルフ達が私達の周りに集まってきて、陽気に話しかけてきた。

「コイツは道に迷っていた魔法使いだ……ヒック。なんでも、愛する妻を捜す放浪の旅をしているんだと」

「しかも、三年近く捜し続けてるんだぜぇ～。エルフの領域までやって来た健気《けなげ》な人間の男でよぉ」

「すごい純愛だと思わねぇか？」

その酔っぱらいエルフ達の言葉に、頭の中が疑問符でいっぱいになる。

「それに比べてセリオン！　お前はなんだ!!　そんな真面目そうな顔で可愛いメデューサの妻と、そこの精霊王妃のように美しい人間の妻と、夜な夜なイチャイチャ淫《みだ》らなことをしてんだろぉ」

「いいなぁ～羨《うらや》ましいぜぇ～」

「なんの話だ？　お前達、酷く酔っているようだな」

泥酔状態のエルフ達に、純粋な瞳をして首を傾げるセリオン。そのセリオンに一瞬、殺気を向けるエセルバート様。

人の噂《うわさ》も七十五日。ムキになって訂正したら逆効果とほったらかしていたけど、今となっては全力で訂正するべきだったと思う。

「精霊王妃ちゃんも、こんな二股男より、この魔法使いみたいに一途な俺と結婚しないかぁ……あれ？　なんだ!?」

酒臭いエルフの男が腕を掴もうとしたものの、途中で手が止まって首を傾げている。

(あれ？　なにかデジャヴ感？)

「とにかくお前は一度、長老のところへ行って検問を受けてもらう」

そう言って、昨日の夜に巡回していたエルフ達を呼びつけたセリオンは、エセルバート様を長老のところへ連れていくよう頼み、連行させた。

彼は抵抗せずに連行されていったけど、なにか闇を感じる笑みを浮かべていて不安でしかない。

(こっそりエセルバート様に会って誤解を解かないと。それから、私の知らない三年間のことを教えてほしい)

姫宮お姉さんとその後どうなったかとか、ハッピーエンドの行方《ゆくえ》を知りたい。そう考えながらも、私は口がむにょむにょしてしまう。

(私を捜して、こんなところまで会いに来てくれたんだ。夢じゃなかった……)

そうして最初の目的地だった魔女のカレンさんの家にやって来た。

セリオンの強い要望で、カレンさんに診察されるはずだったのだけど。私はその診察を頑《かたく》なに拒《こば》み続けていた。

診察で服を脱ごうとした時、未だにくっきりと残っている右胸の歯形に気付いたからだ。自分の体をよく見ると、服で隠れている肌に何個も赤い痕。こんなキスマークがいっぱいある体をカレンさんに見せられない。

そんな赤面している私の様子に、美魔女なカレンさんは『すべてお見通しよ！』とばかりに微笑んで服の上から診察をしてくれた。

そして診察を終えたカレンさんは、別の部屋に待機していたセリオンにニヤニヤと笑みを向ける。

「セリオン。貴方、妻が心配だからって男が接触できない魔法をかけるなんて。見かけによらず独占欲が強いのね。もう一人の妻にもかけているのかしら？」

「なんの話だ？」

「うふふ。でもあんまり束縛すると、逃げられちゃうわよ？　あと、女性に無理をさせるのはお勧めできないわね」

「だからなんの話だ」

そのカレンさんの忠告の意味を理解してしまった私は、羞恥心《しゅうちしん》に苛《さいな》まれるのだった。


「早くエセルバート様の誤解を解かないと」

そう考えた私は、真夜中にこっそりログハウスを出ようとした。

けれど風の精霊に告げ口されてしまったらしい。玄関の入り口で腕を組んでいたセリオンに見つかり屋根裏の私室に戻されてしまったわ。

「愛するマーベリンが冬眠している間、君を守るように頼まれている。君は妻の親友で俺にとっても大事な家族だ。変な魔法をかけられ解除もできない状態の君を、一人で外に出すわけにはいかない」

「ごもっともですわ。でも、ほんのちょっと気晴らしにセコムーンと星空をお散歩なんてしちゃったりとか」

「寝ろ」

「はい」

パタンと屋根裏部屋のドアを閉められた。私は渋々とベッドに入り込み、目を閉じた。

そこでエルフ達に連行されたエセルバート様の姿を思い出し、不安感が押し寄せてくる。

(長老の検問はどうだったのかな。怪しい人間だと冷たい牢獄に入れられてないかしら？　そもそも、どうやって私がここにいることを知ったの？　エセルバート様はこの物語の主人公である姫宮お姉さんとハッピーエンドを迎えたんじゃなかったの？)

姫宮お姉さんは、彼を射止める気満々だった。私は彼女に大事な人を消されないために、ここまで来たのに……

そうベッドの中で悶々《もんもん》と考えていた私は、クローゼットにある下着を漁《あさ》りはじめる。

(決して、今日の夜も来てくれるかもしれないという期待を抱いているとか、そんなんじゃない)

そう思いながらも自分の下着を再確認して気付く。私の下着すべてがシンプルイズザベストホワイトだということを。

今まで男の影もなく、セコムーンと空のお散歩なんかしていた私だ。どうせ誰も見ないのだからと、着心地と安さを重視していたわ。

（一着くらい、可愛いくて乙女チックな勝負下着を買っておけばよかった！）

せめてと、少しは可愛く見えるかもしれないヒラヒラレースとリボンのあるナイトドレスを両手で持って、眺めて……

「へぇ。ずいぶんと熱心に下着を選んでいるな、アンナリーゼ」

いつの間にやって来たのか、エセルバート様が真横に立っていた。そして、私の持っていたナイトドレスをじっと眺めている。

「俺に初めてを奪われる前に、旦那を夜這《よば》いする準備でもしていたのか？」

三年前には見たこともない闇を湛《たた》えて微笑む彼に、私はキョトンとしてしまう。

「まぁ、そんなこと、君にさせるつもりはないけどな」

そうして私をお姫様抱っこすると、ベッドまで移動し私をそこに放り投げた。

私のベッドは何気に硬いから、痛いかもしれない。そう思っていたけど痛みはなく、ふわりとベッドに寝かされた。

浮遊魔法を使ったらしい彼に、私はまた口元がむにょむにょしてしまい、それを両手で押さえる。

乱暴に見せかけて、紳士を捨てきれない彼が愛しくて仕方ない。

（これって、セリオンを旦那と思い込んで嫉妬《しっと》してる感じよね？）

喜んじゃいけないのに、嫉妬《しっと》してる彼を見ていると嬉しくなってしまう。

三年も経っているのに私を思って嫉妬《しっと》したり、今まで見たこともない表情を私に向けたりしてくれることが嬉しくて堪《たま》らない。

「それに、君には俺以外の男に触れられない呪いをかけている」

そう悪戯《いたずら》っぽく囁《ささや》いた彼が、私のおでこにキスを落とした。そのまま目尻、鼻先、頬と順番に触れるだけのキスを落としていく。その彼のキス一つ一つに胸がキュンキュンしてしまう。

「残念だったな。愛する旦那に可愛い下着姿を見せられず、触れられないなんて」

（いえ、愛するエセルバート様に見せられて触れられて幸せなんですけど。それに可愛い下着姿だと言ってもらえて嬉しいです）

「いや、これでは見せられないか」

私が着ていたナイトドレスをひらりと捲《まく》って、露《あら》わになった右胸を満足そうな微笑みで見下ろす。

その視線を辿ると、彼に噛みつかれてできた歯形がうっすらと残っている胸の先に行きついてしまった。

（きゃぁ！　見ないでぇ！）

恥ずかしさが沸々と込み上げてくる。

そんな私にトドメを刺すように、彼の顔が右胸に近づいてきて、見せつけるみたいにゆっくりと歯形の痕を辿って舌で舐め上げる。

「あっ……やっ……」

「俺の痕がいっぱい残っている体を愛する旦那に見せられるわけないよな？」

間男なセリフを口にしたニヒル顔の彼が、私を見下ろしていらっしゃるけど……

（どうしよう。胸キュンが止まらない!!）

と言いますか、そろそろ間男に夜這《よば》いされる妻な昼ドラシチュエーションをどうにかしたい。

何故ここまで会いに来てくれたのか、主人公の姫宮お姉さんとはその後どうなったのかとか、もうこの際どうでもいい。

今は彼と純粋に再会を喜びたいし、こんな変な誤解をされたまま触れられるのは嫌だ。

「エセルバート様、あの、旦那について誤か……？」

いつの間にか彼の顔が、私の太腿と太腿の間に入り込んでいる。その光景を瞳に映した私は目を大きく見開く。

「エセルバート様っ！　なっなんで、そんなとこ……ひゃっ!?」

ショーツ越しに彼の熱い舌を這《は》わされた感触に、驚いて震え上がる。ぞくぞくした甘い欲情が体に湧き上がり、それが怖くなった私は、止めるために彼の頭を掴んで体を引いて距離を置こうと——

「逃げるな」

「……やっ……あっ」

逃げる私の足を強引に引き寄せられ、穿《は》いていたショーツを脱がされてしまった。

「初めてはちゃんと慣らさないと痛くて入らないらしいからな。俺がじっくりと慣らしてやるよ、アンナリーゼ」

耳元でそう甘く囁《ささや》かれ、彼の長くて太い指が私の蜜口に入り込んできて何度も出し入れされ、じわじわと熱いものが込み上がっていく。

「エセルバート……さまっ……やっ……」

中に入ってきた指が動き、時折、蜜口の上にある突起も濡れた指で撫でまわされる。その刺激で私は何度も何度も絶頂し、意識を飛ばしては彼の甘い快楽に溺れていく。

快楽と熱に、瞳を潤《うる》ませてぼんやりと見つめる。そんな私に、彼は辛そうな笑みを浮かべていた。

「君が嫌でもやめない。やめられないんだ……」

＊　＊　＊

人間の領域とエルフの里の領域の境にある森で、姫宮花奈は強い領域結界に苦戦していた。

「エセルバート様がこの先にいるのはわかっているのに、なんで入れないのよ!?」

何度、主人公のチート光魔法を領域結界に当ててもビクともしない。むしろ攻撃する度《たび》に、結界の力が強くなってきている。

姫宮は仕方ないとため息をつくと、背後に控えさせていた、厚手のローブを纏《まと》った三人の男達に指示を出した。

三人の男達はふらついた足取りで結界の前に立った。そして、各々《おのおの》の持っていた剣や魔法のステッキ、聖典を構えて攻撃を加える。だが、その攻撃はすべて三人の男達に跳ね返ってきてしまう。

まるで人形のように倒れて動かなくなった男達に、使えないわねと愚痴《ぐち》る姫宮だったが……

『本当にクズ女ね。自分がクズな行動を取っていることを理解できないのかしら？　これで主人公気取りなのが手に負えないわ』

「うるさいわよ!!　こうなったのも全部、主人公である私の立場を奪ったアンナリーゼが悪いの！」

『ほら。そうやってまた、なんでもかんでもすべてアンナリーゼのせいにする』

「耳鳴りの分際で、横着なこと言わないでよ！」

『耳鳴りの分際!?　プッ！　いやいや、横着で自己中なこと言ってるのはあんたでしょ？』

「さてはあんた、悪魔ね！　主人公の私を虐《いじ》めて、闇に落とそうとしているんだわ!!」

『今度は被害妄想!?　どうあっても、悲劇のヒロインでありたいようね』

「ああもう、うるさいうるさい!!」

森の中で癇癪《かんしゃく》を起こし、苛立たしげに長い黒髪を掻く。そんな姫宮の前に、一匹の聖獣が森から現れた。

森の巨木よりも大きな白銀の獅子《しし》だ。領域を超えようとする姫宮を威嚇《いかく》しているのか、勇ましい鬣《たてがみ》を魔法の炎で燃やして唸《うな》り声を上げている。

そのメラメラと燃え上がる炎を見た姫宮は、一気に顔面蒼白《がんめんそうはく》になり震え上がった。その怯えは尋常じゃなく、一目散に元来た道へ向かって逃走してしまった。

その後ろ姿を見送った聖獣の横に、オフィススーツを着た女性——晴香が現れる。

さっきまでの凶暴さを消して、まるで猫のように喉を鳴らす聖獣。その瞳は敬意と憧れの光に満ちていた。

『美桜の幸せは私が守る』

そう自分に言い聞かせるように囁《ささや》いた晴香は、どこか寂しそうに微笑み森から姿を消した。

＊　＊　＊

エルフの里では、毎年行われる収穫祭の夜にランタン祭りのような行事がある。

収穫祭で収穫した森の恵みに感謝し、幻獣の森にしか咲かないアピの花を感謝を込めて夜空に打ち上げる。

そのアピの花は両手で持たないといけないくらいの大きさでタンポポの綿毛姿によく似ていて、摘むとその身を包む綿毛が温かな橙色《だいだいいろ》の光を放つ不思議な花だ。

アピの花には、森の土を潤《うるお》す栄養剤の効果があるらしく、綿毛を空に飛ばし、森に広げることで森がより緑豊かになるんだとか。しかも、アピの花を乾燥させてお茶にするとむくみと血流の改善効果があって、エルフのお姉様達から肌荒れにもいいってお裾分けしてもらったことがある。

さすが森の民《たみ》と呼ばれるエルフ。森と共存する知恵や知識が豊富です。

そう考えながら、私はエルフ達によって夜空に打ち上げられるアピの花が織りなす幻想的な景色を、広場の隅で顔を青くして眺めていた。

こんな誰もが感動するだろう景色に何故、青い顔でいるのか。

決して、昨夜の甘い一時を過ごしたことによる疲労ではない。気を失うくらいに激しくて情熱的だったけど、紳士を捨てきれないエセルバート様の優しさに包まれて逆に癒《いや》されてしまったわ。

私が顔を青くしている理由は――

「アンナリーゼ。本当に大丈夫なのか？」

セリオンが心配そうに声をかけてくれた。

そのセリオンが持ってきていた橙色《だいだいいろ》の光を放つ三束のアピの花に、私は思わず肩を震わせてしまう。

（人間、誰しも苦手で恐怖に感じるものがあると思うのです）

高いところに恐怖を感じる高所恐怖症。暗いところに恐怖を感じる暗所恐怖症。エセルバート様が潔癖症であるように、私は火に恐怖を感じる火恐怖症だったりする。

このことに気付いたのは聖魔法女学園時代、火の魔法が得意な生徒のファイヤーボールを近くで見て気絶した時からだ。

火を怖く感じるトラウマなんてないはずなのに、何故か人の何倍も火に対する恐怖があった。

前世で火を恐れる出来事があったのかと、思い出そうとしたけど。まるで頭に靄《もや》がかかってしまったように思い出せない。

それ以来、私は火を避け続けてきた。

聖魔法女学園では、診断を受けた時から先生達が対応してくれて、エルフの里でもマーベリン達が私を火から遠ざけてくれていた。

この火の光に似ているアピの花を夜空に飛ばすお祭りも、毎年不参加だったわ。では何故、今年は参加したかと言えば……

エルフの里にある広場で、二束のアピの花を両手に持ったエセルバート様に視線を向ける。その右手の花が気になって仕方ない。

そして、頭に浮かんでしまったのよ。彼が私以外の女性と、アピの花を夜空に打ち上げるロマンチックな光景を。

（潔癖症の彼に、そんなことはありえないと思うけど。三年間で克服《こくふく》してるかもしれない）

そう考えたらいても立ってもいられずに、ログハウスを出てきてしまったわ。

そして、視界いっぱいに広がる夜空に光る橙色《だいだいいろ》を見て若干、恐怖を感じていた。

（でも、ここは私の火恐怖症を克服《こくふく》するチャンスかもしれない）

火の光よりも穏やかな光を放つアピの花なら、大丈夫かもしれない。私の挑戦するような視線に、セリオンが察してくれたらしい。

「アンナリーゼ、今回は俺と一緒に、アピの花を飛ばしてみるか？」

「麗《うるわ》しい精霊姫。俺と一緒にアピの花を飛ばさないか？」

アピの花を三束両腕に抱えたセリオンと、両手に二束持ったエセルバート様が同時に声をかけてきたのである。

その瞬間。二人の間に雷が落ちた幻影が見えた。

ちなみに、アピの花は家族や親しい相手、恋人と一緒に飛ばすのが一般的で、幼い子供達も参加するお祭りだ。

今年は結ばれたエルフの恋人達がやけに多く、私達の周りは甘いムードの恋人達で溢《あふ》れかえっていた。

（もしかしたら、エセルバート様が恋人限定のお祭りだと誤解したかもしれない）

その予想が的中していたようで、エセルバート様はセリオンに軽蔑の視線を向け、セリオンは妻の親友を誑《たぶら》かそうとしている不埒《ふらち》な者だとエセルバート様を牽制《けんせい》している。

「三束もアピの花を探さないといけないエルフの旦那様《二人の妻持ちクズ》は、毎年大変だな」

「問題ない。むしろ大変なのは、彼女《妻の親友》に近づく悪い獣を、今年は狩らなければならないことだ」

バチバチと火花散らす二人の間に挟まれている状況の私は、お嬢様モードの微笑みで内心どうしたものかとあたふたしていた。

そんな私達の騒ぎを知ってか知らずか、エルフの里の長老とその愛娘である美少女がやって来た。

長老のしわくちゃな両手のすべての指には色鮮やかな魔法石の指輪が嵌《は》められており、その愛娘も今まで見たことがないほど着飾っている。

そこで私は察した。長老は、エセルバート様に里では入手困難な魔法石《賄賂》を貢おうとしている。あわよくば愛娘と結婚させて、貴重な魔法石の取引を持ちかけようとしているのではと。

「魔法使い様！　ねぇ、お願い〜」

長老の愛娘は自分の武器を理解しているようで、困り顔で首を傾げ、甘えた表情で彼にお願いしている。

今にも彼の腕に触れようとしている長老の愛娘を見て、私は素早く彼の左手のアピの花を両手で掴んだ。

火恐怖症の私だけど、何故か恐怖は感じなかった。逆に長老の愛娘から潔癖症の彼を守り、アピの花を奪われなかったことに喜びを感じた。

「いただいても、よろしいですか？」

既に貰う気満々の私に、彼は満面の笑みを向ける。

「ああ、もちろんだ！」

わんこのお耳と全力で振るしっぽが見えてそうなくらい大喜びしている彼に、胸がドキドキする。そんな私の背中に腕を回してきた彼にエスコートされると、私達は足元から徐々に宙に浮かび上がった。

橙色《だいだいいろ》の光を放つアピの花が浮かぶ幻想的な夜空に舞い上がっていく。

背後からセリオンの焦った声や長老とその愛娘の悔しがる声、エルフ達が興奮しながら祝福する声が聞こえてくるけれど、それに意識を向ける余裕がない。

満天の星空に打ち上がる光の中でエセルバート様と空中散歩をしていることに、胸が甘くて暖かいドキドキでいっぱいになる。橙色《だいだいいろ》の光を放つアピの花に恐怖を覚えないほどに。

私達の足元には、彼の作り出した魔法陣がうっすらと見え隠れしていた。

「アンナリーゼ、ここから飛ばそう」

エルフ達が飛ばしたアピの花よりも遥《はる》か上空まできたところで、彼が声をかけてきた。その言葉通りに持っていたアピの花を一緒に打ち上げる。

他のアピの花の光がない満天の星空に、二つのアピの花の光が寄り添うように浮かび上がっていく。

その光景を彼と寄り添って見上げていると、ふいに聖魔法女学園での城下町デートを思い出した。

城下町の少し先にある綺麗な海が見える砂浜。散策中、彼は私の意識を向けさせるように腕の力を強くしてこちらを見下ろしていた。

『こんな日が、毎日送れたらいいな』

そう言って青々とした美しい海の景色を眺める彼の横顔に、私の胸がときめいた。

その時、彼のこの温かい手を離したくない。ずっと傍にいたいし、離れたくないと思った。

それは今も変わらない。むしろ離れた分だけ、余計に彼を求めている自分がいる。

だからこそ、今の彼のことを知りたいと思うし、変な誤解を今すぐに解きたいと思う。

(なによりも、私がセリオンの妻じゃないと言いたい！)

間男として夜這《よば》いされるのはもう終わりよ。誤解が解けたら、姫宮お姉さんのことも聞かなくちゃね。

「エセルバート様、私はセリオンの――」

「アンナリーゼ」

急に彼が私の体を抱き寄せたかと思うと、口を塞ぐように私の唇に唇を重ねてきた。

「……っ!?　エセル……バート様っ……んっ」

舌を絡めた激しいキスに抵抗しようとするも、息継ぎもできないくらいのそれに目が回る。

ぐったりして意識もぼんやりしてきた私の体を抱きしめる彼は、どこか苦しそうな微笑みを向けていた。

＊　＊　＊

満天の星空に打ち上がる光の中でエセルバートに抱きしめられるアンナリーゼの姿を見つめる者がいた。

ボロボロの薄汚れたローブを纏《まと》ったその者は、厚手のフードから見え隠れする口角を上げて嬉しそうに笑う。

「彼女を利用すれば、奴の歪《ゆが》んだ顔を見られるかもしれない。僕と同じ苦しみを味わってくれるかな？　ねぇ、天才魔法使いのエセルバート。今度こそ、僕が君に勝ってみせる。そして、僕が天才魔法使いになるんだ……ふふっ、あははっ！」

そうヒステリックに笑うと、幻獣の森の木陰に溶け込むようにして姿を消してしまった。

第四章　執着と溺愛とすれ違い

私は昔に戻ったかのようにエセルバート様に夜這《よば》いされ、溺愛されている。

彼は侵入するための魔法に磨きをかけたのか、幻影シールド魔法を簡単にすり抜け屋根裏にある私の部屋に入り込んでくるのだ。

そんな私には、ある悩みがあった。それは……

「エセルバート様。ずっと言いたかったのですが、私とセリオンっ⁉」

私が最後まで言い終える前に、彼の唇で口を塞がれてしまう。

そう。これが私の悩みなんです。

セリオンを私の旦那と思い込み、間男の如《ごと》く夜這《よば》いしてくる彼の誤解を解こうとしているけど。今みたいに、故意に甘い雰囲気を作って有耶無耶《うやむや》にされてしまう。

しかも、朝は打って変わって他人行儀。私から話しかけても、軽くかわされてしまう。

一刻も早くこの状況をどうにかしたいのに、私の話を聞く気がない彼に不満が溜まっていた。

その翌日の真夜中。

私を夜這《よば》いしに屋根裏部屋の窓に足を踏み入れた間男が、私が張っていた痴漢男撃トラップによって拘束《こうそく》された。

「間男エセルバート様GETですわ！」

緑の蔦《つた》でぐるぐる巻き状態になってしまった間男に、思わず両手でガッツポーズしてぴょんぴょん飛び跳ね、喜びの舞をする。

「はぁ、子兎みたいな君も可愛いなぁ」

「はい。観念して可愛い私の話を聞いてっ……かっ可愛い!?　私を褒めたって、拘束《こうそく》は絶対に解きませんよ！」

動揺しながら、彼を警戒して後退する。けれど、急に私の足が床から離れ、彼の目の前に突き出されてしまった。

「俺を拘束《こうそく》したいくらいに求めてくれて嬉しいな」

「へっ!?　ちっ違いますわ!!　これはっ……きゃっ!?」

彼を拘束《こうそく》していた緑の蔦《つた》が標的を変え、私の体をぐるぐる巻きに拘束《こうそく》していく。そして、ベッドに貼り付けられてしまった私は敗北を悟った。

（今回はダメだったけど、次こそは！）

そう心に決めていた矢先。緑の蔦《つた》がするすると動き、私の着ていた薄手の白いナイトドレスを器用に脱がせていく。

「魔法の無駄遣いはやめてください」

「君と愛し合うために極めた魔法だ。無駄遣いなわけがないだろ」

そう言って、私の口に唇を重ねて甘い視線を向ける彼に、体中《からだじゅう》の力が抜けていく。

「俺も君の旦那の目を盗んで夜這《よば》いなんてせずに、朝から晩まで君と愛し合っていたい。君が望むなら今すぐに攫《さら》ってやろうか？」

耳元で魅惑的な声で囁《ささや》かれ、胸がきゅっと苦しくなる。首筋に感じる熱い吐息、柔らかな唇の感触。彼から漂《ただよ》う大好きな甘くて爽《さわ》やかな香りにうっとりしてしまう。

「可愛い子兎アンナリーゼ。俺から逃げられると思わないことだな」

どこか闇のある瞳で見つめてくる彼に緑の蔦《つた》で両手首を縛られ、太腿と足首を重ねた状態で拘束《こうそく》されてしまった。

破廉恥《はれんち》な状態で身動きできないことに羞恥心《しゅうちしん》が募《つの》っていく反面、欲情と好奇心に胸がドキドキする。そんな私の両足をなんの躊躇《ちゅうちょ》もなく開かせた彼は、顔を赤くしてニヤリと笑った。その笑みにゾクゾクする。

「ほら、もうこんなに濡れてる」

「……やっ」

彼の細くて長い指が蜜口に入り込んできて、私に聞こえるようにくちゅりと水音を立てた。蜜口のまわりをなぞられ、甘い快感が湧き上がってくる。

「俺に捕まって可愛く鳴いてくれ、アンナリーゼ」

私の愛液で滑りをよくした指がいつの間にか二本に増えて激しく出し入れされ、時に内側を優しくくすぐられてすごく気持ちいい。

「ひゃぁっ……あっ」

体が熱くて、ただ彼が与えてくれる甘い快楽を感じていたくなる。でも……

(変な誤解をされたまま触れられるのは、ダメ!)

そして抵抗のために魔法で拘束《こうそく》を解除すると、彼を押し倒してマウントを取るように乗っかる。

「どうして、私の話を聞いてくれないのですか!」

私は彼と純粋に再会を喜びたいのに、いい加減にしてほしい。

「下では、君の旦那が眠っているのに。本当に悪い女だな」

「……え⁉」

「完全に奪った後に……そう思っていたが。君がこんなにも俺を求めているのなら、応《こた》えないとな」

そうして嬉しそうに、私の腰を両手で掴んできた。最初は意味がわからずにいたけど、乗っかっていた下が急に硬く膨らんだことで察してしまう。

私は慌ててその場から退《ど》くと、近くにあったシーツで自分の体を覆い隠した。

そして、先ほどの彼の言葉で一つの可能性が頭に浮かぶ。

現代でよくある『上司に毎日のように怒られている部下が、夜はその上司とホテルでイチャラブ溺愛されている』というオフィスラブを実戦していらっしゃるのではないかと。

朝は他人行儀で夜は間男状態と、極端に変わる彼の行動を元にして浮かんだ考えなんだけど。

(そんなわけありませんよね。さすがに)

でも、可能性はあるので、本人に聞いてみようと思います。

「エセルバート様。どうして、朝は他人行儀なんですか？」

「旦那がいる君と俺が、こんな淫《みだ》らなことしていると思われない方がいいだろ？」

「オフィスラブじゃない」

当然のように宣言した彼は、抵抗する私を気にした様子もなく私の体を覆うシーツをめくりはじめた。少し面白くなったのか、猫がお手玉で遊んでいるような表情の彼に、思わず胸キュンしてしまうが顔には出さない。

「君の旦那は疑いもせずに、ぐっすり眠っている。愛する妻が、夜な夜な俺と体を重ねていることも知らずにな」

「昼ドラじゃない」

「おふぃすらぶ？　ひるどら？　なんだそれ？　求愛か？」

無邪気さすら感じる彼の言葉に、ジト目になる。

「その旦那の件なんですけど。セリオンは、私の旦那じゃっ」

旦那じゃないと言い終える前に、彼は私の顎を掴んで強引に唇を重ねてきた。

私の話をまったく聞く気がない彼にカチンとくる。

「今日はもう帰って。じゃないと大声を出します」

ちゃんと誤解を解いて、彼と向き合いたいのに。話を逸らして逃げる彼に、怒りが膨れ上がってきた。

私は屋根裏部屋にある窓を開けて、出ていってもらおうとした。だが、窓がまったく開かない。仕方ないので、部屋のドアに手をかけて退出……あれ？

(開かない？)

「ああ、言い忘れていたが。この部屋は今、窓もドアも開かない状態になっている。もちろん、何重にも防音魔法をかけているから、君の甘い声は旦那には聞こえないから心配いらないぞ」

そう自慢気に話す彼に、私の堪忍袋の緒が切れた。

「話を聞かないエセルバート様なんて大っ嫌いですわ!!」

真っ白な魔法の花びらが、私の体を覆い隠すように舞い降りてくる。

「アンナリーゼ……？」

「私はエセルバート様以外の人と結婚した覚えもないし！　セリオンは私の旦那じゃなくてマーベリンの旦那です!!」

やっと言えたスッキリ感を覚えつつ、私は花びらと共に屋根裏部屋から転送魔法で離脱するのだった。

真っ白な花びらと共に消えてしまったアンナリーゼ。その彼女を見送ったエセルバートは茫然《ぼうぜん》と立ち尽くしていた。

「マーベリン？　どういうことだ？　奴は、アンナリーゼの旦那じゃなかったのか？」

そんなエセルバートの背後に、巨大な大蛇の影が忍び寄ってきていた。

＊　＊　＊

私は現在、静まり返った夜の森をあてもなく彷徨《さまよ》っていた。

転送場所を指定せずに離脱したせいで、絶賛迷子中でもある。

慣れ親しんだ幻獣の森であっても、真夜中の真っ暗闇な森はまるで別世界だ。

自分が今、どこにいるのかわからない。戻ることも困難で、私は途方に暮れていた。

(朝になるまで、闇雲に動かない方がいいかもしれない)

そうして近くにあった木の下に蹲《うずくま》って、光を求めるように空を見上げた。

暗闇に染まった木々の隙間から見える満天の星。

手を伸ばしても届かない星々を見ていると、自分がとても小さな存在なんだと感じてしまう。

(エセルバート様にとって、私はどれくらいの存在なのかな?)

私と向き合わずに、話をしようとしない彼の気持ちがわからない。

(私はもう必要ない存在で、嫌がらせしに来ただけなのかもしれない)

だってあんな酷い別れ方をして、怒っていないわけがない。

彼に見せつけるように、魔法学園の男子生徒に触れて、頬にキスまでした。

(裏切るような、酷いことも言ってしまったわ)

姫宮お姉さんの光魔法によって、大切な人を消されないためだったとしても。彼を深く傷つけてしまったのは確かだ。

（彼は復讐しているのかもしれない）

そう思うと、胸がズキズキと痛い。それと同時に深い悲しみが襲ってきた。

私の話を聞いてくれないのも、最初から聞くつもりもなくて。夜な夜な昼ドラ風に夜這《よば》いして来たのも全部。

（私の旦那だと思っているセリオンと私を引き裂いて、めちゃくちゃにしようとしているのかも）

真っ暗闇な夜の森と同調するように、心が真っ暗になっていく。どんどん悪い方へ考えてしまう。

それに気付いた私は、頭を切り替えようと頭をぶんぶんと左右に振る。そして、じわりと浮かんできた涙を袖で拭いて上を向いた。

「ここで考えていても仕方ないわ」

彼としっかり話し合わないといけない。

姫宮お姉さんとは、どうなったのか。私の知らない三年間についても色々聞きたいことがある。

彼が話も聞かずに夜這《よば》いしてくるからと怒っていたけど、有耶無耶《うやむや》になっていたのは、半分は私のせいだ。

聞きたくない、知りたくない答えが返ってくるかもしれないという恐怖を感じて、私が知らず知らずのうちに避けていたんだわ。

（このままじゃダメ！　今度こそちゃんと向き合わなきゃ！）

「戻ろう。……大丈夫。エセルバート様にどんな目的があったとしても、ここまで私を捜しに来てくれたんだもの！　それに……」

私に触れる彼の手は、すごく優しくて温かかった。

そう自分に言い聞かせながら、木の下で蹲《うずくま》っていた体を奮《ふる》い立たせ、前へ進もうとした——その時だった。

私の目の前に人の影が現れた。しかも、うっすらと魔法使いのローブが見える。

「エセルバート様？」

（私を捜しに来てくれた！）

嬉しくて、目の前にいる彼に抱きつく。

「エセルバート様、ごめんさない。私……え……？」

急に視界がぼやけて、体の力が抜けてきた。

「やぁ、こんばんは。アンナリーゼさん」

自分の意志とは関係なく倒れていく体。その私の体を支えた手の力は痛いくらい強かった。

ぼんやりした視界でなんとか顔を上げると、見たことがない男がいる。灰色の長い髪はボサボサで、薄汚れたローブから見え隠れする魔導士の服はところどころ破れていたり、違う布を縫い付けていたりとボロボロだ。

そこで不意にセリオンの言葉を思い出した。

『アンナリーゼ。最近、幻獣の森に怪しい人間が入り込んでいるらしい』

私は、それはエセルバート様のことだと勝手に思い込んでいたけど。

「あいつから逃げた妻。王太子としての地位も名誉もすべて捨てて、求めるように捜し続けた……たった一人の愛する女性。そして、アイツの唯一の弱点でもある」

不気味に微笑む男の赤い瞳を見て、ウェブ恋愛小説のある一文を思い出した。

『灰色の髪に赤い瞳の天才魔法使い。彼は魔法学園きっての秀才だ。将来は魔塔の主になるだろう』

その天才魔法使いが、主人公と一緒に優雅な空中散歩をしている挿絵《さしえ》が頭に浮かぶ。でも、目の前の男があの天才魔法使いとは思えない。彼のボロ雑巾《ぞうきん》のような姿に困惑する。

(なにがどうなって、こんなことに⁉)

頭に沢山の疑問符が浮かぶ。そんな私を、男は乱暴に強く抱き寄せてきた。

すごく怖い。今まで親友やセコムーンのおかげで知らなかった恐怖に、ガタガタと体が震える。

「確かに、君は美しい。この森に住む精霊姫みたいに可憐で、儚《はかな》さを感じさせる。あいつが愛しく思うのも頷けるな。そんな君を奴の目の前で穢《けが》せば、どんな顔をしてくれるんだろうなぁ?」

その彼の言葉に私は戦慄《せんりつ》し、恐怖のあまり意識を失ってしまった……

＊　＊　＊

俺は真夜中の森を走り抜けていた。

背後からは、激怒したメデューサが森の木々を倒しながら追いかけてきている。だが、そんなことはどうでもいいことだった。

なにせ、愛しいアンナリーゼが、また俺から逃げようとしているからだ。

三年ぶりに再会した彼女は大人の女性へと成長していた。

大きなエメラルドグリーンの目は少し切れ長で、どこか色気がある。神秘的な白銀の長い髪から見え隠れするふくよかな胸に心を奪われてしまった
その魅力的な彼女に、俺は何度目なのかわからない一目惚れをした。あの酷い別れに対する怒りも一瞬でなくなってしまったくらいだ。

それよりも、彼女を抱きしめて愛し尽くしたいという感情が膨れ上がっていく。

それもそのはずだ。彼女が消えた三年間。俺は王太子としての地位も名誉もすべて捨てて彼女を捜す旅を続け、やっと愛する妻に再会できたのだから。

(ようやく彼女に触れることができる)

その喜びからどん底に落ちたのは、彼女がエルフの妻であるという噂《うわさ》を耳にしたからだ。しかも、二番目の妻だという。

元王太子として側室という意味は知っていたが、彼女が、どこの馬の骨かも知らないエルフの側室として生活しているなんて信じられない。

幻獣の森にあるログハウスで、二人の妻と夜な夜な淫《みだ》らなことをしているというエルフの噂《うわさ》を聞く度《たび》に、俺は嫉妬《しっと》と怒りに染まっていった。

（その淫《みだ》らなエルフから彼女を奪い返してみせる）

彼女は俺の妻だ。旦那である俺が奪い返してなにが悪い。

そして俺は、彼女を昔のように夜這《よば》いしては誘惑した。

夜這《よば》いする俺を咎《とが》めようとする彼女の口を塞いで、俺が与える甘い快楽をずっと感じさせる。

正直に言えば、彼女の口からセリオンなどという旦那の話を聞きたくなかった。彼女から俺との関係を終わらせたいという拒絶の言葉なんて聞いたら、きっと俺は一生立ち直れないだろう。

いっそのこと全世界の時を止めて、彼女と俺だけがいる闇の世界で過ごしてしまおうかとさえ考えていた。

それが行きすぎた考えであり、彼女と向き合わずに逃げてばかりいた俺が愚かだったと理解したのは、彼女がエルフの二番目の妻ではなかった事実を知った後だった。


そうして現在。

俺は消えた彼女を捜しに、幻獣の森を進んでいた。何故か、冬眠から覚めて大激怒するメデューサに襲われながら……

（転送魔法の魔法陣と魔力量から考えるに、そう遠くないはずなのだが）

そんな時だった。森から見える星空を、猛スピードで駆けるユニコーンが通り過ぎたのだ。

まるで主の貞操の危機を察したような鬼気迫る表情のユニコーンに、俺とメデューサは走るのを止めて見据える。そして、ほぼ同時にユニコーンを追いはじめた。

アンナリーゼ、俺の最愛の妻。もう二度と失いたくない。

「俺から彼女を奪う奴は魔法の業火《ごうか》で灰にしてやる」

＊＊＊

「なんであいつが僕より評価されるんだろう」

地の底を這《は》うような低い唸《うな》り声。今にも泣き出しそうな深い悲哀を感じる震えた声に、ゆっくりと目を開ける。

視界を彷徨《さまよ》わせると、小さな蝋燭《ろうそく》でうっすらと照らされた木造の部屋が見えた。おそらく幻獣の森にある避難小屋じゃないかと思う。その小屋の暖炉《だんろ》に火をつけようとしている男の後ろ姿。

(今が逃げるチャンスかもしれない)

体を起こし、逃走を図ろうとした。けれど、何故か体がピクリとも動かない。縄で拘束《こうそく》されていないのに、まるでベッドに固定されたように動けなかった。

「あ、目が覚めたようだね」

嬉しそうな声を上げて、男が駆け寄ってきた。

どこの誰なのかも知らない男に距離を一気に縮められ、それを拒絶してか体が震える。

「だ、誰？　なんで、こんなことを」

「ああ、自己紹介がまだだったね！　僕はグレン。君の旦那をギャフンと言わせたくて、君を誘拐してみたんだ」

そのグレンの答えに、私は困惑を隠せない。なにせグレンは、そういうキャラじゃないからだ。ウェブ恋愛小説でのグレンは天才魔法使いで、基本的に誰にも興味がない。聖魔法能力を持つ主人公である姫宮花奈にだけ興味を抱く人だったはず。

だが、目の前にいるグレンはボロ雑巾《ぞうきん》みたいな状態で、表情もすごく病《や》んでいるように暗い。

「僕はずっと、あいつ……エセルバートに勝てないんだ。学生時代もそうだった」

（……ん？　これは、話を聞かなきゃいけない雰囲気？）

誘拐犯の悩みを聞かされることに抵抗があるけど、耳元で話しかけられているので、嫌でも聞かなければならない。

（私のお悩み相談室はエセルバート様限定なのに!!）

そう思いながらもグレンの話を聞くに、どうやらエセルバート様に対して、深い劣等感があることがわかった。

魔法学園においてエセルバート様は魔術、実技、筆記のすべての分野で成績トップに降臨し続け、グレンは常に二位だったらしい。

周りから『頭の構造が違う』『学園きっての秀才』『天才魔法使いの王太子』と褒め称えられるエセルバート様。その彼を越えようと努力してきたグレンだったけど。

「努力しても、どうあがいても、僕はずっとあいつの下だった。父も母も、僕の努力が足りないからと怒ってばかりで。誰も僕の努力を認めてくれない……報われない。僕の努力は全部、無駄だったんだ……」

悲痛な声で話すグレンの悔しさや悲しさや孤独が伝わってくる。聞いているこっちまで悲しくなって涙が溢《あふ》れてきた。

そこで、ふいに前世の私が泣いている姿が頭に浮かんだ。場所は働いていた会社の階段下で、こっそりと声を殺して泣いている。

会社で有能な社員と比べられ、上司に嫌味を言われた時の私だ。書類を徹夜で終わらせても、仕事に成果を残しても、評価されることはなく認めてもらえなかった。

「なんで君が泣くんだ？」

「だって、努力を認めてもらえないなんて……悲しいじゃない。なにをやっても、それが当たり前だと思われて……うぅっ」

前世の嫌な記憶を思い出して涙を流していると、グレンは同情したのかボロ雑巾《ぞうきん》みたいなハンカチで涙を拭いてくれた。余計に顔が汚れた気がするけど、同じ悲しみを持つ同士として許してあげよう。

「君も、僕と同じなんだね」

ここは同じ悲しみを持つ者同士として、臨時にお悩み相談を受付けします。

（聖魔法女学園の聖母の如《ごと》く、貴方のお話を聞いて差し上げますわ！）

慈愛に満ちた眼差しで微笑んでいたところ、何故か私の上に覆いかぶさってきたグレンに、涙が引っ込んで目をぱちくりする。

「え、なんで？」

「僕を慰《なぐさ》めてくれるんだよね？」

「え？　……ハッ！　いや、そういう意味ではありません！　私はお悩み相談室を臨時に開いて……きゃっ⁉」

急にスカートの中に入り込んできた冷たい手に、私は頭が真っ白になった。自分の貞操の危機を察して血の気が引く。

（臨時お悩み相談室閉めます！　封鎖！　閉店です！　私に触れないで‼）

「ごめんね。でも、君は僕の大嫌いなエセルバートの女に変わりないんだよ。それに、ずっと願っていたんだ。僕を見下すあいつが、僕と同じように絶望して悔しがる姿を見たいって。大丈夫、痛いことはしない。君は僕の話を聞いてくれたから、優しくしてあげる」

「ヒッ……やめて！」

私の服を脱がしはじめたグレンに触れられる度《たび》、拒絶感と恐怖が募《つの》る。

エセルバート様以外に触れられることが、これほど嫌なことだとは思わなかった。

「早く来ないかな？　君が僕に抱かれる姿をあいつが見たら……ふふ、楽しみだなぁ」

「来ないわよ」

「……へ？」

「だって私は、もうエセルバート様の妻じゃないもの」

私はエセルバート様を裏切るような酷い別れ方をしている。その復讐として彼は誤解とはいえ、間男のように夜這《よば》いして私の生活を壊そうとしていた。

それほど嫌われてしまっているのに、私を、助けに来てくれるだろうか？

「なら……いいよ、それでも。君は僕のために泣いてくれた。このまま君を抱いて、僕の妻として連れ去ってあげる」

グレンが薄い肌着を脱がし、露《あら》わになった私の胸に唇を寄せてきた。その姿を映してしまった瞳から涙が溢《あふ》れて、ぼろぼろと流れていく。

受け入れがたい現実から逃げるように目を閉じると、穏やかに微笑むエセルバート様が浮かんできた。

「いやっ……やめて、助けてっ！　エセルバート様!!」

その途端、地面がズズズッと揺れはじめた。次の瞬間——

『ヒヒィ——ン!!』

頭上から馬の鳴き声が響き渡る。

「この鳴き声は……セコムーン!?」

そして、小屋の屋根から轟音《ごうおん》が響いたかと思うと、天井がごっそりと吹き飛んでしまった。

「俺のアンナリーゼを襲うとはいい度胸だ」

その凍りつくような冷たい声に恐る恐る見上げると、そこには星空から舞い降りてきた地獄の使者と錯覚しそうな闇を纏《まと》うエセルバート様がいた。

そんな彼が、私をじっと凝視《ぎょうし》している。その視線を辿って自分を見下ろすと、胸が露《あら》わになっていた。

（そういえば私、襲われている最中でしたわ）

しかも、拘束《こうそく》されて体が動かないのでどうすることもできない。ただ顔を真っ赤にして、羞恥心《しゅうちしん》で涙を流すことしかできない。

そこへ、純白の翼を広げて舞い降りてきたセコムーン。私を隠すように前に立って、ついでとばかりにグレンを蹴飛ばしてくれた。

（ナイスよ、セコムーン！）

最近、貞操のギリギリ？　的な、いろんなことをエセルバート様としちゃったりしていたから距離を置かれていたけど。私達の信頼関係は失われていなくてよかった。

そう喜んでいたのも束の間。小屋に無数の攻撃魔法陣が浮かび上がり、グレンを目がけてエセルバート様の攻撃が開始された。そのどれもが最大級の威力で、一撃でも命の危険がある。

グレンの生死を心配していたが、すぐに黄金の魔法陣が浮かび上がり攻撃を相殺《そうさい》していく。

「僕だって、お前の魔法を跳ね返すだけの実力はあるんだぞ!!」

さすが魔法学園二位の魔法使いだ。攻撃を的確に防御している。

「グレンさん！　やっぱり貴方の努力は無駄じゃないわ！　エセルバート様と互角に戦えるなんて、きっと貴方にしかできないことよ！」

「「アンナリーゼ……」」

二つの声に、私はまた真っ青になる。一つはグレンの感動の声であり、もう一つの声はエセルバート様の困惑と怒りを含む声だったからだ。しかも、彼の額《ひたい》には青筋が浮かんでいてブチギレ状態である。その圧に、私は肩をガクブル震えさせてしまう。

そんな私の背後から、巨大な何かが這《は》う音が聞こえてきた。かと思うと大蛇の胴体が現れ、私の体を隠すように巻きついていく。

【私が寝てる間に、ずいぶんと汚らわしい虫どもが湧いていたようね。私の親友を穢《けが》そうとする愚かな雄どもは、私が石に変えて粉々にすり潰して差し上げますわ！】

冬眠から覚めたらしいマーベリンに思わず歓声を上げる。でも、そんな場合ではない。マーベリンがグレンとエセルバート様を赤い瞳で睨《にら》みつけ、石化させようとしている。

（あれ？　これって、三《み》つ巴《どもえ》状態と言えるのでは？）

これを、どう平穏に納められるのだろうか。死人が出そうな気がしてならない。かといって、未だに体が動かない私は、どうすることもできな——

「マーベリン。やっと目覚めたんだな」

「セリオン！」

セリオンが、マーベリンの前に石化も恐れずに颯爽《さっそう》と現れた。そして熱い抱擁《ほうよう》を交わしている。

二人の抱擁《ほうよう》に、緊迫していた空気が一気に甘いものに変わっていく。二人の再会に感動の涙を流していたけど……

私の前に、エセルバート様がやって来た。私は少し警戒しつつ、彼をじっと見つめる。

「なんで、助けに来たんですか？」

その問いに、彼はムッとした顔になった。不機嫌な顔のままローブを脱ぐと、私の体を隠すようにローブを羽織らせた。こんな時でも紳士的な彼に胸が痛い。

「私、魔法学園でエセルバート様が一生会いたくないって思っても仕方ないくらい、嫌われるようなことをしたと思うんです」

「ああ、そうだな」

「なのに、どうして私を助けて……こんな風に優しくするんですか？　私を捜しに来たのは、復讐するためだったんですよね？」

「違う」

「私を誘惑して、後戻りできないくらいに執着させておいて……後から来る姫宮お姉さんとイチャイチャするところを見せつけるつもりなんでしょ！」

他のウェブ恋愛小説でもあったわ。婚約者の令嬢に婚約破棄を突きつけた挙句に、王子様と主人公が見せつけるようにイチャイチャする。お前は愛されない不幸な女で、私達は幸せなんだと知らしめるようにね。

「ヒメミヤ？　誰だそれは？」

「しらばっくれないでください！　姫宮お姉さんとエセルバート様は、運命の糸で結ばれているんですよ！　結ばれていないわけがありません!!」

「アンナリーゼ以外の女との運命なら魔法で切断する」

「……切断？　いいえ！　無理ですわ。この世界の強制力が」

「そんなわけのわからない強制力、すべて俺が無に変えてみせる。今も昔も、俺が唯一触れられる君と結ばれない運命なら、死んだ方がましだからな。世界を敵に回したとしても、君と結ばれて幸せになってみせるさ」

「……!?」

彼の、大規模な危険と隣り合わせかつ、熱烈で愛が重すぎる大告白に、私はキョトンとして首を傾げる。

そんな私を強く抱き寄せてきた彼の腕は震えていた。そっと見上げてみると、彼の瞳にうっすらと涙の膜が張っている。

「君を失うかと思った」

「エセルバート様……」

彼の腕の中は温かくて、今まであった恐怖や不安がスッと消えていく。

そこで私は、避け続けていた彼の答えを聞くことにした。

(今度こそ、エセルバート様としっかり向き合うために)

「エセルバート様は復讐とか、嫌がらせとかじゃなくて、私に会いたくて、捜しに来てくれたのですか?」

「ああ。愛する妻を捜さない旦那はいないだろ。……俺も聞くが、君は本当に、あの淫《みだ》らなエルフの第二の妻じゃないんだな?」

「ありえません!!　セリオンは一途で真面目なエルフです。マーベリンと大恋愛の末に結ばれた、マーベリンの！　最愛の夫です！　私は、親友の家に居候《いそうろう》中と言いますか、二人を見守るお姉さん的な家族？」

「いや、妹じゃないか？　な、マーベリン」

「いいえ。アンナリーゼは、私の聖母様ですわ！」

セリオンとマーベリンの予想外の返答に、またも私はキョトンとしてしまう。

そんな私に、エセルバート様が顔を近づけて額《ひたい》を合わせてきた。間近に迫る彼の美しい顔から、魅了されたように目が離せない。

「君がエルフと結婚して、二番目の妻であることが許せなかった」

「それは……」

「ああ。でも、誤解していた。俺は、君の今の幸せを壊してでも……君を取り戻したかったんだ。君の話をちゃんと聞いていれば……。悪かった。許してくれ、アンナリーゼ」

彼の心からの謝罪に胸がきゅうっと苦しくなる。私だって、彼の答えを避けていた。

「私こそ、ごめんなさい。私もちゃんと話を……」

「君を奪った淫《みだ》らなエルフだとそいつに呪いをかけたことも。君に告白しようとしていたエルフを蛙《かえる》に変えたことも。本当に悪いと思っている」

「ちょっと待って。それは初耳なんですけど!?」

初耳すぎる謝罪の言葉に動揺していると、その話を聞いていたマーベリンが真っ青になり、セリオンに体を巻き付けて身体検査をはじめた。

「くっ……マーベリン。こんなところで、恥ずかしいだろ」

「セリオン！　なに言ってるの！　あの魔法使いに呪われてるのよ!?　……嘘でしょ。首の後ろに呪いの魔法陣が！　このイカレ魔法使い！　私のダーリンになんてことしてくれたの！　早く解除しなさいよ!!」

マーベリンに巻き付かれて頬をポッと赤く染めるセリオンと、大激怒するマーベリンを交互に見ていた私は、エセルバート様をジト目で見つめる。

「今すぐに解除して。あと、蛙《かえる》にされたエルフも！」

「そうだな。俺を愛していることを君が証明してくれるなら……解除してもいい」

「なっ！」

まさかの交換条件に頬を膨らませて抗議しようとしたが、自分の体が未だに金縛り状態であることに気が付いた。

(体が物理的に動かないなら、証明したくてもできないじゃない)

なら、仕方ないわよねと微笑んでいると、彼が瞬時に、私の体に状態異常回復の魔法をかけてきた。

そして、わんこのように期待した眼差しで見つめる彼に、不覚にも胸キュンしてしまった。

「エセルバート様、その顔は反則ですわ」

(これが惚れた弱みというのかしら？)

彼の魔法乱用や愚行もまったく気にならない。逆にそこまで私を一途に思ってくれる彼をどんどん好きになっていく。

その気持ちのまま彼に顔を近づけ、触れるだけのキスを交わす。でも、すぐに口の中に舌を滑り込ませてきた彼の濃厚なキスにうっとりしていると――

不意に強い風が辺りに立ち込め、私達の体を吹き飛ばす勢いで襲いかかってきた。

「僕を無視するなぁ！　このバカップルども！　みんな、まとめて爆発しろぉぉぉ!!」

まるで現世にあるデートスポットに迷い込んだ独り身の男の叫びのような声がしたかと思うと、けたたましい轟音《ごうおん》と共に魔力爆発の波が森一帯に広がっていった。


グレンのリア充爆発しろな爆発魔法が幻獣の森を襲う中。

幸いにも私達は無傷でいた。エセルバート様の規格外な防衛魔法によって私達だけでなく、幻獣の森からエルフの里に生きるすべての生き物達を保護するシールドがかけられている。

「エセルバート様、規格外すぎますわ」

「そんな俺は嫌いか？」

「好きです」

「僕の前でイチャつくなって言っているだろう!!」

そうしてまた、強力な魔法を放とうとしていたグレンの瞳や鼻から赤い血が流れ出てきた。手もぼろぼろで、魔力をこれ以上使えば魔力枯渇で死んでしまうかもしれない。不安になってエセルバート様を見つめる。

すると彼が致し方ないと、グレンの体を魔法で拘束《こうそく》した。

「もういい。今すぐ、僕を消してよ。この世界から……一生お前の下にい続けるなんて、ごめんだからね!!」

ウェブ恋愛小説でのグレンは、天才魔法使いとして自信に満ち溢《あふ》れ、魔法馬鹿と言われるほどの探求心を持っている人物だ。

でも、エセルバート様が本来の『国一の剣士』から『天才魔法使い』になってしまい、結果的にグレンは天才として認められることはなかった。

『天才魔法使い』という立場を奪われた彼が追い詰められた原因は、エセルバート様が魔法を極めるきっかけを作ってしまった私にある。

私の行動でグレンの立ち位置を、未来を変えてしまった。それに対して彼に謝罪したとしても、信じてもらえないだろう。逆に反感を買うかもしれない。彼の人生を変えてしまった罪悪感に胸が締め付けられる。

「僕は天才魔法使いになりたかった。寝る間も惜しんで、何百冊もの魔導書を読み漁《あさ》り、難関ダンジョンにも潜《もぐ》って魔法を極めようと努力してきたんだ。なのに、僕の前には必ずお前がいる。僕の努力はすべて無駄だった……!」

そう泣き叫び、自暴自棄になっているグレンに、私はエセルバート様の腕から無理やり飛び出して駆け寄った。

「貴方の努力は無駄じゃないです！　規格外の魔法使いであるエセルバート様と互角に魔法対決が

できるのは、貴方しかいません」

「僕だけ？」

「私、思うんです。努力を積み重ねていれば、きっと報われる日が来るはずだって。私はそう信じています……そう信じたい」

グレンの両手を両手で包み込んで見つめていると、その私の手を掴んで抱き寄せるエセルバート様。空気を読んでほしいという目線を彼に向ける。

そんな彼がグレンに視線を向けた。グレンは警戒したように睨《にら》み返す。

「お前の魔力は、他の生徒達よりずば抜けていた。それに守護結界を壊すことなく結界内に入り込む隠密侵入魔法のレポートは、かなり参考になったぞ」

「え？　君が、僕のレポートを参考に⁉」

「そもそも、努力が無駄だと判断するにはまだ早すぎだろ。願いが叶うまで努力するものなんじゃないのか？　俺は一分一秒でも早くアンナリーゼに会いたいという目標を持って、宰相の鬼教育を受けながら超難易度の魔法シールドに挑み続けた。宰相の精神攻撃、日替わりの魔法シールドに何度、挫《くじ》けそうになったか……。だが、俺は諦めずに彼女に会うために努力を積み重ねて挑戦し続けた。その努力があったからこそ、俺は彼女を見つけ出すことができたんだ」

「えっ、エセルバート様。そんなことを恥ずかしげもなく、真顔で言わないでください……私が恥ずかしくなってきましたわ」

頬を熱くしている私の顔中にキスの雨を降らせてきた彼に、余計に熱が上昇していく。基本的に人前でイチャイチャするなどマナー違反だと思う私は必死に止めようとしたけど、ガッチリとハグされて抵抗できない。焦りつつ、見せつけてしまっているグレンに視線を向けると。

「彼女に会いに行くため……そんな理由で？　ククッ……あははっ！　僕の考えすぎだったみたいだね。なんで、こんな恋愛馬鹿にムキになってたんだろう？　本当、バカみたい……」

そうしゃがみ込んで笑うグレンは、今までの重くて暗い表情が嘘のようにスッキリした顔に変わっていた。

「夢が叶うまで……そうだった！　僕は魔法が好きで、魔法使いになりたかったんだ。まだ見たことのない魔法を探求したくて、魔法学園に入学したんだ！　……ああ、僕はなんで魔法と関係ないことで、こんなに時間を費《つい》やしてしまったんだろう!!」

暗く淀《よど》んでいた瞳に光が灯って明るい笑顔を見せるグレンは、恋愛小説の挿絵《さしえ》で見た魔法馬鹿な天才魔法使いそのままで、私は瞳を潤《うる》ませる。

私のせいでグレンが不幸になるかもしれないと不安だったけど、今のグレンなら、賢者にだってなってしまいそうだ。

何はともあれ、丸く収まってよかった。これってあれでしょうか。

「雨降って地固まる？　一件落着？」

そう呟いた私の足元に、巨大な魔法陣が浮かび上がった。これは、かなりの距離を飛ぶ転送魔法の魔法陣だわ。

私をお姫様抱っこしているエセルバート様を見ると、今まで見たこともない満面の笑みを浮かべている。でも、まったく目が笑っていない。

嫌な予感がして脱走を図ろうとしたけど、既に転送魔法が開始されていた。幻獣の森の景色がぐにゃりと歪《ゆが》んで眩《まばゆ》い光に包まれていく。

「いや、ちょっと待ってください！」

「待たない。今すぐに、俺の家へ連れていく」

「……えっ？」

「君は俺の妻なんだから、連れて帰るのは当たり前だ。それに、まだ大事なことが残っているだろ？」

「大事なこと？」

「俺以外の男に触れられた君の体を、隅々《すみずみ》まで綺麗にしないとな」

怪しく微笑み唇を重ねてきた彼の腕の中、私はゆっくりと目を閉じる。

そうして私達は、眩《まばゆ》い光と共に幻獣の森を後にした。

＊＊＊

エセルバートの転送魔法によって、親友であるアンナリーゼを一瞬で連れ去られてしまったマーベリンは激怒していた。

「うちのアンナリーゼをどこへ連れていったのよ！　ダーリンの呪いはどうしてくれるの!!」

その怒声が、真夜中の幻獣の森に響き渡る。

怒りのままに大蛇の胴体をうねらせて苛立たしげに尻尾でバンバンと地面を叩いていると、その振動で一匹の蛙《かえる》が飛び出してきた。かと思うと、その蛙《かえる》が紫の光を放ち本来の姿らしいソバカス顔の美青年なエルフが現れ、キョトンとした顔で地面に座り込んだ。

それを見たマーベリンは真っ青になる。恐る恐る夫であるセリオンの首の後ろを覗くと、呪いの魔法陣がすっかり消え失せていた。

ホッとするも、親友を連れ去られた事実は納得できない。巨大な魔法陣の跡を恨めしそうに睨《にら》みつけていると。

「マーベリン」

セリオンが、愛する妻であるマーベリンの手の甲にキスを落とした。

「セリオン、心配なの。アンナリーゼは昔から騙《だま》されやすいし、私がしっかり守ってあげないと……」

「アンナリーゼはあの魔法使いに任せても大丈夫だ。あの男の瞳は、俺と同じだった。今、君を見る俺の瞳と同じ、愛する者を見つめる眼差しをしていた」

妻に甘い視線を送ったセリオンは頬を赤くして囁《ささや》く。

「アンナリーゼには悪いが、正直に言えば、君と二人っきりで新婚生活を送れることを嬉しく思っているんだ。誰にも気にせずに君を四六時中、好きなだけ愛せるからな」

「セリオン……」

見つめ合い、甘いキスを交わす恋人達の背後にいたグレンは、口から砂糖を吐きそうな顔で離脱の準備をはじめていた。

「まだ見ぬ魔法を探しに行こう。この世界にあるすべての魔法を探求して、僕らしい未来を手に入れるんだ！」

幼い少年のようにキラキラと瞳を輝かせたグレンは転送魔法を発動し、新たな魔法を探す旅へ出発する。

そして、その魔法陣が消えた先にある森の草をむしゃむしゃ食べていたセコムーンは時間差で相棒がいないことに気が付いた。

『ヒヒッ!? ヒヒィン!!』

セコムーンは真っ白な翼を広げ、幻獣の森を飛び立つ。

星空を猛スピードで飛ぶセコムーンは、相棒に置いてけぼりにされた怒りの炎を瞳に宿していたのだった。

＊　＊　＊

眩《まばゆ》い光に包まれ転送先に着いた私は、たくさんの魔導書が積み上げられた棚や机に囲まれた部屋のベッドに寝かされていた。

真夜中で、月明かりでうっすらと視界に映る部屋がどんな場所なのか判断できない。

ちなみに、私をここへ連れてきたエセルバート様は、準備があるからと部屋の奥にあるドアから出ていってしまったわ。

私は状況確認をするために、とりあえず辺りを歩いてみることにした。

床にまで散らばった厚みのある魔導書を避けながら机を見ると、この世界の世界地図が広げられている。その奥には、巨大な地球儀と天体望遠鏡が合体したような装置が置かれていて、莫大な魔力を感じる。

(これは、そっとしておいた方がいいかも)

そう判断した私はUターンして、ベッド横の棚に飾られたものを確認してみることにした。

そこには私の幼い頃の肖像画があり、学生時代に安眠対策に贈ったラベンダーのポプリが置かれている。今も大事にとっているんだと感動していたら、棚にあった小さな宝石箱が目に留まった。

開けてみると、真っ白で柔らかい布が入っていて……

(懐かしさと、しっくりとした馴染《なじ》み感がある?)

手に取ってよく確認しようとしたけど、その前にエセルバート様が戻ってきた。そして、流れるような手つきで私を抱き上げると、部屋から連れ出してしまう。

着いた先は、先ほどの部屋とは別次元の煌《きら》びやかで豪華な浴室だった。

白い大理石でできた浴室は、幼い頃に入ったお城の浴室を連想させる。その浴室の中央にある猫足のバスタブを見て、私は目を大きく開いた。

バスタブの横に、聖水の空瓶が大量に置かれている。

しかも、最上級の回復アイテムと薬草が入っていただろう瓶まで空《から》になっていた。

嫌な予感というか、察してバスタブを覗けば案の定。

天界のお風呂では？　と思うほど極限まで清められた、温かな湯気が立つ湯が沸いていた。

「まさか、お風呂に全部入れた……とか言いませんよね？」

聖水と最上級回復アイテム入りのお風呂に入って、心も体も頭まで清められて真っ白になってしまわないか気になる。

その問いかけに彼は無言で、私が着ていたローブを魔法で消してしまった。

「早着替えもビックリですわ！　いえ、そうではなくて……はわっ⁉」

私の言葉も聞かずに、バスタブに私の体をゆっくりと浸《つ》からせる。熱すぎず丁度いい湯加減、甘くて爽《さわ》やかな薬草の香りに思わずうっとりしてしまった。

エルフの里ではなかなか温かいお風呂に入れず、水浴びで済ませていただけに、久々の温かなお風呂に感動すらしてしまう。

「温かくて、気持ちいい……」

「そうか。それはよかった」

満足そうに微笑み、魔術師の服を脱ぎはじめた彼に動揺する。

それによく考えると、私も生まれたての姿で透き通った湯船に浸《つ》かっている状況だ。

羞恥心《しゅうちしん》に顔を赤らめながら体操座りして、両手で顔を覆う。こうすれば私の恥ずかしいところは隠せるし、彼のあられもない姿を見ないで済むはずだ。

（そう、思うんだけど……）

私はちゃっかりと両手の指の隙間からチラッと、彼の逞《たくま》しい胸板を——

ザバァっという音を耳にした私は、浮遊感を覚えた。

「へっ？」

両手を完全に顔から離した私の視界いっぱいに、彼の逞《たくま》しすぎる胸元が見える。そのお湯も滴《したた》るいい男な彼に目が釘付けになった。

（あれ？　でも、やけに近いような……きゃあぁ⁉）

私は彼と向かい合うように膝に乗せられ、抱き寄せられている。

その破廉恥《はれんち》すぎる状態に、心の中で悲鳴を上げた。胸がドキドキバクバクして、熱が顔に集中していく。

すぐに湯船から出ようとしたが、彼の両腕から逃げられない。

「まだ君の体を完全に清めきれていない。じっとしていてくれないか」

至極当然とばかりに願う彼は、上級浄化魔法と聖なる女神の祝福魔法を私の体にかけはじめた。

しかもいたって真面目な顔だ。

「待ってください。私は襲われましたけど！　服を脱がされて、少し触れられただけです」

『プリフィケーション』

「もう浄化は必要ありませんわ」

『ライトニング』

「もう私の肌は、極限までつるつるすべすべです！」

『ピュリフィケーション』

「そんなに気になるなら、いっそのことエセルバート様が上書きしちゃえばいいじゃないですか!!」

浄化魔法をやめない彼に半《なか》ば投げやりに言った。私が馬鹿だったわ。

「そうか……ふふっ。では、君のご要望通りに、俺がじっくりと上書きしてやろう」

私のその言葉を待っていたとばかりにニヒルに微笑む彼の罠に、完全にはまった気がしてならないんだけど……

(気のせいですよね？)

湯船に浸《つ》かっている私の体に触れてきた彼の手はすごく熱くて、触れられる度《たび》に体がとろけてしまいそうな甘い快楽が湧き上がってきた。

グレンに襲われて感じた、男に対する恐怖が嘘だったかのように拒絶感がない。彼の手に、安心感と喜びで心が満たされていくのがわかる。

「どこを触れられた？　……ここか？」

確認するように私の肩や腕に触れていく。その温かくてゴツゴツした手を掴み、素直にグレンが触れた右胸に誘導した。

彼は一瞬殺気立った顔をしたかと思うと、私の右胸を少し乱暴に揉みしだく。

「あいつに触られた感触を忘れるくらい上書きしてやる」

「エセルバート様……やぁ……」

「嫌なのか？　でも君の愛らしいここがもうこんなに硬くなっているぞ」

そう悪戯《いたずら》っぽく笑うと両胸の先端を軽くつねったり捏《こ》ねたりして、その刺激にジンとした疼《うず》きが体に走る。体温より少し熱い湯に浸《つ》かっているせいなのか、快楽の熱がどんどん上がってきて頭がふわふわしてきた。

私の体中《からだじゅう》に優しく触れてはキスを落としていく彼の甘い刺激に、お腹の下辺りが締め付けられたような疼《うず》きを感じてしまう。その疼《うず》きに完全に理性を吹き飛ばされ、湧き上がってくる欲情のまま彼の体にぎゅっと抱きついた。

「エセルバートさま……もっと触れてください」

自分から彼の唇に唇を重ねて舌を入れ込む。その私の舌を受け入れるように彼の舌が触れてきて、歯列をなぞられたかと思うと下唇を甘噛みされる。

「そんなに抱きついたら触れられないだろ？」

私の両脇に手を入れて引き剝《は》がそうとする彼に、嫌だと首を横に振って抵抗した。

「可愛いな……俺は、ただ君を気持ちよくさせたいだけだから」

私の耳元で甘く囁《ささや》き、向かい合った私の体の向きをくるりと変えてしまう。そのまま背後から彼の腕が伸び、湯船に浸《つ》かる私のそこに指を忍ばせてきた。

彼の指が割れ目に入り込んだ感触と、蜜口からいつの間にか溢《あふ》れていたどろりとしたものを感じた私は、いっそう顔を赤くしてしまう。

「こんなに蜜でぐっしょりして……俺の指もするりと受け入れてくれそうだな」

「やっ……そこは、エセル……ひゃぁっ」

ゴツゴツとした彼の指が滑るように蜜口の中に入り込んできた。その長い指を中で動かしながらも、蜜口の上にある小さな突起を優しく撫でまわされる。それだけでもイキそうなのに、攻めるように空《あ》いた左手で胸を揉みしだかれ、甘い快楽に溺れそうになる。

「エセルバートさま……気持ちいい……もう、イっちゃう」

「いいぞ……イって……俺の指で」

そう囁《ささや》かれ無防備に晒《さら》していた首筋を背後から舐められて甘噛みされ、快楽が極限に達してしまった。

「ひゃぁ……あぁっ」

体がビクビクと震え、意識が飛びそうになる。そして、一気に力が抜けて、背後にいる彼に全体重を預けた。

「俺のアンナリーゼ……やっと、捕まえた」

まだ少し痙攣《けいれん》している私の体を愛おしそうに抱き寄せる彼に、今度は私が彼を気持ちよくしようと手を伸ばしたけど。

湯船に浸《つ》かった手を動かして覚えた違和感。その違和感に、浸《つ》かっているバスタブを見下ろす。

「ぬるぬるで、あわあわ……？」

いつの間にか温かい湯船が泡風呂のように泡立ち、どろどろな状態に変わっている。

「アンナリーゼ、これでもっと気持ちよくしてやるからな」

またチート魔法の乱用だと抗議しようとしたが、幸せそうな笑みで私の唇に軽くキスをした彼になにも言えなくなる。私は、彼のわんこみたいな笑みに弱いようだ。

「もっと君に触れたい……」

「待って、さっき……イったばっかり……っ」

ぬるついたお湯を絡ませた彼の手が、また私の体に触れてきた。冷めかけていた体の熱が再び上がっていく。

ぬるぬると滑りをよくした大きな手で、胸や太腿をゆっくりと撫でられる感触がすごく気持ちいい。じわじわとぶり返してきた甘い快楽に、心も体も痺《しび》れていく。

「エセルバートさま……ここも……」

もっと気持ちよくなりたいという欲情に染まった私はおねだりするように、胸を揉んでいた彼の手を掴んで秘所に触れさせた。

そんな私を見た彼は嬉しそうに笑み、おねだりに応《こた》えて割れ目に指を差し込んだ。その奥にある蜜口にゆっくり、じわじわと指を沈めていく。

一度絶頂を迎えたせいなのか、ゆるゆるにとろけた蜜口は彼の指を簡単に呑み込んでしまった。

もっと奥にきてほしい。その欲情のままに、きゅうきゅうと指を締め付けるように力を入れてしまう。そんな自分に羞恥心《しゅうちしん》が湧いてくるけど、痺《しび》れるような甘い疼《うず》きが勝ってやめられない。

「こんなに締め付けて……愛らしいな。アンナリーゼ……もう少し、力を抜いてくれ。君の一番気持ちいいところを見つけたいんだ」

そう甘く囁《ささや》き、濃厚なキスをしてきた彼に、身も心もとろけて力が抜けていく。それを見計らってか、ゴツゴツした太くて長い指が奥に奥にと入り込んで、ゾクゾクと快感が波打つ。

最奥に行きついた指がコツンと当たる感覚。私の中を探るような指の動き。トントンと突かれる度《たび》に思わず喘《あえ》ぎがもれてしまう。

そして、不意に中のお腹側のところを突かれた瞬間。強烈な快感がせり上がってきた。

「ひゃぁっ……そこっ……だめっ！」

「ここか……ここがいいんだな」

「あぁっ、あっ……やっ……あぁッ」

私の一番感じてしまう場所を知った彼の指が、そこを執拗《しつよう》に攻めてくる。指先でトントンと優しく突かれたり、ゆっくりと上下に指を動かして突き上げたりと刺激されて、気持ちよさでいっぱいになる。

その激しい快楽を全身で感じていた私は、自然と腰が揺れて止められない。私の動きに合わせて湯船がバシャバシャ波打ち、泡に包まれた体を彼に押し付ける。

私はなんて淫《みだ》らな女なんだろう。でも、どうしてもやめられない。恥ずかしさからなのか、快楽からなのかわからない涙が溢《あふ》れてきた。

「こんなに乱れる君を見られるなんて……堪《たま》らないな」

そう呟き欲情した視線を向けて、私の目から流れる涙を彼の舌が舐めとってしまった。その瞬間、ビクビクと体が痙攣《けいれん》して意識が飛びそうになる。

「エセル……バートさまっ……あぁっ！」

私はそのまま達してしまい、浴室に響くほどの高い喘《あえ》ぎ声を響かせた。

一気に力を失い疲労を感じた私の体が泡に埋もれた湯船に沈んでいく。その私を優しくすくい上げた大きい手に安心すると、ふわりとした甘い眠気が襲ってきた。

「中だけでイけたな……俺の可愛いアンナリーゼ」

薄れゆく意識の中。私のおでこにキスを落とした彼は、どこか切なそうな笑みを浮かべていた。


瞼《まぶた》を開けると視界は薄暗く、まだ夜だった。

たくさんの魔導書がある部屋のベッドに、また寝かされていたみたいだ。

ただ前と違って、私のすぐ横でエセルバート様が寝ている。

規則正しい寝息を立てる彼をじっと眺めていると、つい先ほどのお風呂えっちの色々を思い出して羞恥《しゅうち》に駆られる。

なんとか平常心を取り戻すために、聖魔法女学園の聖書を暗唱してお祈りを捧げた。しかし、未だに彼の手の感触や甘い快楽を体が覚えていて、聖書と祈りに集中できない。それに、少し不満もある。

「私だって……」

エセルバート様を気持ちよくさせたかった。私だけ気持ちよくなって、淫《みだ》らな姿を晒《さら》してしまっている。

(聖魔法女学園でも、エルフの里でも、一緒に気持ちよくなっていたのに……)

不満顔で、スヤスヤ気持ちよさそうに眠っている彼を見つめる。

黒に金色の刺繍《ししゅう》が施《ほどこ》された薄衣をラフに着こなしている彼は、大人の男性の色香を漂《ただよ》わせていた。

目を閉じた彼の長い睫《まつ》毛《げ》は頭髪と同じ金色で、薄衣から見え隠れする白く透き通った逞《たくま》しい胸元は少し汗ばんでいる。

その魅惑的な姿に、思わずコクッと唾を呑んでしまった。

(こんなエロかっこいいエセルバート様が、横に添い寝していらっしゃるんですよ?)

私が夜這《よば》いするのは、仕方ないと思うんです。

そっと掛け布団と彼の間に潜《もぐ》り込む。その勢いのままに、彼の体に跨《また》がってみた。もちろん乙女として体重が彼にバレないように、両足をベッドについて重さを分散……あれ?

不意に腰をガシッと掴まれたかと思うと、部屋の小窓から射す月明かりに照らされたお目目パッチリのエセルバート様がいた。

「アンナリーゼ。なにをしているんだ」

「いや、その……私も夜這《よば》いしてみようかと。私だけ気持ちよくなって、淫《みだ》らな姿を見られているんですよ。わっ私だって、気持ちよくさせたかったんです!」

「そうか、俺がどれだけ我慢して……」

そうジト目で見つめてきたかと思うと、今度はニヤリと笑って甘い視線を向けてきた。

「夜這《よば》いが、どんなものなのか。俺に教えてくれるんだよな」

「へっ？　……ひゃっ!?」

お尻の後ろに、強い主張を感じる。恐る恐る振り向いて掛け布団を捲《まく》ると、そこにはガチガチに硬くなった男根が聳《そそ》り立っていた。

「責任……とってくれるんだろ？　アンナリーゼ？」

「は、はい。もちろんですわ！」

私だって夜這《よば》いできることを証明してみせると意気込みながら、彼が着ていた薄衣を脱がせる。途端に現れた、逞《たくま》しい筋肉がついた体の美しさに心が奪われてしまう。

(細マッチョと言うのかしら。あるべきところにしっかりと筋肉がついているわ。魔法のローブで、こんな素敵な体を隠していたなんて……)

夜這《よば》いされていた時は、こんなにしっかり見る暇なんてなくて気付かなかったけど。夜這《よば》いする側になると、こんな風にじっくり見られるなんて知らなかった。

それは逆に言えば、私が彼にどれだけ淫《みだ》らな姿を見せていたのかということだ。

そんな私の瞳に映るのは、じっくりと見られてうっすらと頬や耳を赤くしている彼の姿だ。その可愛い姿に胸がキュンキュンする。

「エセルバート様。……可愛い」

彼の可愛さをもっと見てみたい。そのためなら、普段しない大胆なこともできそうだ。高ぶった勢いで、自分も薄衣を脱いで素肌をすべて晒《さら》した。

窓から射し込む月明かりに照らされ、晒《さら》された自身の体に羞恥心《しゅうちしん》はない。逆に彼に見せつけるように胸を張り、求めるみたいに甘い視線を向ける。

「……綺麗だ」

彼の恍惚《こうこつ》とした声に、私の欲情が刺激される。

腰を上げて、欲情のままに彼の男根を受け入れようとした。だが、その凶器にも似た恐ろしいものを目の前にして躊躇《ちゅうちょ》する。

(これを完全に受け入れるのは、物理的に危険すぎる)

そう冷静に判断した私は、今までされてきた彼の夜這《よば》いを参考にすることにした。恐る恐る、硬くて長い男根を私のそこで押し倒すみたいに移動する。そして、ゆっくりと割れ目を擦りつけるように腰を揺らした。

こうすれば、一緒に気持ちよくなれるはずだ。そう思い、一心不乱に腰を揺らす。

お風呂で甘くとろけていた余韻《よいん》が残っているのか、それとも先ほどの彼の色香に当てられたのか、蜜が私のそこから溢《あふ》れ出してきた。ジュクジュクに濡れているそこを、彼の硬くて熱い肉棒に擦り付ける度《たび》に欲情がどんどん高まっていく。

「エセルバートさま……痛くないですか？　……んっ……気持ちいいですか？」

「……気持ちよすぎてっ……頭がクラクラする……」

苦しそうな声で私を切なそうに見つめている。私が与えた快感で白い肌を赤らめて汗をかく彼に、蜜口の奥がジンジンと疼《うず》く。

もっと気持ちよくさせたい。もっと気持ちよくなりたいと、欲望のままに腰を動かす速度を上げる。部屋に激しく響く水音も気にならないほど、私の頭の中は欲情に染まっていた。

「くっ……アンナリーゼ！　あぁっ……もう、……っ」

私の秘裂に挟んでいた男根がビクビクと脈打ち大きくなったかと思うと、先端から勢いよくどろりとした白濁した液が噴き出してきた。

息を切らし、達した快感で目にうっすらと涙を浮かべた彼は、とても魅惑的で淫《みだ》らだ。そんな彼を目に焼き付けようと、じっと見入ってしまう。けれど隙を突かれ、うっかり押し倒されてしまった。

「君はまだ、イってないだろ？」

そう言って、濃厚なキスをしてきた彼に身を任せる。

慣れた手つきで私の熱く濡れた蜜口に骨張った指をぬるりと入り込ませ、一番感じるところへ何度も指を当てて、上下にゆっくりと動かしはじめた。

「こんな風に、俺のが君の中に入って動いたら……どれだけ気持ちよくなるんだろうな？　……早く、君の中でイキたい……」

「……やぁっ……ああっ」

切なそうな彼の声。強い快楽が体を駆け巡って、私はビクビクと体を震わせた。

「アンナリーゼ。君の心も体もすべて、俺のものにしたい……」

ベッドで脱力した私の体を優しく抱き寄せた彼は、すがるような瞳で私を見つめていた。

「もう逃がさない……逃がしてやれない……」

その悩ましげで悲しそうな声に、私はずっと彼に言いたかった言葉を思い出した。再会して最初に言いたかった言葉だ。

「エセルバート様が、私を捜しに来てくれて嬉しかったんです」

「アンナリーゼ……」

「この三年間、私はずっと、エセルバート様に会いたかったから」

彼に好意を示すようにチュッとリップ音付きのキスをする。

ここまで私を思って、愛してくれる彼が愛しくて堪《たま》らない。

「だから、もう逃げたりしない。エセルバート様の傍にいたい」

すべての誤解を解くためにも、なにもかもを話さなきゃいけないと思った。

（もう、彼とすれ違ったままでいたくない！）

そうして真っ直ぐに彼を見つめて、今まであった出来事を隠さず打ち明けることにした。

この世界とは違う、別の世界で生活していた前世の記憶があること。

そして、この世界の未来が書かれた物語を前世で読んだことがあること。

信じてもらえないかもしれない。おかしくなってしまったと思われて拒絶されるかもしれないと不安が胸を過《よぎ》るけど、彼とすれ違って誤解されたままでいたくなかった。

「待ってくれ。その前世で読んだ物語で、君は俺に突き飛ばされて……死んでしまったのか？」

「はい。その通りに死にたくなかった私は、エセルバート様を潔癖症にさせる悪女ではなく、第二の母親になればいいと考えました。その結果、私は聖魔法女学園へ留学することに……。でも結局、エセルバート様は潔癖症になってしまいましたわね」

ウェブ恋愛小説の強制力なのか、私以外の者が代わりに彼を潔癖症にさせた。

「姫宮お姉さんも私と同じ、前世の記憶を持っています。本の主人公である彼女とエセルバート様が結ばれる運命を、私が変えてしまった……。恨まれても仕方ありません」

「だから……その女の言われるままに、俺から離れたのか？」

「そうするしかなかったんです！　彼女は、この世界を破壊できるだけの光の魔力を所有しています。……私は、大切な家族を……愛するエセルバート様を殺されるかもしれないとわかっていて、拒否なんてできません‼」

大事な人達が光の魔力で一瞬で燃やされ、灰に変わってしまう。想像しただけで絶望が募《つの》っていく。

恐怖に震えていると、彼が私を支えるように強く抱き寄せてきた。

「責めているわけじゃないんだ。ただ、俺にもっと早く打ち明けてほしかった。俺はいつだって君の味方だったから」

「……エセルバート様、ごめんなさい」

彼のその言葉に、ずっと胸につかえていたものがなくなったような気持ちになる。胸がぽかぽかと温かくなって涙がとめどなく溢《あふ》れてきた。

「俺は、そんな女なんかに負けない。君を脅《おびや》かす者に負けるはずがないだろ。俺は、それだけの実力がある魔法使いだからな。だから、俺を頼ってくれアンナリーゼ」

「エセルバート様」

「あと、その様付けもやめてくれ。君にはそう呼んでほしくない」

「……エ……エセルバート……？」

慣れない呼び方に、顔がどんどん熱くなってくる。彼はそんな私に嬉しそうに微笑んで、ぎゅうぎゅう抱きしめてきた。その腕が優しくて、温かくて胸がいっそうぽかぽかする。

（こんなに幸せを感じていいのかな？）

夢のようなこの時をずっと感じていたい。嬉しさが込み上げて泣きそうになっていると、なにか気になることを思い出したのか、彼が急に私の顔を両手で挟んで上げさせた。

「アンナリーゼ、俺は今も昔も君を愛している。だから一つ、どうしても聞きたいことがある」

「……？」

「その『姫宮お姉さん』とは誰だ？」

「……えっ？」

エセルバート様が、ウェブ恋愛小説の主人公である姫宮お姉さんを知らない!?

まさかの事実に唖然としていたが、慌てて彼に説明することにした。

「魔法学園に季節外れに転校してきた方ですよ！　長い黒髪に黒い瞳のおば……姫宮お姉さんです！」

「季節外れの転校生……あの黒髪……ぐふっ!!」

なにかトラウマ的なことを思い出してしまったらしい。ほんのり赤くなっていた顔が、一気に蒼くなって吐き気を催《もよお》している。

今にも泡を噴き痙攣《けいれん》しそうな彼に、私はサッと状態異常回復魔法を唱える。だけど、これじゃないと言わんばかりに顔を曇《くも》らせた彼が、私の胸に顔を埋めて深呼吸をはじめた。

(やはり……エセルバート様へアロマテラピー的な癒《いや》しを与えるのは、私の胸のようですわね)

私の胸の谷間に埋まっている彼の頭をナデナデしていると、落ち着いたらしい彼が顔を上げた。

その顔は誰が見ても、でろでろにとろけたようなもので胸キュンしてしまう。

前世の親友がよく口にしていた『男の人を可愛いと思ったら沼落ち確定だから』という名言を思い出した。

親友はダメンズに好かれやすく、ヒモ男でもマザコン男でも可愛いと思ったら付き合ってしまうとぼやいていた。

その経験を聞いてきた私は、男に興味をあまり持てなかった。社畜化していたので、そんな暇もなかったんですけどね。

だけど今の私は、エセルバート様ならどんなことをされても全部許してしまうくらいに可愛いと思っている。

(うん。エセルバート様の沼落ちなら喜んで落ちるわ!)

「やっぱり、アンナリーゼを抱き寄せている時が一番落ち着く」

「私もエセルバートさっ……エセルバートに抱きしめられている時が一番落ち着きますわ」

そうしてまた、甘い空気になっていたけど、姫宮お姉さんのことを思い出した私は、真面目な顔で彼に向き合う。

「姫宮お姉さんのことを知っているんですよね？」

「ああ、思い出したくもない。俺に事故に見せかけて、故意に頬へキスしてきた女だ。俺はそのせいで三日間寝込んでしまったんだぞ」

（やっぱり姫宮お姉さんだったのですね！）

確かに、セコムーンも姫宮お姉さんに触れられた時、同じ症状になった。

「そうか、あの女のせいで……俺は、愛する君から三年間も引き離されていたのか……」

そう呟き前世の漫画で見たようなヤンデレな笑みを湛《たた》える彼に、私は背筋が凍り、震え上がるのだった。


その翌朝。

私は誰かの呼び声で目を覚まして、ベッドからゆっくりと起き上がった。

部屋の外から何度もノックする音に、部屋の主であるエセルバート様を探すが、横に眠っていた彼はいない。

仕方なくベッドを出て、寝ぼけ眼のまま部屋のドアを開ける。

その先には、ぶかぶかの魔法のローブを着こなした少年が立っていた。

「魔塔主様！　いい加減に部屋からでっ……あの潔癖症で女嫌いの魔塔主様の部屋から彼シャツ美

女……だと……⁉」

「……？　エセルバート様はいませんけど、どちら様ですか？」

「いや、こっちのセリフです！　……あれ？　なんで魔塔主様の改革で女人禁制になったはずの魔塔に精霊姫が？」

魔塔主様？

改革？

女人禁制の魔塔？

そこへ騎士服に身を包んだ爽《さわ》やかな笑みを浮かべる男が、フレンドリーに手を振りつつやって来た。

「精霊姫？　あ、もしかしてエセルバートのお嫁さんじゃない？　えっと、アンナリーゼちゃんだっけ？」

その背後から般若顔《はんにゃがお》のエセルバート様が早歩きでやって来るなり、私を隠すように抱き寄せ少年とフレンドリーな男を睨《にら》みつける。

「見たな……俺の（彼シャツ姿の）妻を見たなぁ……」

「ひぃぃ！　ごめんなさ～い魔塔主様！」

（え？　私、見られちゃダメでしたの⁉）

「あれ？　もしかしてエセルバートが魔塔主だって聞いてない？」

それ、初耳なんですけど。

そうして眠気も吹っ飛んで、目をぱちくりする私は現在——

魔塔主様の部屋でもあったらしい部屋に戻り、中央の広めのテーブルで朝食をとっていた。

その目の前には青い髪を綺麗にオールバックにし、海のように青い瞳で爽《さわ》やかに微笑む騎士様が、朝にはどぎつい肉汁たっぷりのステーキを美味しそうに食べている。

彼は先ほどのフレンドリーな男で、ロイというらしい。魔法学園時代からエセルバート様の幼馴染《おさななじみ》兼護衛騎士だったそうで、今も魔塔主の護衛騎士として一緒にいるらしい。

「じゃあ、エセルバートが君捜しのために王位継承権を捨て、魔塔前当主を蹴散らし、魔塔を占拠した挙句、魔塔の秘宝である魔道具を無断使用して君の居場所を突き止めたとか……知らないよねぇ」

「初耳ですわ！」

そう驚きながら、横で優雅に朝食をしているエセルバート様を見つめる。すると、彼はカリカリのベーコンと目玉焼きを乗せた食パンをナイフで一口サイズに切り取り、フォークに刺したそれを何故か私の口元に持ってきた。

幸せそうな笑みを向ける彼の圧と、美味しそうなベーコンの香りに負けた私は、口を開けて一口サイズのベーコンエッグトーストを頬張る。

柔らかすぎず硬すぎない焼き加減のトーストに、カリッカリのベーコン。その上にのっていた半熟の目玉焼きの黄身がソースに溶け込んで、実にまろやかで美味しい。

「アンナリーゼ、口から垂れているぞ」

うっとりと食べていた私の口元から垂れる半熟の黄身を親指で拭《ぬぐ》い、そのまま親指についたそれを舐めとった彼にドキッとする。その破壊的な色気全開の様子に、顔に熱が全集中して湯気が出そうだ。

「おいおい、エセルバート。連れ帰って早々に新婚気分か？　あの無頓着《むとんちゃく》で無表情、基本塩対応のお前がまるで別人だな！　でも、そういうのは俺がいない時にやってくれよ」

「そういうお前こそ、俺が王位継承権を捨ててからずいぶんと生意気な口をきくようになったよな？　昔の礼儀正しいロイはどこに行ってしまったんだ」

「今はお前の親友としてここにいるからな。親友に敬語は必要ないだろ。それに俺達、昔より仲良しじゃないか！」

「暑苦しい！　やめろ、その眩しすぎる爽やかな笑みを俺に向けるな」

不機嫌な顔でロイさんに抗議しているエセルバート様だけど、照れを隠し切れずに耳が赤くなっている。私とマーベリンに似た友情を感じる姿に……ハッ‼

「マーベリン‼　あぁ、セリオン、セコムーンはどこ⁉」

私は流れのままに魔塔まで連れ去られてしまったけど、あの後どうなったのだろう。

(グレンを放置して大丈夫だったの？　いや、それよりもマーベリンは？)

冬眠から覚めたばかりだったし、親愛の契《ちぎ》りを交わしている私がいなくなって、今頃は泣いているかもしれない。そう思うと、目から涙が溢《あふ》れてきた。

そんな私を落ちつかせるように、エセルバート様が背中を優しく撫でてくれる。

「大丈夫だ。あの蛇女には、ちゃんとエルフの夫がいるんだ。ほら、よく言うだろう？『人の恋路を邪魔するものは、愛の女神の天罰が下り一生独身の呪いにかかるだろう』ってな」

それって現代で言う『人の恋路を邪魔するものは馬に蹴られて死んじまえ』って感じの言葉でしょうか？

ふと、以前考えていたマーベリン達の子供達と戯《たわむ》れるアンナリーゼおばさんの未来を思い出して真っ青になる。

「そ、そうですわね。マーベリン達の新婚生活を、これ以上邪魔してはいけませんよね」

「アンナリーゼ、俺は今も君の夫だ。だから、君と新婚生活を送りたい。……ダメか？」

私の手の甲にキスを落として甘えるみたいに見つめる彼に、私は弾けるように笑う。

「ダメじゃないですよ。私も、エセルバートと新婚生活を送りたいです！」

その思いのままにぎゅっと彼に抱きつくと、彼も優しく私を抱きしめ返してくれる。なんて幸せなんだろう。

「だから、そういうことは俺がいない時にやってくれって」

「ここは俺の部屋だ。お前が他所《よそ》に行けばいいだろ」

「は〜、そういうこと言うのか、エセルバート。お前の真夜中の伝書鳩に即対応して、寒い夜の路地裏を駆け回り、情報収集した徹夜明けの親友の俺に、そんなこと言うなんて酷いじゃないか。せっかくカナ・ヒメミヤっていう女の情報を持ってきてやったっていうのに！」

そう言って、ロイさんは厚みのある書類を筒状に丸めて紐で結んだものを懐《ふところ》から取り出し、エセルバート様に見せつけるように前に出してきた。

(姫宮お姉さん⁉)

予想外の人から予想外の名前が出てきたことに、私は驚きを隠せない。

その巻物をロイさんから奪い取ったエセルバート様は、紐を止めていた赤い蜜蝋《みつろう》を外して中の書類に目を通しはじめる。

そして、書類と書類の間に挟まれていたハンカチをまるで汚物に触れるように親指と人差し指で持ち上げると、部屋の奥にあった巨大な地球儀と天体望遠鏡が合体したような装置の方へ行ってしまった。

彼の行動が気になって追いかけたところ、装置の中央にある小さな台座から真っ白な布とハンカチを交換して手をかざしている彼を見つける。

装置に魔力を注いでいるのか、その魔力に反応して装置が動き出し地球儀らしきものがくるくると回転していた。

「これってまさか、先ほど話されていた」

「ああ、この魔塔の秘宝にして莫大な魔力を必要とする魔道具だよ。普通の魔法使いなら、一分も保たずにぶっ倒れるくらいの魔力が必要なんだが。エセルバートは底なしだからなぁ。この装置で君の居場所を見つけるのに一週間ほどかかったから、今回はどれぐらいかかるか……」

鬼気迫る微笑みで地球儀を見つめるエセルバート様を遠目で眺めるロイさんの言葉に、私も遠目になる。

そんな私の顔に、ヒラヒラと白い布が舞い降りてきた。それを何気なく両手で開いた私は戦慄《せんりつ》する。

「こっこれ！　私のお気に入りのドロワーズじゃないですか!!　聖魔法女学園の私物紛失事件の時に、返してもらってなかった……エセルバート！」

「君だって、俺の魔法の透明ローブを返してないだろ」

そうして私からドロワーズを奪った彼は、私のドロワーズを懐《ふところ》に大事そうにしまってしまった。

それにジト目になっていると、ロイさんが非常に申し訳なさそうな顔で私に視線を向けていることに気が付く。

「なんです？」

「いや、別に……その、学園では一瞬、俺も一瞬しか見ていないから」

「……はい？　……学園？」

「俺が瞬時にエセルバートのポケットに戻したからさ！　他の生徒達には見られていないはずだよ……たぶん……きっと……」

「エセルバート……？　どういうことですか？」

今まであった彼に対する『敬愛する王太子様』という印象が崩れ落ちていく。そして、湧き上がる怒りと羞恥心《しゅうちしん》で顔の熱が上がり、体が震えた。

その後、私が魔塔主の部屋の奥にある小さな個室に数日間立てこもり、ひたすらエセルバートと口をきかずにいたのは仕方ないことだと思います。

＊＊＊

深い深い泉の底で、オフィススーツを着たＯＬ姿の女性がぐったりと倒れ込んでいた。

夜勤十日目で疲れ果てたような姿で、横にあるノートパソコンのキーボードを震えた手つきで打とうとしている。まるでダイイングメッセージを書こうとしているかの如《ごと》く指を動かしていたが、力尽きたのか指がピタリと動かなくなった。

「うぅ……介入しすぎて……力が出ない……」

そのまま泉の底で仰向けに寝転がると、上に見える水面《みなも》を見つめる。徐々に意識が朦朧《もうろう》としてきて、泉の透き通った青が闇に沈んでいく。

「美桜、今どうしてるかしら。あの女に消されてたら、どうしよう……」

不安に涙が溢《あふ》れ、その涙が泉に溶けていく。

その光景を最後に、晴香は深い眠りに入ってしまったのだった……

第五章　魔塔での甘いお仕事

月日が経つのは早いもので、私が魔塔で暮らしはじめて半年が経ちました。

最初は魔塔で迷子になったり、魔法使い達のお手伝いをしようとしてウッカリ変な魔法薬を頭からかぶったりと大変だったけど。今はなんとか落ち着いた生活を送っている。

なにもしないで魔塔にいるのが申し訳なく、私にできる仕事はないかと、エセルバートに尋ねてみたところ。

「アンナリーゼ」

「はい。今、参りますわ」

書斎の長椅子で読書していた私は席を立ち、アンティーク感溢《あふ》れる立派な事務机で書類整理をしていた彼の方へ向かった。

読みかけの本を持ったまま彼の座っている椅子の横に立つと、当然のように彼の膝の間に座らされてしまう。

「君の香りを嗅《か》いでいると、仕事の疲れも吹き飛んでしまうな」

「それはよかったですわ」

これが、私の魔塔でのお仕事だった。魔法よりも書類業務が多い魔塔主であるエセルバートの癒《いや》しとして、常に傍にいるだけの簡単すぎる業務だ。

事あるごとに私を呼びつけては抱きしめたり、キスしてきたりするし。食事の時も今と同じように、私を膝の間に座らせて食事したりする。

その度《たび》にドキドキしたり、破廉恥《はれんち》にもムラムラしちゃったりもするんだけど、なんとか理性を保っているわ。

（こんなお仕事でいいのかしら？）

背後から抱きしめ、猫吸いのように私吸いする彼をじっと見つめる。その視線に気付いた彼に甘い微笑みを向けられ、おでこにキスを落とされてしまった。

「君がただ、俺の傍にいてくれるだけで落ち着くんだ。それに、すごく幸せな気分でいられる。君のおかげで以前と比べて仕事の効率が百倍増しだ」

その言葉に感動していたけど、私のお腹に添えられていた彼の手がするりと上がって胸に触れてきた。

「今は仕事中ですよ」

「少し仮眠をしたい。……いいだろ？」

「……そうですね。休息は大事ですわ」

ここ最近はずっと彼と甘い夜を過ごしているのに、明るい時間であるにもかかわらず期待して胸をときめかせてしまう。

（ああ、聖魔法女学園の女神様。どんどん欲深き女になってしまっている私に、清らかなる理性の加護をお与えください……ひゃっ!?)

急に彼の手に力が入って、私の右胸に小さな痛みが走る。その痛みすら甘く感じて、体をピクリと動かしてしまった。まるで意識を自分に向かせるように、彼が私の首筋にキスを落とし、舐め上げて甘噛みする。

「俺が傍にいるのに考え事か?」

「……んっ……エセルバート……?」

「それに、なんのお祈りをしてるんだ。俺から逃がしてほしいと、神に願ったのか?」

彼は未だに私が逃げてしまうのではと不安に思ってるようです。

そう思わせることをしてしまった私の三年間の逃走は、彼にとって潔癖症のトラウマよりも深い傷になっている気がした。

先ほどの王子様な微笑みが嘘みたいに、ヤンデレ顔に凶変した彼にまた首元を甘噛みされ、舐め上げられてしまう。そのくすぐったいような甘い疼《うず》きに体が震える。

それに、彼の心臓の高鳴りが背中に伝わってきて、体が火照《ほて》るように熱い。

「もう俺から逃げないでくれ」

「逃げたりしませんわ。言ったじゃないですか。私も、エセルバートと新婚生活を送りたいですって」

「なら、俺が不安にならないように触れさせてくれ。服越しじゃなく、直《じか》に……触れたい……ダメか?」

彼の掠《かす》れた切ない声に、頭をガンと殴られたような衝撃を食らう。それと同時に、抑えていた欲情がじわじわと溢《あふ》れはじめてきた。

「ちょっとだけなら……いいですよ」

もっと触ってほしいなんて恥ずかしくて言えない私の最大の言葉は、予想以上に震えたものになってしまう。そして、甘えるように彼に顔を寄せると、そこには私以上に顔を赤くして瞳を潤《うる》ませている彼がいた。

「アンナリーゼ……もう我慢できない」

私が持っていた本を奪った彼の大きな手が、私の首元まであるブラウスのボタンを外しはじめる。ボタンを一つ、また一つと外され、露《あら》わになっていく肌。ゆっくりと楽しむように私の服を脱がせる彼をじれったいと思う私は、欲望を抑えるのでいっぱいいっぱいだ。

ようやくブラウスのボタンをすべて外した彼は、私の胸の感触を楽しむみたいに触れてきた。脱がすまでに手が冷えてしまったのか、冷たく感じる。だけど、私の火照《ほて》った体から熱を奪って徐々に熱くなってきた。

その熱くなった指先で胸の先端をころころともてあそばれ、私の意志とは関係なく甘い声が口から出そうになる。すぐに手で押さえようとしたけど、彼に腕を掴まれてしまった。

「ダメだ。君の甘い声が聞きたい」

「あっ、やっ……ああ……」

彼に触れられる度《たび》に、快楽が溢《あふ》れ出してくる。頭がふわふわして、気持ちいいことだけしか考えられない。

「気持ちいい……もっと、触って……」

「アンナリーゼっ」

私の求める声に目を大きく開き、まるで獲物を捕らえた獣のような熱い視線を向けてくる彼は、机にあった書類をすべて床に払いのけてしまった。

その机に私の体を寝かせて、おでこや頬に優しいキスを落としてくる。

キスを落としながら右手で私の右胸を撫でまわし、そっと先端を指で挟むと優しい手つきで揉みしだく。

（すごく、気持ちいい……）

ウットリして彼を見上げていると、もう限界だと苦しそうに顔を歪《ゆが》めてズボンのボタンを開きはじめた。そこから取り出した硬く聳《そび》え立つ男根を左手に握って必死に擦りはじめる。

その激しく動く手から、ちらちら見える血管が浮き上がった赤い肉竿。そして立派な亀頭から溢《あふ》れ出してきた透明の粘液に、目が釘付けになってしまう。

（煌《きら》びやかで、爽《さわ》やかな微笑みが似合う王太子様である彼に、こんな恐ろしいほどに立派なものが付いているなんて反則じゃないかしら？）

毎夜、その立派なそれを擦り付けられ気持ちよくなっている甘い記憶が頭に浮かんでしまった私は、恥ずかしくなって顔を背《そむ》けた。それが気に障ったのかもしれない。

顔を無理やり振り向かせられ、彼に濃厚なキスをされる。角度を変えては何度も唇を重ねられ、甘くとろけてしまいそう。

魔塔主の書斎で破廉恥《はれんち》ですわ！　と聖魔法女学園時代の清らかな私が怒っている声が頭に響いた気がするけど、彼から与えられる快楽に押し流されてしまった。

その甘い快感に刺激された私は、求めるように彼の口に自ら舌を入れ込む。不意に入り込んできた私の舌に驚いた顔をした彼だったが、すぐに破顔して嬉しそうに舌を絡めてきた。

彼の舌はすごく熱くて、とろけてしまいそうなほど気持ちがいい。そのまま舌を絡め合う濃厚なキスをしながら、下で激しく動かしている彼の左手に手を添える。

「エセルバート……私も一緒に、気持ちよくしてください」

そう囁《ささや》き恥ずかしくもドレスのスカートを捲《まく》り上げると、彼が素早い動きで私の着ていたドロワーズを下げてしまった。

「すごいな……もうこんなに濡れてる」

「やっ……あんまり、見ないで……」

ずぶ濡れ状態のドロワーズと秘処の間に透明の糸が伸びてしまい、すごく恥ずかしい。そんな私の羞恥心《しゅうちしん》など知ったことではないとばかりに、彼はドロワーズを最後まで脱がさずに私の左足に下ろしたままだ。

そして、なにを思ったのか。彼が魔法で私達の頭上に鏡を作り出してしまった。まさかの展開に目をぱちくりさせる。

だが、あることに気が付いて私は心臓が爆発しそうになった。

なんと、服を脱がされ机に押し倒されたあられもない姿の自分自身が、魔法の鏡にしっかりと映ってしまっていたからだ。しかも、左足の足首にあるドロワーズが、破廉恥《はれんち》を加速させてピンクな雰囲気を醸《かも》し出している。

「アンナリーゼのここ、小さくて可愛いだろ？」

「……恥ずかしぃ……あっ……やぁっ」

私の声を無視した彼の左手が秘裂へと伸びていき、包皮を剥いて私の赤い花芯を露《あら》わにした。そして、小さな肉芽をぬるついた指で撫でまわされ、得も言われぬ痺《しび》れと甘い快楽に酔いしれてどうにかなりそう。

くちゅくちゅという水音が書斎に響き渡り、羞恥心《しゅうちしん》と快楽がせめぎ合う。

「やっ……だめ、……やだ、んぅ……っ」

「本当に嫌か？　俺には、そうは見えないが……ふふっ、恥ずかしがって涙目の君も可愛いな」

そう甘く囁《ささや》くと、彼は私の愛液にまみれた手を引っ込め、背後でごそごそとなにかはじめる。かと思うと、急に私の濡れた割れ目に熱くて硬いものがあてられた。ぬるぬるした彼の欲望が、私の割れ目に擦り付けるようにして上下に動きはじめる。机がその動きに合わせてギシギシと鳴り響く。

「アンナリーゼの濡れたここ……気持ちよすぎて、堪《たま》らないな……っ」

彼の腰の動きと同時に、机の軋《きし》む音も速くなっていく。激しい動きに揺さぶられる私に快楽が押し寄せてきた。

エセルバートに覆いかぶされ喘《あえ》ぐ自分の姿が、頭上にある大鏡に映っている。視界に嫌でも入り込んで、余計に感じてしまう。

「あぅ……エセルバート……激しっ……もうっ、いくっ……っ」

「アンナリーゼっ！　俺も……出るっ……くっ」

強い快楽が体を突き抜け、衝動のままに私達は甘い声を上げる。ビクビクと体が痙攣《けいれん》し、力が抜けていった。

そのまま息を切らせて机に横たわっていると、ぐらりと彼が私の上に倒れ込んできた。私を軽く抱き寄せて机に横たわる彼も達していて体に力が入らず、お互い身動きがとれない。

お腹にかかった熱くてドロドロした感触。私のそこから流れる愛液を感じて恥ずかしさが募《つの》っていくけれど。お互いの熱で汗だくで、くたくたな私達はただ横になっていた。

「またこうやって、君と愛し合える日々を……ずっと続けていたい」

幸せそうに微笑む彼の目には、うっすらと涙が浮かんでいる。そんな彼の背中に両腕を回してぎゅっと抱きついた。

「続けていたいじゃなくて、続けるんです」

私も、この温かくて安らぐ幸せな時をずっと感じていたい。

そうして机の上で二人抱き合っていると、書斎のドアがノックされた。

『おーい、エセルバート。なんで部屋に超強力な結界とサイレント魔法がかかってるんだ？　そろそろ開けてもらわないと、部屋の前が書類を提出したい魔法使い達でいっぱいになるぞ。お前が遅れた新婚生活をエンジョイしたい気持ちはわかる。だが、時と場所は考えような。これはお前の親友として――ファッ⁉』

ロイさんの変な悲鳴がしたかと思うと、シーンと静まりかえる部屋の外。

なにかしたに違いない彼をそっと見たところ、悪びれもしないキラキラした瞳で私を見つめていた。

その後、行方《ゆくえ》不明になったロイさんが超難易度のダンジョンをソロで攻略し、強者の貫禄を備えて戻ってきてエセルバートに決闘を申し込むのは、一カ月後の出来事である。

＊　＊　＊

季節にとらわれることなく、周囲に色とりどりの花が咲き誇る大きな泉を前に、晴香は深く考え込んでいた。

「私が夜勤五日並みにダウンしている隙に、あの女……」

そう呟くと、膝にのせていたノートパソコンのキーボードを叩きはじめる。すると、透き通った泉にゆらゆらと緑豊かな森が映し出された。

その森を歩く姫宮の姿を瞳に捉えた晴香は、親の仇《かたき》を見るような目で睨《にら》みつける。

「幸せ真っ最中の二人に『迫り来る悪い奴ら』みたいに近づいてきてなんなの？　本当、懲《こ》りない女ね」

距離と方向的に魔塔を目指しているのは間違いないだろう。

(最悪、私が介入してでも対処しないと)

そう考えた晴香は、自分の背中にある六枚の真っ白な翼を振り返る。

「まさか私の前世が異世界の女神だったとか、今でもビックリだわ」

何度見ても違和感を覚えてしまう己の翼に晴香はジト目になる。

「でも、おかげで親友を幸せにできる。……制約は多いけど」

物語から逸脱してしまった世界に介入するのは、異世界の女神でも難しい。場合によっては、以前のように泉の底で療養《りょうよう》しなきゃいけなくなるかもしれない。

「それでも、私は美桜に幸せいっぱいのハッピーエンドを迎えてもらいたい。いいえ、そうしてみせるわ！」

そうして晴香は、またカタカタとキーボードを叩きはじめるのだった。

＊＊＊

魔塔では毎年、各国にいる魔法使いが集まり、各々《おのおの》の魔法を披露する会合が行われているそうです。

他国の魔法使いとの交流会も兼ねていて、若い魔法使いからしたら、弟子としてスカウトしてくれるかもしれない魔法使いとの交流の場でもあるのだとか。

そして、今日がその魔法のお披露目会の日。

魔塔の一階のロビーは各国からやって来た魔法使い達でごった返していた。

皆、自分が研究し極めた魔法を披露する絶好のチャンスだと興奮した表情で、愛用の魔法の杖を磨いていたり、身だしなみを確認したりしている。

私もまだ見たことがない魔法を見られるとワクワクしながら、ロビーへ続く階段を下りようとした。けれど、私の護衛にと付けられていた魔法使いの少年に止められてしまった。

「奥方様、いけません。他の魔法使いに奥方様を見せちゃいけないと魔塔主様に命じられております。だから、僕から離れないで。僕が奥方様をお守りいたします！」

魔塔主のエセルバートに大役を任されたと喜び、私にぴったりと付くこの子の願いを叶えないわけにはいかない。

ちなみに私は現在、二階からお披露目会を見渡せるホール上に設置された特等席で見物中です。

しかも、下からここが見えないように目隠し魔法までかけられている徹底ぶりに彼の本気が伺える。


そうしてはじまった魔法お披露目会は順調に進んでいた。

火・水・風・土の属性魔法で作り出した動物達が会場を飛び回ったり、小さな雷を宿したシャンパンが配られ飲んだ者の髪が逆立ってしまったりと賑わっていた。

司会進行がロイさんで、エセルバートは無表情でホールの中央にある魔塔主の席に座っているだけだ。そこで、女の勘ってやつかしら。彼に近づく見目麗《みめうるわ》しい美女達に目が釘付けになった。

布面積が極限に少ないセクシー魔法使いで、現代で例えるとリオのカーニバルに飛び入り参加しても違和感がないくらいにセクシーだと言えばいいのかしら？

（こんなに破廉恥《はれんち》な魔法使いの服があるなんて知らなかったわ）

そんな肉食系女子が、今まさに彼をロックオンしている。

エセルバートは今も昔も潔癖症。私以外の女性に触れられれば、泡を噴いてぶっ倒れ、痙攣《けいれん》するかもしれない。

（こうしてはいられない！）

私は一階に続く螺旋《らせん》階段を駆け下りる。そして、魔塔主の座の背後にある舞台袖みたいな場所で立ち止まった。セクシー魔法使いの一人が彼に歩み寄っていた。

「魔塔主エセルバート様。私は南国アラモルルにある魔塔主のナルアですわ。よろしければ魔塔主同士、二人きりでお話しいたしません？」

誘惑するような声で甘く囁《ささや》き、彼の腕に触れようとしている赤いマニキュアが塗りたくられた細い指にカッと怒りが噴き上がる。

今にも彼に触れそうな女魔塔主から彼を守るように、私は前へ踏み出した。

「二人きり？　それは困りますわね」

そう話す私の声は、自分でも驚くほど低い。女魔塔主を牽制《けんせい》するように、彼の腕に抱きつき優雅に微笑む。

「皆さん、ごきげんよう。私は魔塔主エセルバートの妻、アンナリーゼです。以後お見知りおきを」

聖魔法女学園の礼儀作法の一つである『初対面の方達に花を贈る』ことを忘れずに、魔法でホール全体に歓迎の白い花びらを降らせた。

幻想的な花びらに、周囲にいた魔法使いが興奮した声を上げる。それまでの張り詰めた空気が嘘のように、再び会場が賑わいはじめた。

「魔塔から女性魔法使いを追放した、あの潔癖症で有名な魔塔主に妻だと!?」

「あんな精霊のように美しい女性が、この世にいるはずがない！　きっと護衛召喚獣に違いない！　そこの美しい精霊獣！　吾輩《わがはい》と二重契約を結ばんかね！」

（いや、私は召喚獣じゃありませんわ！）

そんな興奮気味の魔法使いの男達に絡まれそうになっていると、横にいたエセルバートが急に私の腰を強引に抱き上げた。

「俺の妻であるアンナリーゼの半径十メートル以内に近づく野郎どもは、愛の女神の天罰が下り一生独身の呪いがかかるだろう」

死の宣告ならぬ一生独身の宣告を受けた魔法使い達が私から距離を取り、一目散に逃げ出してしまった。

「エセルバート、お口が悪いですよ」

「君に触れて俺に八つ裂きにされるよりマシだろ。それより、どうしてこっちに来たんだ。危ないだろ」

心配したように私を抱き寄せ、おでこを重ねた彼に顔が熱くなる。

「それは、エセルバートに触れようとしていた方がいらしたから……その、心配で……」

「それは、つまり……やきもちを焼いてくれたということか!?」

感動と喜びに破顔する彼に、頬や首元にキスを落とされる。そのせいで、余計に熱が上がってきた。

「人前で……恥ずかしいですわ。エセルバード、離してください」

「離さない。君がやっと、俺に独占欲を示してくれたんだ。逃がすわけないだろ」

なにか発情した獣を前にしたような身の危険を感じる。今にも最上階にある寝室へ攫《さら》われそうな気配に、私は全力で逃げようと体を動かした。

しかし、彼の逞《たくま》しい胸板から顔を上げられないほどガッチリ抱きしめられて動けない。そんな私達をロイさんは気にした様子もなく、魔塔の魔法使いも見て見ぬふり。

他国から来た魔法使い達はと言えば、見せ物のように観ている。

(すごく恥ずかしいわ!)

だけど、視界に映る肉食系美女達の悔しそうな姿に内心ホッとしていた。

＊　＊　＊

お披露目会の会場から少し離れたテラスで、魔塔主ナルアは憎悪に目を光らせていた。

「この国の魔塔主は、どんな絶世の美女にも靡《なび》くことがない孤高の天才魔法使いって話だったのに……。妻がいるなんて聞いてないわよ！　私の美貌で落として、この魔塔にある魔導書も魔法使い達も、まとめて我が国アラモルルに引き抜いてやろうと思っていたのに！」

赤いマニキュアを塗った爪をカリカリと噛みながら、嫉妬《しっと》に染まった視線をアンナリーゼに向ける。

「あの精霊だか召喚獣だかわからない女のせいで、計画がすべて台無しだわ」

そんな怒りを露《あら》わにするナルアの横に、厚手のローブを纏《まと》った女が立っていた。深くフードをかぶっていて表情は確認できない。

「貴方もあの女が邪魔なのね」

ナルアに共感するような口ぶりで、両手に持っていた赤ワインのグラスの片方を差し出した。

この国の魔塔主とその妻の相思相愛な姿に、会場にいた女魔法使いの大半が失恋している。フードの女もそうなのだろう。

ナルアはビジネスに失敗したことによる不満はあれど、失恋したわけではない。勘違いした失恋女に絡まれたと、テラスから離れようとしたナルアだったが――

「あの邪魔な女を退場させる、いい方法を教えてあげましょうか」

「いい方法？　……そうね。聞いてあげてもいいわ」

あの妻がいなくなれば、またエセルバートに色仕掛けができるチャンスだ。

そう考えたナルアは、差し出されたワイングラスを受け取る。

そんな野心に燃えるナルアを見つめる女の被っていたフードから、一房の黒い髪がさらりと落ちて怪しく揺らめいた。

＊　＊　＊

お披露目会の日の夕方のことだったわ。

私がエセルバートと離れて、お花を摘みに行った帰り。あのセクシーすぎる女魔塔主に声をかけられたんだけど……

気が付いたら、何故か監禁されてしまっていた。

部屋を一通り確認したところ、魔塔にあるゲストルームの一室だとわかった。窓から見える夕焼け空の赤い光に染まった草原の景色からして、一階なのは確かだ。

ドアを魔法で開錠しようと試みたけど、何故か魔法がまったく使えない。

(この部屋全体に、強力な魔法封じがかけられているわ)

これもきっと、あのセクシーすぎる女魔塔主の仕業だ。

（エセルバートに手を出そうとした挙げ句、私を監禁するなんて許せない！　それに……）

そう振り返った私の視線の先には、一緒に監禁されてしまったおじ様魔法使いがいる。

いかにも剣と魔法の世界にいそうな髭《ひげ》もじゃ賢者様な外見で、お酒を飲みすぎたのか、部屋の隅で虹を吐いていているわ。

そんなおじ様の背中に手を添えて、心配しつつハンカチを差し出した。

「すまないね。久々の宴会……じゃなくて、お披露目会に興奮して飲みすぎてしまったようじゃ」

「お水があればよかったのですが……」

この部屋には必要最低限の家具しか置いていなかった。それに、妙に熱くて息苦しく感じる。

（温度まで変えられているのかしら？　このままじゃ、脱水症状を起こしてしまうかも）

額《ひたい》に汗を流しながら苦しそうに吐き気と戦っているおじ様に、今すぐお水を差し上げたい。かといって、水魔法も使えないわ。せめて少しは楽になるようにと、おじ様の背中を撫でる。

「其方《そなた》は怖くないのかい？　わしと二人っきりで、襲われるかもしれないのじゃぞ？」

部屋に私とおじ様だけしかいないから、心配してしまったのね。

「大丈夫ですよ。どんな者が襲ってきたとしても、私がおじ様を守って差し上げますわ！」

確かに、二人だけで魔塔主に勝てるか不安ではあるけど、聖魔法女学園の実技で護身術も習っているから、おじ様一人くらいは守れるはずだ。

そう意気込んでいると、急におじ様がケラケラと笑い出した。どこに笑いどころがあったのかと首を傾げる。

「そうかい……其方《そなた》は純粋じゃのう。あの潔癖症が好きになるわけじゃ。フォッ、フォッ、フォッ」

そうして立ち上がったおじ様は意外と足腰がしっかりしていて、優雅に部屋を見回しはじめた。

「どれどれ……この辺かの～」

そう言って、ベッドの下に入り込んだかと思うとすぐに出てきて、発見したらしいものを掲《かか》げる。

その手の中には、赤い光を放つ魔法石があった。

赤い魔法石をおじ様が床に叩きつけると、割れた魔法石が空中でサァッと蒸発したように消えた。

次の瞬間——

けたたましい轟音《ごうおん》と共に部屋のドアが破壊され、そこからエセルバートが現れた。額《ひたい》に青筋を浮かべて強い覇気すら感じる彼に、私は思わずガクブルと震え上がる。

「俺の妻をかどわかした奴は、どこのどいつだ!!」

殺気立つ荒ぶる彼はおじ様を射殺さんばかりに睨《にら》みつけていたが、急に戦意喪失して、おじ様の横にいた私を保護するように抱き寄せた。

「大丈夫か？　そのじーさんに……ありえないとは思うが、変なことをされてないよな？」

「変なこと？　一緒に閉じ込められただけですけど」

「閉じ込められた……だと？　俺は、アンナリーゼが酔った魔法使いとしけ込んでいたと……」

（しっ、しけ込んでいた!?）

しけ込むって、あれですよね。男女が情事のためにある場所に泊まるみたいな、それですよね？

「ありえませんわ！　なんで、そのような考えを？　私がそんな、旦那様以外の男としけ込むような女に見えるのですか？」

心外だと彼を睨《にら》みつけると、慌てて私の両肩を掴んで弁解しはじめた。

「違う！　俺はそんなこと思ってない。想像もしたくなかったんだ！　ただ、あの女が泣きながら俺に言うから……心配で、恐ろしくなったんだ」

そう彼が指さした場所に、私が容疑者として考えていた女魔塔主が立っていた。逃げようとしていたけど、背後にいたロイさんに拘束《こうそく》されている。

「わ、私は、その女が酔った魔法使いと、この部屋に入っていくのを確かに見たわ！　他の魔法使いと浮気している妻のことを、旦那様であるエセルバート様にお伝えするべきだと思ったんです。この部屋にそんな魔法石が細工されていたとか、監禁されていたとかなんて知らなかったわ！」

その南国の魔塔主に、私の沸点が突破した。

「えーと、南国の魔塔主……ナルアさん？　だったかしら」

「なっ、なによ！　私がやったとでも思ってるの？」

「いいえ、ただ聞きたいことがありまして。貴方、どうしてこの部屋に魔法石が細工されていたと？」

「そっそれは床に……ない!?　なんで、あの魔法石は砕かれないと……っ！」

「この部屋にエセルバートが来た時には、既に魔法石は跡形もなく蒸発して消えています。なのにどうして魔法石があったとお考えで？　……知っていたんじゃないですか？　この部屋に魔法石があったことを」

「そんな……魔法石を完全に跡形もなく消すなんて、魔塔主でもできないって……」

魔塔主ナルアの表情から、見る見るうちに血の気が引いていく。そのナルアの前に立った私は穏やかに微笑みかけた。

「遥《はる》か遠い国に『仏の顔も三度まで』ということわざがありましてね。ナルアさん、あまりおいたが過ぎると私も黙ってはいられませんわよ」

私の夫に手を出そうとした挙げ句に、私とおじ様を監禁。そして、私が淫《みだ》らな女だと思われるような嘘をついた。

（絶対に許せません）

怒り心頭に達した私は、拘束《こうそく》魔法アイアンメイデン（釘なし）を召喚し、ナルアを拘束《こうそく》した。そして、数時間にも及ぶ道徳の時間をはじめる。

聖魔法女学園の教師によるお嬢様教育を思い出しながら、説教していたのだけど……

「お願い、許して。もう精神が耐えられない。いっそ物理的に罰された方がマシよ！」

アイアンメイデンの中でギャン泣きしながら逆ギレしている。まだ足りなかったようですね。

とはいえ、体罰は聖魔法女学園では禁止されてますし、やり方も知りません。大聖堂のシスター直伝の聖書百ページ朗読でも……

「アンナリーゼ。もう十分だ。後は俺に任せてくれ」

懐《ふところ》から聖書を取り出そうとしたところで、エセルバートが止めるように抱きしめてきた。そして、ロイさんにナルアを連れていくように指示し、早々に部屋から退出させてしまった。せめて聖書を渡して差し上げたかったのに……

「いやぁ、すごいのぅ。ある意味、物理攻撃よりもダメージがあったかもしれんぞ」

「アンナリーゼのあんな、絶対零度《れいど》の微笑みをはじめて見た……」

わんこがご主人様の機嫌を窺《うかが》うようなエセルバートの視線に、私は怒ってないことを示そうと彼の頭をナデナデする。

「ごめんさない。怖かった？」

「いいや！　アンナリーゼの怒った顔もゾクゾクするくらい好きだ。惚れ直した！」

（ゾクゾク？　私の怒った顔を見てゾクゾクするなんて……まさか、M気質が……!?）

ちょっと心配になっていると、急に背後からおじ様がひょっこりと顔を出して陽気な声で彼に声をかけてきた。

「エセルバートよ。自分の妻くらいしっかり守らんとダメじゃろ。わしがおらなんだら、今頃はこの純粋なお嬢ちゃんは盛られていた媚薬《びやく》の効果で……ほれ、そこの酔っぱらいと、強制イチャコラになっておったぞ」

おじ様がなにを言っているのか、まったくわからなかった。でも、おじ様が部屋の隅にある大きな棚を魔法の杖でポンと叩いた瞬間に理解した。

大きな棚がぐにゃりと変形し、倒れ込むように泥酔状態の男が現れたのだ。

熱に犯されゼェゼェと息を切らしている男は、まるで獣が発情しているようだ。そんな私の視線に気付いたのか、男がよろよろと動き出して襲いかかってきた。

「いや、俺が黙ってるわけがないだろ」

エセルバートが真顔で酔っぱらい男を魔法で拘束《こうそく》し、部屋の窓から外へ放り投げてしまった。

「やはり酔っぱらいにも媚薬《びやく》を飲ませておったか。女の嫉妬《しっと》は恐ろしいのう」

「にも……？　それって、私も媚薬《びやく》を飲まされているってことですか？」

この部屋の温度は妙に高いと思っていたけど、実は媚薬《びやく》効果で熱が上がっていたらしい。

どうやら、気絶している間に媚薬《びやく》を盛られてしまったようです。

「は、早く状態異常を回復しないと……」

「ああ、それは心配せんでよい。其方《そなた》がわしの背中を撫でてくれた時に、ちょちょいと治しておいたからの」

「おじ様は、いったい何者ですか？」

まじまじと見つめていると、おじ様は自分自身の体に浄化洗浄魔法をかけて体やお髭《ひげ》についていた虹を落とす。そして、自信満々に胸を張って私に微笑みかけた。

「わしはの。この潔癖症のエセルバートの師匠じゃ」

綺麗になった魔法のローブから見え隠れする豪華な装飾が施《ほどこ》された魔法使いの服。沢山の国宝級な魔法石があしらわれていて、高位の魔法使いだとわかる。そんなおじ様に、エセルバートは親しげな視線を向けていた。

「エセルバート。やっと、其方《そなた》が捜し続けておった最愛の妻を見つけることができたんじゃな。おめでとう。師匠として、其方《そな》達の幸せを祝福するぞ」

「師匠……」

「いや、それにしても。其方《そなた》は相変わらずじゃな」

そう言いながらも、弟子の不始末である破壊されたボロボロのドアを魔法で復元しはじめる。

「其方《そなた》は感情のままに、魔法の力を使いすぎじゃ。まさか変なことで魔法の無駄遣いなどしとらんだろうな？　いいか、大いなる力には大いなる責任がともな――」

「師匠!!　今日は師匠が大好きな三ツ星キャロットケーキを用意しているんだ！」

「なんじゃと！　それを早く言わんか！」

エセルバートの話題変えにまんまと引っかかったおじ様が、案内しにやって来た魔法使いに連れられて去っていく。

ぼんやりと見送っていると、急にエセルバートが私をお姫様抱っこして歩きはじめる。行き先を察してしまった私は顔を赤らめた。

「お披露目会はまだ終わっていませんよ」

「君の体を検査するのが先だ。他にも怪しい魔法薬を飲まされているかもしれないだろ？　それにほら、まだ媚薬《びやく》効果が残っているようじゃないか」

彼はニヤリと笑って、私の赤くなった頬にキスを落とした。

(これは断じて媚薬《びやく》効果じゃない。私を溺愛執着するエセルバートの攻め攻めなアプローチのせいだから！)

大好きな彼に触れられただけで、媚薬《びやく》を飲んだみたいに体が熱くなってしまうのは仕方ないことです。

「そうですね。では、エセルバートに責任を取ってもらおうかしら」

「ああ、好きなだけ君の熱を解放してやろう」

そうして私達は、魔塔の最上階の寝室へしけ込むのだった。

その後、エセルバートの師匠であるおじ様によってナルアは南国の魔塔主の位を剥奪《はくだつ》され、魔法が使えなくなる封印魔法をかけられたらしい。

しかも、おじ様はすべての魔塔の創立者で、伝説の賢者様だった。そんなおじ様は、お披露目会が終わった翌日の朝方には姿を消していたそうです。

そして、お披露目会後に母国へ帰っていった魔法使い達の間で、とある噂《うわさ》がまことしやかに囁《ささや》かれるようになったのだとか。

『潔癖症の魔塔主には溺愛執着する妻がいた。その妻に手を出した魔法使いは賢者の怒りに触れ、一生魔法が使えない呪いにかかってしまった』

その噂《うわさ》のせいで他国の魔法使い達から丁重に接せられるようになった上、私の機嫌を取れば賢者に会えると勘違いしている魔法使いまで現れてしまった。そしてご機嫌取りのように、他国の魔法使いから不思議な魔法石や魔法アイテムを貢《みつ》がれてしまうようになったのだった。

＊＊＊

南国の魔塔主の位を剥奪《はくだつ》され、賢者によって封印魔法をかけられたナルアは地下牢に入れられていた。

「なんで私がこんな目に遭《あ》わなきゃいけないのよ！」

魔塔主としての地位を失ってしまったナルアは深い憎しみに顔を歪《ゆが》め、噛みすぎてボロボロになった爪をさらに強く噛んで血を滲《にじ》ませている。そんなナルアの前に、厚手のローブを纏《まと》った女が現れた。

「せっかく私の魔力を込めた魔法石をあげたのに……。この役立たず！」

邪魔な女を退場させるいい方法を教えてあげると話を持ちかけてきた女だと気付いたナルアは、怒りを露《あら》わに金切り声を上げる。

「あんたのせいで！　すべてあんたのせいよ！」

牢屋越しに手を伸ばし、掴みかかろうとした。しかし、強い光の魔力によって吹き飛ばされ、牢屋の壁に叩きつけられてしまう。その衝撃で、ナルアの意識は徐々に薄れていく。

闇に落ちかけるナルアの瞳に、深く被っていたフードが脱げて露《あら》わになった女の姿が映る。

この世界では珍しい長い黒髪に黒い瞳の女は、異国を感じさせる美しい容姿をしていた。太陽のような明るい微笑みを浮かべているが、その瞳はどこまでも深い闇を感じさせる。恐怖すら覚える異様な女の雰囲気に、ナルアはそのまま意識を失ってしまった。

「やっぱりモブですらない奴は使えないわね」

牢屋で倒れ込むナルアを冷めた視線で見下ろす姫宮花奈は、どうしようもない苛立ちを募《つの》らせていた。

それもそのはず。ウェブ恋愛小説の主人公であるにもかかわらず、主人公らしいことを何一つできていない状況が三年以上も続いていたからだ。

物語の舞台である魔法学園から、何故か生存していた悪役令嬢を退場させれば、本来の恋愛物語の流れに戻ると思っていた。見目麗《みめうるわ》しい王太子エセルバートやイケメン達と逆ハーレムできる。そう信じていたのに……

ハーレム要員のイケメン達は主人公である姫宮花奈を意識することもなく、何故か距離を取られた。しかもエセルバートは、ほっぺにチューしただけで泡を噴いて痙攣《けいれん》を起こしぶっ倒れてしまったのだ。

姫宮は薄々気付いてはいた。

本来の女子高生の姫宮花奈として召喚されず、成人してから召喚されてしまったせいで、恋愛対象として見てもらえていないということを。

「まぁ、主人公のチート能力でサクッと落としてやったけどね」

そうして姫宮が合図のように手を上げると、地下牢の突き当たりの暗闇から騎士服に身を包む凛々《りり》しい騎士、豪華な宝石で装飾された燕尾服《えんびふく》を着こなした優男《やさおとこ》風の商人、白いローブをぶかぶかに着た若き大司教が現れた。その見目麗《みめうるわ》しい男達は、姫宮を見つめて頬を赤く染めている。だが、彼らの瞳に光はなく虚《うつ》ろだ。

三人のイケメン達に囲まれ、抱き寄せられたり手の甲にキスされたりしている姫宮は、逆ハーレム状態にもかかわらず納得いかない表情で不満をぶち撒《ま》けた。

「本命のエセルバート様を奪われたままなんてありえないわ。これも全部、悪役令嬢であるアンナリーゼが死んでいないからよ。あの女のせいで、エセルバート様は私を見てくれない。物語の舞台から退場させるだけの生半可《なまはんか》なことで許すべきじゃなかったんだわ。あの時、魔法で消してしまえばよかった」

そうすれば、エセルバートも三年以上かけてアンナリーゼを捜さなかっただろう。

「やっと見つけてみれば、魔塔主になったエセルバート様とアンナリーゼがリア充みたいにイチャイチャしてるし。マジ約束と違うんだけど。あの女は物語の主役でも主要人物でもない、死んでいるはずの悪役令嬢のくせにふざけんじゃないわよ!!」

激怒する姫宮の魔力によって、地下牢の床にピシッと亀裂が入る。このまま暴走しそうな姫宮だったが、あることに気が付いて明るい微笑みを浮かべた。

「そういえば、もう一人いたわね。利用できそうな奴が……」

二人に面識があり、警戒されないだろう人物。

「主人公である私を差し置いて、悪役令嬢が幸せになるなんて絶対に許さない」

そう不敵に微笑む姫宮の体は強い光に包まれ、牢獄から姿を消すのだった。

＊＊＊

俺の魔塔主生活は百八十度変わってしまった。

これまで見えていたのは、なにも感じないすべてがモノクロにしか見えない景色。毎日が無意味で自分の存在すらどうでもよかった。

あるのは、渇いたような喪失感とアンナリーゼを捜し求める欲だけだった。

しかし、今はそんな酷く冷めた世界が嘘だったかのように、穏やかな春を思わせる世界にいると感じる。

今この時のように、俺の部屋のベッドで気持ちよさそうに温かい日差しを浴びてスヤスヤ寝息を立てるアンナリーゼを見る度《たび》に、心の底から喜びが湧き上がって体が震えるほどだ。彼女を見て何度、涙が溢《あふ》れたことか。

それなのに、彼女が俺を避けるように数日間、小部屋に立てこもった時は本当に辛かった。ドロワーズを返して、やっと許してくれたが……

(やっぱり返してほしい。切実に！)

あれは三年間、彼女恋しさに倒れた時も、不眠で死にかけた時も、俺を支えてくれた大事なものだ。宝物のように保管していた、彼女のドロワー……

「エセルバート。もう起きちゃったんですか？」

「あ！　ああ。早く起きて、君の寝顔を見ていたかったからな」

「朝からよくそんな甘い言葉が言えますわね。甘すぎて困りますわ」

「なにが困るんだ？　また俺と気持ちよくなりたくなったか？」

「ちっ違います！　もう！　エセルバートのいじわる」

怒りながらベッドから出ようとした彼女を捕まえて押し倒し、おでこや頬、唇に軽くキスをした。

彼女がくすぐったそうに笑う。

俺の願い通りに様付けをやめた彼女と、心の距離が近づいたようで嬉しい。彼女がいる光景のすべてが幸せだと感じる。この暖かくて甘い時間がずっと続けばいいと思う。

(俺の魔法で、時だって止められるはずだ。俺は天才魔法使いであり、魔塔主にまでなった男だ。不可能はない)

そう、アンナリーゼとの甘い朝のひとときを振り返っていた俺は、彼女に内緒である計画を立てていた。それは、彼女に王太子としてではなく、魔塔主として改めて求婚して結婚式を挙げる計画だ。

その計画を実現させるために現在、書斎のテーブルに山積みになっている招待客リストの書類をロイと確認しているところなんだが。

「アンナリーゼの父君である宰相も、呼ぶべきだろうか……」

俺に鬼教育をしていた宰相は現在、宰相の仕事を補佐に任せて愛娘である彼女を捜す旅を三年前から続けていると聞いている。俺が見つけて魔塔に連れ込んでいることを知るのは時間の問題だろう。

「なぁ、エセルバート。王と王妃にも招待状は出すよな？」

「出すつもりだったんだが。どこで知ったのか父上の使いが来て、城の大聖堂を指定した上、日取りまで勝手に決められていた。まだ魔塔主としてアンナリーゼに求婚していないのにだ……」

「さすが王と王妃だな。弟殿下は？」

「婚約者と隣国で逃避行という名のバカンス中らしい。側室候補の令嬢達から逃げてるんだと。俺の逃走用魔法アイテムを大量に持っていかれた」

「エセルバートの代わりに、王位継承権一位になってるからな。大目に見てやれよ」

すると、背後から魔法の鐘の音がチリンと鳴った。

それを待っていたとばかりに立ち上がり、ハンカチの持ち主を捜索《そうさく》中の魔道具がある部屋の奥に向かう。

捜索《そうさく》が終わったらしい魔道具に設置されている球体に描かれた地図を確認すると、赤い点が点滅していた。場所を絞り込むために地図を拡大しようとしたが、地図が急に真っ白な光に染まっていく。

「どうなってるんだ？　まるで光で妨害されているようじゃないか！」

ロイが白紙同然になってしまった地図をじっくり見て、なにかに気付いたのか赤い点の周りを指さした。確認すると、赤い点を包むように強力な光の魔力が纏《まと》わりついている。

「この『カナ・ヒメミヤ』という女はアンナリーゼの言う通り、世界を破滅させるだけの強い魔力を所有しているようだな」

「これ、下手したら聖女として大臣達が祭り上げるくらいだぞ。そんな相手に勝てるのか？」

「俺を誰だと思ってるんだ。それに、この女には色々と世話になったからな。全力でお返ししてやらないとだろ？」

「お前を絶対、敵に回したくねぇ」

真っ青になって震え上がるロイに、軽く魔法でもかけてやろうかと思っていたが。その前に、コンコンと部屋のドアをノックする音がした。

「エセルバート、開けてくれませんか？」

アンナリーゼの声に、俺はすぐに部屋のドアへ駆け寄る。背後から、ロイの「まるでしっぽを全力で振っているわんこだな」とかいう呟きが聞こえてくるが無視だ。

そうしてドアを開けると、両手に大きなトレーを持つ彼女が立っていた。そのトレーには紅茶セットとクッキーが綺麗に並べられている。

両手が塞がった状態でどうノックしたのか不思議に思っていると、彼女のおでこの左側がほんのり赤くなっていることに気付き胸がきゅんと痛くなる。

(きっと大きなトレーを庇《かば》いながら、横向きになっておでこでドアをノックしたのだろう。俺の妻が健気《けなげ》すぎて辛い！)

「クッキーを焼いてみたんです。一緒に、ティータイムはいかがですか？」

「「是非に!!」」

俺だけじゃなく、いつの間にか俺の背後にいたロイまで返事をしている。

(このアンナリーゼ手作りクッキーは、欠片《かけら》だってすべて俺のものだぞ!!)

そう思う俺の目の前で、ロイの手がクッキーを一つ掴んで口に入れた。

「お！　美味《うま》い！　しかも、うっすらと花の香りがする！　さすが隣国のお嬢様学園育ちのアンナリーゼちゃん！」

「ロイ……お前……」

食いしん坊のロイに電撃魔法をお見舞いしてやろうと詠唱していると、俺の口にアンナリーゼがクッキーを入れてしまった。

「エセルバート、美味しいですか？」

「おふぅしひぃおいしい」

「えへへ……それはよかったですわ」

照れて微笑む彼女の指先には、痛々しい包帯が巻かれていている。健気《けなげ》な彼女に、また胸が苦しいほど痛くなった。

(愛しすぎると、こんなにも胸が痛くなるものなのか？)

清楚《せいそ》で可憐な彼女とこんな風に甘い時間を過ごせるなんて、三年前は夢にも思わなかった。

この夢のような幸せを、俺は自力で掴み取ったんだ。もう、誰にも奪われたりしない。もし奪おうとする者がいるならば……

（俺の全力でもって、その者を破滅の道へと導いてやろう）

部屋の奥で光の魔力を放つ小さな赤い点を瞳に捉えながら、俺はニヤリと笑うのだった。

第六章　赤く染まる夕焼けと乙女の微笑み

私が魔塔で生活をはじめて半年と少し経ったある日。

とある予想外な恋人達が魔塔にやって来た。

「幻獣の森では、本当にお世話になりました」

そう魔塔の出入り口で礼儀正しくお辞儀し、お土産《みやげ》の箱まで差し出してきたグレンに驚きを隠せない。

あの闇落ちして自暴自棄だったグレンとはまるで別人みたいに、青春を謳歌《おうか》するリア充の幸せいっぱいの笑みを浮かべている。一瞬、偽者じゃないかと疑ってしまったわ。

そのグレンの横にはブロンドの長い髪が美しい金色の瞳の美女が立っていて、親しそうにグレンの腕に抱きついていた。

あれからグレンは立ち直って前向きに行動してきたのだろう。

ボロ雑巾《ぞうきん》のように汚れたローブではなく、上級魔法使いの豪華な装飾が施《ほどこ》されたローブを身に纏《まと》う彼は自信に満ち溢《あふ》れている。その成功したグレンを魔塔に招き入れて祝福したいのだけど……

二人が魔塔に入ろうとした瞬間に、入り口にあるエセルバートのセキュリティー的な魔法が発動して入れないでいた。

特にグレンの天使みたいに可愛い恋人に強く反応していて、バチバチと小さな雷が出現するほどだ。その雷を目の当《まあ》たりにした私は、女人禁制の魔塔だからだろうと納得する。

それに、今日はエセルバートが外出中だ。魔塔から基本的に出ないエセルバートには珍しい外出で、お城にいる父君である王となにか話し合いをすると言っていたわ。

(外出前に、何故か私の好きな花や色を聞かれたけど。なんだったのかしら?)

「僕が事前に連絡せずに来たので仕方ないですよ」

エセルバートがいないことを知ったグレンは、どこか残念そうにしていた。

せっかく来てくれたのに、このまま帰すのは申し訳ない。それに横にいる綺麗な彼女との馴《な》れ初《そ》めも聞きたい。

(近頃、女性と話す機会を失っているので、是非、彼女と恋バナとかしてみたいわ)

「せっかく来ていただいたのです。街のレストランへ行ってみませんか? そこでじっくりとグレンのお話を聞かせてくださいい」

「いいですね! 行きましょう!」

「ふふふ、興奮しすぎですよ、グレン」

「あは、そうだね、マリア」

嬉しそうに笑うグレンはテンションがすごく高い。そのグレンを落ち着かせるように穏やかに声をかけて微笑む彼女はマリアという名前らしい。清楚《せいそ》で可憐な雰囲気の彼女にピッタリの名前ですわね。

私は近くにいた警備を務める魔法使いにいただいたお土産《みやげ》を渡し、外出することを伝えて魔塔の外へ出た。

魔塔主の許可なく外出は困りますと止められたが、魔塔の外へ出てみたい欲が勝って無理やり出てきてしまったわ。

それに、幻獣の森暮らしの頃から今までずっと、シンプルベストホワイトな下着だったから、今回の外出で少し大人っぽいものへと変更したいと思う。

(レストランの帰りに、マリアさんと恋バナとかショッピングなんかできたらいいな!)

そのテンションのままにマリアさんの両手を掴んで微笑むと、マリアさんが少し引いた顔になってしまった。

(がっつきすぎだったかしら?)

私は久々の女性にテンションを上げすぎてしまったと反省しながら、グレン達と一緒に魔塔の先にある街へ繰り出した。


初めて足を踏み入れた街はたくさんの人々が行き交い、活気に満ち溢《あふ》れていた。

魔塔の外に出たのは今回が初めて。エセルバートがいれば外に出なくてもいいと思っていたけど、外の新鮮な空気を吸い、青い空の下で街を歩く人々を眺めているとすっきりした気分になる。

（たまには、こういう気分転換も大事よね）

街でおしゃれなレストランを見つけて入ると、丁度ランチタイムだった。今日のおすすめ定食を頼み、三人で和《なご》やかな食事をはじめる。

その席で、グレンは幻獣の森で別れた後の話を聞かせてくれたわ。

幻獣の森から魔法を極める旅へ出ようとした矢先、盗賊に襲われているマリアさんと出会ったそうです。魔法で盗賊を蹴散らしたグレンに、マリアさんが一目惚れしたのだとか。それから二人は惹《ひ》かれ合い、恋人同士になったらしい。

「こうやって僕が愛してやまないマリアに出会えたのも、アンナリーゼさんとエセルバートのおかげです。何度、お礼を言っても足りないくらいだ！」

「もうグレンたら、恥ずかしいわ」

「マリア、愛してる」

「私も愛しているわ、グレン」

頬を赤くして幸せそうに見つめ合いイチャイチャしはじめた二人に、口から砂糖が出そうだ。今更だけど、私とエセルバートも魔塔でこんな風にイチャイチャしていた気がする。

（そんな私達を見守っていたロイさんの気持ちを思うと……）

私は大反省しながらレストランを後にした。

それからマリアさんと二人でショッピングをすることになったわ。

マリアさんに下着を買いに行きたいとこっそり話すと、さり気なくグレンと別行動にしてくれたのです。

＊＊＊

グレンは女性同士でお買い物がしたいというマリアのお願いを聞いて、一人で買い物をしていた。

自分の初めての彼女であるマリアに、素敵なプレゼントを贈ろうと宝石店に入ろうとしていたが――


「マリア？」

薄暗い路地裏へ走るマリアの後ろ姿を目撃したグレンは、慌てて追いかけ路地裏に入った。

路地裏には野蛮なならず者が屯《たむろ》っている。危険な場所に彼女が迷い込んでしまったと、グレンは魔法の杖を構えてマリアを捜す。

そして、路地裏の行き止まりで立ち尽くしているマリアを発見した。すぐに駆け寄ろうとしたグレンだったが、妙な違和感があって立ち止まる。

「マリア？ ……その光は、なんだ？」

彼女の体から神々しいほどの光の魔力が溢《あふ》れ出していた。聖なる光であるはずなのに、何故か恐怖を感じてしまう。

「グレン、知ってる？ ハッピーエンドが約束された物語の主人公には、幸せになるための無敵なチート能力が備わっているのよ」

「急に、なにを言って……」

マリアの口から出た言葉の殆《ほとん》どが理解できない。グレンは首を傾げながら彼女の手を掴もうとしたけれど、何故か自然と体が後退してしまった。

危険と警戒心が湧き上がり、愛する彼女であるはずのマリアから一刻も早く距離を取らないといけない、とグレンは本能的に感じとっていた。

「私はこの恋愛物語の世界の主人公だから、光のチート魔法があるの。光属性のあらゆる魔法を使いこなせるのよ。例えば、この光の幻影魔法とかね」

その言葉と同時にマリアの姿が歪《ゆが》んで揺らめきはじめた。

「あ、それとグレン。あんたはもう用済みだから！　元々『天才魔法使いのグレン』ってタイプじゃなかったし。天才魔法使いでもないグレンなんて、ぶっちゃけ興味ないのよね。それに、私の大本命はエセルバート様なの！　王太子じゃなくなってしまったけど、魔塔主のエセルバート様もミステリアスで素敵だわ。そんなエセルバート様に執着溺愛されるなんて最高じゃない？　だから、あんたには悪いけど、サクッと消えてもらうわね」

そう言い放ったマリアが、グレンを目がけて召喚した無数の光の剣を放つ。その攻撃を防ごうとシールド魔法を唱えるも、強力な光の魔法に太刀打ちできずに無数の光の剣がグレンを襲う。

そして、ローブで姿を隠していた三人の男達が背後から現れ、拘束《こうそく》されてしまった。グレンは抵抗しようとしたが、フードから見え隠れする男達の素顔を確認して驚愕《きょうがく》する。

それもそのはず。三人の男達は魔法学園時代に女子達から人気があったが、卒業前に行方《ゆくえ》不明になった生徒達だったからだ。

「どうして、君達が……？」

「三人とも、私の逆ハーレム要員のイケメン達なの。素敵でしょ？　あとはエセルバート様を迎えれば私の逆ハーレムが完成する。本物の私が『長いおあずけ状態でマジ辛い』ってぼやいていたわ。変なところで完璧主義だからね～。私はつまみ食いしてもいいと思うんだけどな」

「本物の私？　……っ!?」

理解しがたい言葉をブツブツと呟くマリアの姿が、徐々に光の粒子に変わって消えていく。それと同時に、三人の男達も路地裏から去っていった。

「今頃、本物の私がアンナリーゼを始末している頃かしら？　あぁ、私も見たかったわねぇ」

そう残念そうに話す彼女が完全に消える寸前。彼女の本来の姿が浮かび上がった。グレンはその姿に見覚えがあった。

魔法学園で悪い噂《うわさ》が絶えなかった黒髪黒眼の女子生徒。グレンは遠くから彼女を見かけただけで、会話したことはない。

あの時も何故か危険と警戒心が湧き上がり、距離を取っていた記憶がある。

「アンナリーゼさんが危険だ」

グレンは慌てて懐《ふところ》に入れていた緊急用の回復薬をがぶ飲みして、薄暗い路地裏の出口へと向かう。

その目には裏切られた悔しさと悲しみ、後悔と怒りで涙が滲《にじ》んでいた。

＊　＊　＊

無事に勝負下着を買い終えた私達は、街の中央広場にあるベンチに座ってグレンを待っていた。

待ち合わせ時間はもう少し先で、広場の遠くから見える海に落ちていく夕日をマリアさんと一緒に眺めているところだ。

「私、グレンから聞いたんですよ。アンナリーゼさんの恋人さんは、王太子という地位も名誉も捨てて三年間、貴方を捜し続けた一途で素敵な方だって」

「ええ、そうですね。エセルバートは素敵な人です。私にはもったいないくらいに……」

そんなエセルバートの隣にいられる喜びと幸せで、毎日が夢のように感じる。そう思うと、今すぐにエセルバートに会いたくなった。

(魔塔へ帰ろう。もうエセルバートが帰ってきてるかもしれないし。グレンと……？)

広場の向こうからグレンがやって来る。その足元はふらついていて、魔法使いのローブがところどころ赤く染まっていた。

「グレン？」

「そうですよね。貴方には、本当にもったいたいない」

驚いて立ち上がった私の横で、不意に聞き覚えのある女性の声がした。

振り返るとそこにはマリアさんがいて、私に穏やかな笑みを向けている。そのマリアさんの微笑みが歪《ゆが》み、徐々に姿形まで変わっていく。

ブロンドの長い髪の毛先が黒く染まり、金色の瞳も光を失うように黒い闇に染まっていく。

「私、言ったよね？　あんたの大事な人達を失いたくないなら、エセルバート様の手が届かない遥《はる》か遠い場所にすっこんでなさいって」

サァッと血が一気に頭から下がっていくような感覚と恐怖に体が震える。

「あぁ、どうして……」

立っていることもできずに地面に座り込んだ私の瞳に映るのは、大人の魅惑的美貌を持つ姫宮花奈の姿だった。

「姫宮お姉さん……？」

「私との約束を破ったんだから、それ相応の罰を与えないとね」

そうして赤く染まった夕焼け空を背景に微笑む姫宮お姉さんの背後から、ローブで姿を隠す三人の男達が現れ、逃げられないように囲まれる。まるで死神が私を迎えに来たみたいだ。

(遂《つい》に、その時が来たのかもしれない)

物語の序盤で死んでいるはずだった私を。

男主人公であるエセルバートの未来を歪《ゆが》ませた私を。

主人公である姫宮お姉さんの幸せを奪った私を。

(世界が拒絶している)

そして、ウェブ恋愛小説の物語通りに本来の時を刻むために、この世界から消されてしまうのかもしれない。

今まで私がアンナリーゼとして歩んできたすべてが、なかったことになる。

「エセルバート……」

やっとわかり合えたのに、もうお別れなんて……

「そんなの嫌!!」

夕焼け空から覆い隠すように三人の男達に拘束《こうそく》されていた体を奮《ふる》い立たせる。抵抗のため、吹き飛ばしの魔法を詠唱した。

そして、真っ黒なローブに身を包む者達の被っていたマントが風で上がって……?

「え? ……なんで……っ!」

急に背後から強い光の魔法が襲いかかり、私はそのまま意識を失ってしまったのだった。

＊＊＊

私はウェブ恋愛小説の主人公である姫宮花奈として異世界転生した。

なのに、男主人公である王太子エセルバートは私に見向きもしなかったわ。

魔法学園にいる背景モブ女子生徒と同じ扱い。いや、モブ女子達よりも距離を取られていたように思う。

恋愛小説の物語と違う流れになっている。そう考えた私は、魔法学園のモブ男子や教師達から情報を集めることにした。

その結果、エセルバート様の妻が存在していることを知ったわ。

エセルバート様に深いトラウマと、潔癖症の原因を作った悪役令嬢アンナリーゼ。

彼女は未だに生存しており、何故か隣国の聖魔法女学園に留学している。

その妻にぞっこんだと、エセルバート様の幼馴染《おさななじみ》であるロイが言っていた。

（ついでとばかりに、エセルバート様は妻持ちで、彼女以外の女性には潔癖症の症状が出るから近づくなと警告までされたのよね！　私は聖魔法能力持ちで、唯一触れられる運命の女だっていうのに失礼しちゃうわ！）

そのはずなのに、エセルバート様に恋愛小説での事故チュー胸キュンシーンを再現してみたら、何故か泡を噴いてぶっ倒れて痙攣《けいれん》まで起こしたの。意味わかんない。

それ以降、学園の女子達から『王太子様を襲った淫《みだ》らな女生徒』というレッテルを貼られ、逆ハーレム要員のイケメン達には異様に距離を取られ、最悪な状況に変わってしまった。

（それも全部、私と同じ転生者であるアンナリーゼのせい！）

だから私は忠告したのよ。あんたの大事な人達を失いたくないなら、エセルバート様の手が届かない遥《はる》か遠い場所にすっこんでなさいって。

あんたは物語の主役でも主要人物でもない、死んでいるはずの人間なんだからってね。

そうすれば、エセルバート様は一時の気の迷いだったことを理解して、主人公である私が運命の相手だということに気付いてくれるはずだわ！　そう思っていたのに……

エセルバート様は、アンナリーゼが行方《ゆくえ》不明になったと知った翌日に国から姿を消してしまった。

それと同時に誰が密告したのか、私の年齢詐称と裏口入学がバレて即退学になったわ。

(私がこの恋愛小説の舞台である学園に入学するために、どれだけ汚い仕事をしてきたか……それがすべて無駄になった)

「これも全部！　この死にぞこないの自己中女のせいよ!!」

馬車の反対側に転がっている意識を失い拘束《こうそく》されたアンナリーゼの髪を引っ張り、顔を自分の方へ無理やり持ち上げる。

深い意識混濁の魔法をかけている彼女は、まるで童話に出てくる眠り姫のように美しい。それが余計に憎たらしくて殺意が湧く。

そのまま馬車の床にぶつけるように顔を叩きつける。だが、その前に同乗していた二人の男が彼女を守るように素早く引き寄せた。

(私の魔法でこの男達は操り人形同然のはずなのに、本当に厄介《やっかい》ね……これもやっぱり、あの女の仕業かしら？)

『仕業もなにも乗っ取り女が、どの面さげて被害者面してくれちゃってるんですかね？　てか、さっき特大ブーメランなこと言ってなかった？』

私の頭の中で、あの女の声が響いた。耳鳴りのようにウザったいその声を拒絶するように、頭を何度も左右に振る。

『私が望んだのは貴方じゃない。勝手に彼女の立ち位置を乗っ取った貴方を、私が見過ごすとでも思った？　姫宮花奈として異世界トリップする時間軸をずらして遅れさせたのに、年齢詐称して裏口入学するなんてね。あの無理すぎる学生服姿は傑作だったわ』

「頭の中でぐちゃぐちゃうるさいのよ！　黙りなさい!!」

私は『姫宮花奈』よ。

乗っ取ったんじゃない。奪ったんじゃない。

「私は『姫宮花奈』という称号を勝ち取ったのよ！」

でも、もう無意味だわ。だって今、この世界に私《姫宮花奈》を愛してくれる人が誰一人としていないんだもの。私にとって、どうでもいい世界に変わってしまった。そう変えてしまったこの女に、私は罰を与えてやるの。

（この世界の終焉《しゅうえん》は、悪役令嬢アンナリーゼのバッドエンディングで決まりね！）

「エセルバート様、そろそろ気付いたかしら？　愛する妻が誘拐されたこと。私のお土産《みやげ》……ちゃんと渡されるといいんだけど」

私の最初で最後のプレゼント。

「受け取ってくれるといいいなぁ。ふふっ、あははっ！」

＊　＊　＊

俺が城から魔塔へ帰る途中、今まで感じ取っていたアンナリーゼの魔力が一瞬で切断された。

魔力が一瞬で消える原因として挙げられる理由は二つある。

一つは、長距離の転送魔法を使用した時。もう一つは魔力消失した時だ。

(彼女がまた、俺から逃げたのか？)

いや、彼女は魔塔生活に不満を感じていなかった。魔塔の魔法使い達とも仲良くしていた。つい最近、魔塔でホームパーティーがしたいと話していた。

そこで、後者の理由を考えて顔から血の気が引く。

この世界に生きる人間は、魔力が使えない者でも少なからず魔力を保有している。

その魔力が消失するということは、対象者の死を意味する。

彼女を失ったかもしれない恐怖を拭《ぬぐ》うために、俺は転送魔法で魔塔へ早々に帰った。

そうして魔塔を前にした俺の瞳に、予想外の光景が広がった。

魔塔を真っ白な茨《いばら》が覆っている。真っ白な茨《いばら》は禍々《まがまが》しいと表現すべき光の魔力を纏《まと》っていた。魔塔の入り口に茨《いばら》が密集していて、その奥には数人の魔法使いが茨《いばら》に拘束《こうそく》されて意識を失っている。

俺は嫌な予感を覚えながらも、その茨《いばら》を闇の魔法で燃やそうとしたが――

「エセルバート！　近づくな!!」

魔塔の出入り口から見える中央ロビーで、ロイが茨《いばら》を剣で斬りながら俺に声をかけてくる。しかし、そのロイの様子がおかしい。

体中《からだじゅう》に禍々《まがまが》しい黄金の魔法陣が浮かび上がっている。それは強力な光属性の死の呪いだ。

「ロイ、待っていろ。すぐに解除してやるから」

「俺、うっかりお前宛《あ》てのお土産《みやげ》を開けてしまってさ……このザマさ。つまみ食いは、やっぱダメだなぁ」

軽く笑って話すロイに、俺は冷や汗を掻きつつ駆けつけようと——

「来るなって言ってるだろ！　この茨《いばら》に少しでも触れたら呪いがかかる。ここはいいから、早くアンナリーゼちゃんを助けに行くんだ。今日の朝、グレンって奴が魔塔にやって来たらしい。そいつと、その彼女と一緒に街に行ったんだと……でも、そいつから貰ったお土産《みやげ》がコレだった。急いだ方がいい」

「だが、お前は……それに」

茨《いばら》に拘束《こうそく》された魔法使い達のローブから見える顔や腕にも、黄金の魔法陣が浮き出ている。

俺が今すぐに解除魔法をかけないと死んでしまうだろう。しかし、いくら俺が桁違いの魔力を保有しているとしても、魔塔にいるすべての魔法使い達の呪いをまとめて解除するのは難しい。

(方法はある。呪いの根源を見つけて絶てばいいんだ。そこに、アンナリーゼもいるはずだ)

カナ・ヒメミヤ。あの女の強力な聖魔法ならば、アンナリーゼの魔力を察知できないように妨害することも可能だろう。

「ロイ、待っていろ。俺があの女を見つけて呪いを解かせる」

「ああ、頼んだぞ……」

そう答えて心配させないように爽《さわ》やかな笑みを俺に向けたロイは、沢山の白い茨《いばら》に包まれてしまった。

魔塔を完全に包み込んでいく白い茨《いばら》を背後に、俺は強い怒りを抑えながら街へ向かった。

そうしてやって来た街は、魔塔の惨状と打って変わって平和に賑わっていた。

俺は数体の契約召喚獣を放ち、街全体の捜索《そうさく》を開始する。

すると、数分後に広場の隅でグレンが倒れているのを発見した。

彼は複数の魔法攻撃を受けているようで、無数の魔力の傷痕が体中《からだじゅう》に痛々しく刻まれている。胸にある深い傷に回復魔法をかけていると。

「エセルバート、ごめん。僕、騙《だま》されて……アンナリーゼさんが」

苦しそうに泣きじゃくるグレンに怒鳴ってしまいそうになるが、その怒りを抑えるように深呼吸をする。重症のグレンに当たっても仕方ない。

『ヒヒーン！』

そこへ馬の鳴き声と街の人々の興奮した声が聞こえてきて、俺は音のする方に視線を向ける。

広場の中央に、真っ白な翼をはためかせたユニコーンが舞い降りてきた。俺はそちらへ走っていき、その貫禄あるユニコーンを見て確信した。

聖魔法女学園からアンナリーゼの傍を離れることなく守り続けていた、あのセコムーンであることを。

セコムーンが、広場にあるベンチ付近の匂いを嗅《か》いでいる。なにかを嗅《か》ぎつけ、嬉しそうな表情をしたかと思うと、今度は泡を噴いてぶっ倒れそうな青い顔に変わる。

（いったいなんの臭いを嗅《か》いでしまったのかわからないが、俺もその香りを嗅《か》げば、同じことになりそうだ）

そして、青い顔で足をふらつかせながらもセコムーンは空へ舞い上がり、猛スピードで飛び去ってしまった。

声をかける暇もなく、空の白い点にしか見えなくなったセコムーンを見上げた俺は、追うように飛行魔法で浮上する。セコムーンを追えば、必ずいるはずだ。

俺の愛する妻を攫《さら》い、俺の大事な者達にまで手を出した。その怒りが俺の体を突き動かす。

アンナリーゼの言う『この世界の強制力』がどんなものだか知らないが。

（たとえ、お前が正義だと世界が定義しても。俺は絶対に認めない）

俺が『悪』だと周りから思われてもかまわないさ。

アンナリーゼをこの手で守れるなら、なんだってやってやる。

「カナ・ヒメミヤ。俺の命をかけてでも、破滅の道へと導いてやる」

底知れぬ怒りが体に満ちていく。今まで自分自身も知らなかった凍えるように冷たい憎しみと、怒りの衝動が俺の全身を駆け巡っていった。

＊　＊　＊

「アンナリーゼ」

背後から私を呼ぶ穏やかな声がして振り返ると、そこには王太子らしい沢山の煌《きら》びやかな勲章《くんしょう》が付いた純白の燕尾服《えんびふく》に身を包むエセルバートが立っていた。

お城に隣接した大聖堂のステンドグラスの光に照らされた彼が、私に微笑みつつ手を差し伸べている。

私がずっと夢見ていた光景が目の前にある。それが嬉しくて胸を高鳴らせながら、差し出された手に手を添えた。

「アンナリーゼ、俺が王太子妃に望んでいるのは君じゃないんだ」

「……え？」

耳を疑うような彼の言葉に硬直し、困惑する。

そんな私を見て心底不快だとばかりに眉根を寄せた彼は、私の添えた手を乱暴に払い除けた。そして、触れていた白のフォーマルグローブが汚れてしまったからと、床に投げ捨てた。

彼は潔癖症でも、私にだけは触れられると言っていたのに……どうして……？

「なんで、貴方がここにいるの？」

大聖堂の入り口から現れた彼女に、私の心は恐怖と絶望に染まった。

「姫宮お姉さん」

彼女はエセルバートとお揃いの純白のドレスに身を包み、私のお父様が彼女と腕を組んで立っていた。

「そんな……お父様？」

「私は君の父ではない。私は王太子であるエセルバート殿下を夜這《よば》いし、淫《みだ》らに襲った品行の悪い娘など持った覚えはない！」

今まで見たこともない絶対零度《れいど》の目で私を見下ろすお父様に、私は震えながら声も出せずに涙を流した。そんな私の前で、エセルバートが姫宮お姉さんを抱き寄せて幸せそうに見つめ合う。

「いや……やめて……エセルバート！」

救いを求めて彼に手を伸ばすも、二人は愛し合う恋人のように熱いキスを交わした。

私に見せつけるように抱きしめ合う二人に、私は足に力が入らなくなりしゃがみ込んでしまう。

二人を祝福する貴族達の非難の視線。お父様とお母様の罵倒《ばとう》の声が、私を追い詰めていく。

（もうなにも見たくない、聞きたくない……なのに……）

それは、許されないことなのか。私の前にエセルバートがやって来て、剣を突きつけてきた。

「なんで君は生きているんだ？　君は俺が死なせてしまったはずだろ？　そう、俺は誤って君を死なせてしまった。事故だったんだ。だから、また俺の手でうっかり死んでくれるよな？」

「エセルバート……。貴方が、それを望むなら……」

愛する彼の手で死ねる。

それで、彼が幸せになれるならいい。

私は元々、ウェブ恋愛小説では既に死んでいる令嬢だ。私が死ぬことが、物語を正しく進めるために必要なことなんだと思う。

（この物語の主人公は、私じゃなくて姫宮花奈だものね）

そう考えて、私は彼の振り上げた剣を受け入れるように目を閉じた。

(ここで私が死ねば……もしかしたら、元の世界に戻るかもしれない)

社畜からの過労死直前で命を取り留め、病院のベッドで目を覚ますかもしれない。そして、また上司に命じられるままに、決められた仕事をひたすらこなす毎日がはじまる。

(それも、いいかも……)

エセルバートのいない世界に、私の居場所なんて見出せない。なにも考えずに仕事だけしていればいいんだわ。

どんどん心が闇に墜《お》ちていくような気がする。そんな私の頭の中に、最悪な可能性が浮かんできた。

(それともこれも、今までのアンナリーゼとしての生活もすべて……夢だったら?)

彼の手で死ぬことよりも、ずっとずっと恐ろしく残酷な結末だ。

「私は……私は……今、どこにいるの?」

凍えるような恐怖と絶望が、私を闇へ突き落そうと——

『ちょっとなにやってんのよ!　闇落ちなんて私が許さないわよ!!』

(……え?)

『こんな悪夢を見るくらい不安なら!　その不安をなくすくらいエセルバートと愛し合って、幸せになったらいいじゃない!!』

アンタはいつもそう。

相手のことばかり優先している。

『自分の人生なんだから、自分の幸せのために生きなさいよ！』

その声のおかげなのか。悪夢から解放され、私は目を覚ました。

でも、目覚めた場所は魔塔ではなく、どこかの屋敷のベッドに寝かされていた。

（夢で、本当によかった）

今思えば、悪夢で見た王太子のエセルバートは、私の知るエセルバートじゃなかった。姫宮お姉さんに触れただけで泡を噴いてぶっ倒れた彼が、彼女と結婚するなんてありえないことだ。

夢には、不安に思っている内容が現れることがあると聞いたことがある。

私は心のどこかで、悪夢で見たことが現実になる可能性に怯えていた。

『こんな悪夢を見るくらい不安なら！　その不安をなくすくらいエセルバートと愛し合って、幸せになったらいいじゃない!!』

悪夢から救ってくれた女性の声。私の背中を押すようなあの言葉に、泣きそうなくらい懐かしさを感じる。

私にとってすごく大事な人だったことはわかるのに、まるで頭の中に霧がかかっているかのように思い出せない。いや、そんなことよりも……

「ここは、どこなの？」

体を起こそうとしたけど、まったく動けない。よく確認すると、両手両足を布で縛られていた。

しかもナイトドレス姿だ。うっすらと肌が透けて見えてしまっていて、非常に恥ずかしい。

そんな私の前に、三人のローブ姿の男達がやって来た。ベッドに寝かせられた私を囲んだかと思うと、何故かローブを脱ぎはじめる。

「美しい精霊姫のような貴方にやっとまた会えました。今度こそ私を貴方の護衛騎士にしてください。いや、貴方の男にしてほしい」

「アンナリーゼちゃん。今から俺に乗り換えたいって思うくらいに、君を愛してあげる」

「一緒に気持ちいいこと……したい……」

現れた見目麗《みめうるわ》しい男達には、見覚えがあった。なんとか掘り返し浮かび上がった記憶は、前世と今世で共通するもの。

（そうだ。広場で意識を失う寸前に、彼らを見たんだった）

ウェブ恋愛小説『異世界トリップ聖女の甘く淫《みだ》らな逆ハーレム』の主人公である姫宮花奈が魔法学園に入学し、見目麗《みめうるわ》しいイケメン達に愛されて三角関係、いや四、五角関係になりながらも別れたり付き合ったりと、ころころと展開が変化するスリルある物語。

その甘くて危険な恋愛相手の見目麗《みめうるわ》しいイケメン達の三人が、目の前に勢ぞろいしていた。

騎士と大商人の子息、大司教の孫達がうっとりした笑みで、私の体をじっくりと見下ろしている。

その瞳には光はなく、どこか虚《うつ》ろだ。

「恋愛小説のイケメン達の逆ハーレムなんて夢のようでしょ？」

そう言いつつ部屋の薄暗い奥から現れた姫宮お姉さんは、満面の笑みを浮かべていた。集団で襲われそうな私を見て楽しんでいるその姿に恐怖を感じる。

これは、彼女が起こしたことなんだと察してしまう。

「あんたにとっては、愛する人以外に犯されるんだから最悪なことなんだろうけどね。でも、あんたが悪いのよ。私のエセルバート様を奪って、私の幸せを奪ったんだから。その代償を払ってもらわないと」

拘束《こうそく》された私を見下ろす姫宮お姉さんの瞳は、どこまでも深い闇に染まっている。

「それで考えてみたのよ。この世界をただ光の魔法で無にするだけじゃ面白くないわねって。物語の終焉《しゅうえん》には、それ相応のオチが必要だと思うの。それで思いついたのよ！　この恋愛小説の最終話のタイトル。その名も……」

『悪役約令嬢アンナリーゼのＮＴＲ逆ハーレムバッドエンディング』

「どう？　最高のざまぁじゃない？　ついでに襲われているあんたを、エセルバート様に見せてあげたいんだけど……間に合うかしらね？　ふふふっキャハハハッ！」

そう壊れた人形のように笑う姫宮お姉さんは、完全におかしくなっていた。

下着姿でベッドに拘束《こうそく》された私を囲って、甘い視線を向け続ける三人の男。私は、貞操の危機に怯えていた。

なんでこんなことになったのか。これでは抵抗できずに、この男達に犯されてしまう。最悪の状況を頭に浮かべ、絶望が募《つの》っていくばかりだ。

ベッドの向こうにある椅子に座っている姫宮お姉さんは、泣き震える私の姿を面白そうに傍観していた。その他人事みたいな目線の姫宮お姉さんに心底、悲しい気持ちになる。

（もし、私が三人の男達に寝取られたと彼が知ったら……）

きっと、彼は激怒する。最悪、彼の魔力暴走で世界が破滅するかもしれない。

そう考えている間にも、私の体に触れてくる男達の手に体が拒絶するように震える。

（エセルバート以外の男達に、犯されるくらいなら……）

自分の舌を思いっきり噛み切ろうとした。

だが、その前に一人の男の指が口の中に入ってきて、その指を噛んでしまった。妨害され、なにも抵抗できない状況に、もう泣くことしかできない。

「……うぅ……」

「あははっ！　もっと助けを求めなさい！　そして、あんたが男達に寝取られている姿をエセルバート様に見せつけてあげましょうよ！」

興奮した姫宮お姉さんが男達に光の魔力を放った。その光の魔力に体を貫かれた三人の男達は、顔を赤くして苦しみの声を上げた。

息を切らしながら、私の着ているナイトドレスを破り襲いかかってくる。そう、まるで発情している獣のようだ。

「いや！　……エセルバート!!」

しかし、その声は部屋に響いただけで、私の望む姿が現れることはない。絶望が私を包み込み、心が深い闇に堕ちようとした――その時だ。

騎士の男が他の男達をベッドから突き落とし、私を庇《かば》うように前に出た。

「俺は彼女の護衛騎士になりたいんだ！　くっ……彼女を傷つけるなんて、俺の騎士道に反する!!」

そう言い放った騎士の男は懐《ふところ》から短剣を取り出し、私を拘束《こうそく》している布を切っていく。

「貴方が指を噛んでくれたおかげで、意識をなんとか保てそうです」

彼の右手の中指と人差し指に、私の歯型と血がくっきりと滲《にじ》んでいる。

「俺は乗り換えてほしいと思っても、女性に無理やり乗り換えさせるなんてことはしないんだよ」

「操り人形にした……報いを受けさせる……」

ベッドから突き落とされた衝撃で意識を取り戻したのか、怒りを露《あら》わにした大商人の子息と大司教の孫が、姫宮お姉さんに強い敵意を向けて魔法攻撃を放った。

しかし、その魔法攻撃は姫宮お姉さんに当たる前に光のシールドで跳ね返り、二人は吹き飛んで部屋の壁に打ちつけられてしまう。

「なんなのよ！　どいつもこいつも私の邪魔ばかりして！　私は愛される主人公なのに！　なんで、みんな私を拒絶すんのよ!!」

イライラとした表情で長い黒髪を掻きむしりながら、私の前までやって来た姫宮お姉さんの目は血走っていた。その体には、今にも爆発しそうな光の魔力が膨れ上がっている。

そんな姫宮お姉さんの右手から、光の魔力を凝縮したような光の剣が出現した。

「もういい……私がやる。物語の序盤で起こるはずだったあんたの最期を、私が再現してあげるわ!!　悪役令嬢アンナリーゼの死をね!!」

姫宮お姉さんの正気を失った微笑みが目の前に来たかと思うと同時に、私の胸に鋭い痛みと熱が走った。

静まり返った部屋に淡い光を放つ剣。

その剣が自分の胸を貫いた光景が、私の瞳に映っている。

『アンナリーゼ』

私と添い寝するエセルバートの、愛おしそうにこちらを見つめる瞳が好きだった。

私を大事そうに抱き寄せる大きな手の温もりを、ずっと感じていたいと思っていた。感じていられると思っていた……

「……エセルバート……私、死にたくないよ……」

貴方を置いて、死にたくなんかなかった。

喉から熱いものが込み上げてきて、口から赤い血が溢《あふ》れた。そのまま床に倒れ込み、徐々に意識が薄れていく。

姫宮お姉さんの光の魔力が爆発し、部屋は一瞬で粉々に砕け、真っ白な灰に変わる。

視界が真っ白でなにも見えない。無に変わりそうな世界に、馬の鳴き声が微かに聞こえた。その声が気になって、重くなっていく瞼《まぶた》を開ける。

私を守るように前に立つ白馬。強い光の魔力を、全身で受け止めていた。

「セコムーン。どうして……っ！」

セコムーンの右翼が変な方向に曲がっている。それだけじゃない。一角にヒビが入り、ボロボロに砕けはじめていた。

止めるために手を伸ばそうとしたけど、重くて動かない。そんな私の背中から熱い血が流れて、赤い血だまりが床に広がっていく。

死に近い私を知る由《よし》もなく、光の魔力によって翼を粉砕されてもなお、命がけで守ろうとしている。そのセコムーンの姿が涙でぼやけて、よく見えない。

「セコムーン……もう…私を守らなくても……いいんだよ……」

そして突然、闇が訪れた。

深い水底に誘われるような強い眠気に……

私は抗《あらが》うことはできなかった――

＊＊＊

俺がアンナリーゼを見つけた時には、すべてが終わっていた。

国外にある古びた屋敷で強い光の魔力が爆発し、屋敷が崩壊していく光景。

灰になっていく屋敷のあった平地に血だまりができていた。その赤く染まった地面に倒れている彼女を見つけた俺の頭が絶望一色に変わる。

ふらつく足取りで彼女の元へ向かう。受け入れがたい現実を突き付けられる恐怖に体が震えた。

彼女の胸を無残に貫いている光の剣。人形のように瞳が光を失い、口から血を流すアンナリーゼ。

そのすべてが、俺を闇に突き落とすような衝撃を与えた。

震える手でそっと彼女を抱き寄せると、今まで羽のように軽かった彼女の体が重く感じる。

そんな現実を許せない俺は、自分が覚えているすべての回復魔法を詠唱した。

「アンナリーゼ……？　目を覚ましてくれ。お願いだから、目を開けてくれ」

その願いも虚しく、なんの反応も見せない彼女を受け入れられない。ただ、茫然《ぼうぜん》と涙を流すだけだ。

そんな俺の視界に映ったのは、主人に寄り添うように白馬が横たわっている姿だ。翼も、額《ひたい》にあったはずの一角まで失い、今にも光の粒子となって消えそうになっている。

（なんで、こんなことになったんだ……？）

冷たくなった彼女を抱きしめて見上げた先には、魔力暴走を起こし、空に巨大な光の柱を出現させた黒髪の女が立っていた。

歪《ゆが》んだ微笑みを浮かべて幸せそうに笑っている。

（そうだ。すべてこの女のせいだ!!）

彼女を脅迫し、俺から三年間も彼女を遠ざけ、死に至らしめた。

「あぁ、そうだった。お前には借りがあったんだったな、カナ・ヒメミヤ。お前のせいで、俺の幸せだった人生がめちゃくちゃだ……」

魔塔の仲間、ロイも既に魔力反応が消失している。

（俺の守ってきた幸せが……崩れ落ちていく……）

絶望と怒り、深い悲しみが俺の内から禍々《まがまが》しい魔力となって噴き出していく。そして、俺の心も体も完全なる闇に染まった。

すべてがどうでもよくなるほどの強い衝動で、怒りを抑制しようとする思考がスッと消えてしまった。

「絶対に、お前だけは許さない。……この命にかけても、お前を地獄に突き落としてやる!!」

俺はそっと地面にアンナリーゼを寝かせると、光の柱の下にいる女に向かって歩みはじめた。体の中でありえないほどの強大な魔力が膨れ上がる。それと同時に俺の影から禍々《まがまが》しい闇の茨《いばら》が這い出し、光の魔力を吸収しながら、その枝を増やしていく。

「なんなの!!　痛いっ!　痛い痛い痛い!!」

光の柱から引きずり下ろされ、鋭い針に似た棘《とげ》を生やした黒い茨《いばら》に覆われていく女に、俺は疲れたように笑った。

(俺は、あの女を道連れに死ぬだろう。それでもいい……)

彼女のいない世界に、俺の居場所なんてないからな。

「アンナリーゼ……守ってあげられなくて、ごめんな……」

そうして光の柱を呑み込む闇の茨《いばら》に包まれながら。

俺は、深い眠りにつくのだった………

＊　＊　＊

光と闇の魔力爆発を起こした空。世界を今にも呑み込んでしまいそうな二つの魔力が衝突する景色。

その光景を澄み切った泉から見下ろしていた晴香は、深いため息をついていた。

「あの乗っ取り女のせいで、すべて台無しだわ」

四季に関係なく咲き誇る色とりどりの花に囲まれた場所に座っていた晴香は、両手に抱えていたノートパソコンを持って立ち上がる。

「ここから、どうやって変えていくかが問題ね」

そう悩ましげに言いながら、近くにあったガーデンテーブルにノートパソコンを置いて椅子に座った晴香は、鼻から血を流しつつも生き生きとした瞳でキーボードに文章を打ち込みはじめた。

「私の親友を、このままバッドエンディングで終わらせるわけないじゃない！　私が介入してでもハッピーエンドに変えてあげるわよ！　なんたって私は――」

このウェブ恋愛小説『異世界トリップ聖女の甘く淫《みだ》らな逆ハーレム』の作者なんだもの！

＊　＊　＊

姫宮お姉さんの剣によって胸を貫かれた。

その痛みを、私はまったく感じなかったわ。

(何故だろう?)

そう思いながら、ゆっくりと目を開けると——

「美桜。このままじゃ、社畜化からの過労死まっしぐらよ?」

懐かしい声に顔を上げると、そこにはベッドで寝込む私を介抱している前世の親友がいた。

「まったく、美桜は私がいないとダメなんだから。私が美桜の生存を握っているようなものねぇ。さぁ、不眠気味の哀れな友よ。私のお手々でゆっくりおやすみなさい」

そう言って、私のお腹をトントンする晴香に顔がほころぶ。

そうか、夢だったんだ。よかった……全部、夢……

(本当に夢だったの?)

私が序盤でうっかり死ぬ悪役令嬢に転生したことも。聖魔法女学園へ留学したことも。夜な夜な夜這《よば》いしてくるエセルバートも全部、私の夢だった?

(そんなはずない!)

私はエセルバートに抱きしめられて感じる香りも、腕の温もりも知っている。前世では知らなかった、甘い快楽も彼に教えてもらったわ。

それに、私は過労で死んだわけじゃなかった……

今まで前世の死因について、頭に霧がかかったように思い出せず、社畜化からの過労死だと考えていたけど……

「私、火事で死んじゃったんだわ」

なんで、今まで思い出せなかったのだろう。

(酷い火事で、忘れたくても忘れられないような出来事だったのに)

今の私は、何故か火事を思い出しても恐怖が湧いてこない。

「それは、私が制限をかけているからね。転生先に前世のトラウマなんて、持ち込ませたくなかったの。まぁ、体が覚えていて火恐怖症が出ていたみたいだけどね」

「確かに……えっ？」

予想外な人からの答えに、私は晴香を見つめる。彼女の茶色の髪の毛先が黄金色に輝き、黒い瞳にはチカチカと小さな虹色の光が宿っている。

「実は美桜に話さなきゃいけないことがあるのよ。でも説明が難しくてさ。とりあえず、確認するためにも、ちょっと落ちてもらうわね！」

「落ちっ！　えぇ⁉」

急に自分の真下に真っ暗で深い穴ができて、私はそのまま落っこちてしまった。まるで紐なしバンジージャンプのような状況に、絶叫していたが――

気が付けば、知っているようで知らない部屋で眠っていた。

チュンチュンという鳥のさえずりに、私を起こす声がする。

「花奈、もう起きなさい！　学校に遅れるわよ！」

お母さんの声に、まだ寝ていたい体を無理やり起こしてベッドから起き上がった。遅刻したくない私は、寝ぼけ眼《まなこ》で制服に着替えて、自分の部屋から出て一階のリビングに向かう。

妙な違和感があって、首を傾げながら階段を下りていると、階段にある小窓の外に一人の女性が立っているのが見えた。

その小窓は高い位置にある。人がその高さに立っているわけがない。

ありえない場所に浮かんでいる女は、不気味な微笑みを浮かべて私を見つめている。恐ろしすぎる女の姿に驚き悲鳴を上げた私は、足を滑らせて階段から落ちてしまった。

【私の方が、この恋愛小説を熟知してる。私はこの小説を愛してるの。何度も、何度も読み返すほどにね。私が『姫宮花奈』になるのが相応《ふさわ》しいと思わない？　貴方が作者の親友だからって優遇されるのは許さない。だから、出てってよ。『姫宮花奈』の体から出ていって‼　その体は私の転生先なの。私が『姫宮花奈』として、エセルバート様に甘く愛されて幸せになるのよ‼】

私はその鬼気迫る女に襲いかかられて……

次の瞬間、深い闇の中で蹲《うずくま》っていた。

『少し目を離した隙に、こんなことになるなんて』

懐かしい声がしたかと思うと、私は温かな両手に抱きかかえられていた。

たくさんの光でできたような、巨大な両腕に大事そうに抱きしめられている。そんな私の体は、いつしか微かに光を放つ球体に変わっていた。

『とりあえず、新たに転生させなきゃ』

そうして私が目を開けると、そこには幸せそうに私を見下ろすアンナリーゼのお父様と、その妻であるお母様が微笑んでいた。


そんな回想から帰還した私は、星空のような空間で晴香と情報整理していた。

「要するに……私って、何気に転生二回目だったりします？」

「あたり！　姫宮花奈として転生した記憶はあまりにも短期間すぎて、美桜の魂《たましい》の奥底に埋もれてしまっていたのよ」

「しかも、一回目は姫宮お姉さんに憑依《ひょうい》されて、乗っ取られた？」

「あら、美桜。社畜化から解放されて頭の回転がよくなったんじゃない？　そうよ、マジありえないでしょ？　憑依《ひょうい》して乗っ取った挙句に、美桜の魂《たましい》を追い出して、今も悪びれもせず居座ってるのよ！　もう頭にきたから異世界トリップの時間軸を遅らせたわ」

「あ、だから姫宮おば……いや、それよりも聞きたいことが」

「にもかかわらず！　魔法学園に年齢詐称の裏口入学しちゃってるのよ！　まぁ、でも逆ハーレムのイケメン達にめちゃくちゃ距離取られていましたし？　エセルバートなんて泡噴いてぶっ倒れて痙攣《けいれん》するほど拒絶されて……くくっ、あははっ」

「笑い事じゃないですわ！　エセルバートにとっては、三日間も寝込むほど大変だったのですよ！」

「そうそう、美桜のそのお嬢様モードも……ふふっ。いや、美桜が聖魔法女学園へ留学するのも予想外だったけど、潔癖症エセルバートが夜這《よば》いするなんてのも予想外だったわ。もう私の執筆した恋愛物語から脱線しすぎて……最高よ美桜！　それでこそ、私の親友だわ！」

(やっぱり、晴香がこのウェブ恋愛小説の作者だったんだ)

そう思ってまじまじと見つめていると、晴香が私をぎゅっと抱きしめてきた。

「美桜なら悪役令嬢に転生したとしても、破滅の運命を曲げて幸せを掴み取るって信じていたわ」

「でも結局、私は死んじゃった。エセルバートを残して……」

(エセルバートは大丈夫かしら？)

私を三年間も捜し続け、ヤンデレ化しそうなくらいに執着していたエセルバートだ。もしかしたら姫宮お姉さんみたいに自暴自棄になって……

「美桜。私はあんたをこんな不幸なエンディングを迎えさせるために、転生させたんじゃないのよ？　このまま、終わらせるわけないじゃない！」

「へ？」

「あ、その前に少し、美桜にお願いがあるの」

「え？　ちょっ、待っ」

その言葉と目が笑ってない笑みを湛《たた》えた晴香を最後に、私は体を引っ張られるような感覚に意識を星空の先へと飛ばしてしまった。

＊　＊　＊

深海の奥底に落ちてしまったような静寂の闇に目を閉じていた俺は、誰かの怒り声に眉根を寄せながら目を開けた。

「なんであんたが生きてんのよ！　胸を剣で貫いて殺したはずよ!!」

密集した黒い茨《いばら》の隙間から見える、怒り狂いつつも恨めしそうなヒメミヤの姿。たくさんの黒い茨《いばら》に全身を縛り上げられ、血を流しているにもかかわらず無理やり手を上げている。その手には光の剣が握られており、目の前にいる女性に突き刺そうともがいていた。

その女性は後ろ姿しか見えないのに、この世の者とは思えない威圧を感じさせる。絶対的な覇気とでもいうのか、底なしの恐怖が遠くにいる俺にも伝わってきた。だが、その後ろ姿はどう見ても……

「アンナリーゼ？」

血に染まっていたナイトドレスは綺麗に洗われたように真っ白で、ボサボサになっていた白銀の髪も艶《つや》やかにさらりと揺らめいていた。

「なんで……私は主人公の座を勝ち取ったのに、なんでよ！」

『貴方は勝ち取ったんじゃなくて、奪い取ったのよ。不当に手にしたその体は、貴方の野心と情欲によって穢《けが》れてしまっている。そんな貴方に、ウチの可愛いエセルバートが振り向くとでも思った？』

ヒメミヤを冷めた目で見下ろしながら話すアンナリーゼは、まるで別人だった。しかも、俺の保護者のような含みのある言い方で困惑する。

『この世の創造主である私の権限をもって、貴方の聖魔法能力を剥奪《はくだつ》します』

「いや！　やめて!!　これは私のよ！　いやぁ!!」

ヒメミヤの額《ひたい》にかざした彼女の手に、聖なる魔力が吸収されていく。

魔力を奪われる痛みに耐えられなくなったのか、ヒメミヤの体はだらりと人形のように力を失ったかと思うと、突然出現した闇の空間に吸い込まれていった。

『さてと……今度はエセルバートの番ね』

そう呟いて振り返り、茨《いばら》の隙間から覗いていた俺に視線を合わせたアンナリーゼの姿がフッと消える。だが、数秒で俺のいる場所まで移動してきて視界いっぱいに広がる彼女の顔に、俺はビクついて表情を引きつらせた。

彼女のエメラルドグリーンの瞳が虹色の粒子のような光を放ち、白銀の長い髪の毛先が黄金の光を放っている。

彼女は、俺の知っているアンナリーゼじゃない。

「お前は、誰だ……？」

「アンナリーゼの前世からの親友、とでも言っておきましょうか。……あれ？」

彼女であって彼女ではない者が腕を組みながら、俺の姿をじっと確認するように見回して困惑している。

「困ったわ。闇落ちして悪魔になりかけてるじゃない」

悪魔という言葉に、自分の体を確認して凍りついた。なにせ自分の手が、人間とは思えない闇色に染まり、鋭い爪を生やしていたからだ。

自分の顔を確認することはできないが、全身が闇色に染まりかけているのは確かだ。このまま闇に落ちれば、俺は自我を失って暴走するかもしれない。

(アンナリーゼも傷つけてしまうくらいなら、いっそ——!?)

『ここはやっぱり、童話のような真実の愛が必要なのかもね』

そんな言葉と共に、急に彼女が意識を失ってしまった。そのまま俺の方へ倒れ込んできて、慌ててその体を受け止めて抱き寄せる。腕の中で息をしてトクトクと小さな鼓動を立てる彼女に、涙が溢《あふ》れては流れていく。

「エセルバート……?」

俺の闇に染まりかけた姿を恐れることなく、背中に両腕を回して抱きついてきた。彼女は嬉しそうな笑みを浮かべて俺を見つめている。

そして、また会えたことが幸せだと言わんばかりに俺の額《ひたい》や鼻先、頬にキスの雨を降らせる。それがくすぐったくて笑ってしまう。

「……おい、やめろ……くっ、くすぐったい」

「あ、すみません! 嬉しくてつい」

俺の腕の中で頬を赤く染めて照れ笑いする彼女は、俺の知るアンナリーゼだ。喜びのままに、顔を近づけ唇を重ね――

『ヒヒーン！』

急に俺とアンナリーゼの間に割って入ってきた白馬の顔。その両頬に俺とアンナリーゼがキスする形になってしまっている。

「ふふ！　もうセコムーンったら！　あははっ」

「笑いごとじゃない。俺がどれだけコイツに邪魔されているか、君は知らないだろ⁉」

ジト目になって邪魔ばかりするセコムーンを睨《にら》みつける。

セコムーンはそんな俺を知ったことではないと真っ白な翼を広げて、彼女に以前よりも細長く伸びた額《ひたい》の一角を自慢気に見せつけていた。そのセコムーンに泣き笑いする彼女を見ていた俺の心が、ぽかぽかとした温かさに満たされていく。

「エセルバート」

彼女がセコムーンを無理やりどかして、俺の胸に抱きついてきた。そして恥ずかしそうに俯《うつむ》いたかと思うと、こっそりと俺の耳元で囁《ささや》いた。

その甘い言葉を耳にした俺は、周りにあった邪魔な黒い茨《いばら》を魔力で粉砕する。そして、彼女をお姫様抱っこして転送魔法で魔塔へ向かうのだった。

第七章　執着溺愛の誓い

私はエセルバートの転送魔法で魔塔へ帰ってきた。

魔塔の入り口から中へ入っていくと、何故かあちらこちらで魔法使い達が熟睡している姿が目に入る。

階段の途中で逆さまになって寝ていたり、魔法の浮遊シャンデリア、エントランスに飾られた大きな壺の中で眠っていたりする魔法使い達。

中央ロビーでは大の字で寝ているロイさんを発見した。そのロイさんの両腕お腹両足を枕に、新米魔法使いの少年達がスヤスヤと気持ちよさそうに眠っている。

まるで大家族のお父さんみたいな状態のロイさんにクスっと笑ってしまう。ふと見上げると、どこかホッとした表情でロイさん達を見ているエセルバートと目が合った。

「ロイも他の魔法使い達も、魔力回復のために寝ているようだな」

そう話すと、私を抱えて魔塔の吹き抜けを浮遊魔法で上昇する。そうして私を連れ込んだのは魔塔主の部屋で、部屋に入った瞬間に互いを求めるように深いキスを交わす。

私の首筋を味わうみたいに舌を這《は》わせながら、彼の大きな手がするりと下に滑ってきて私の太腿を撫で上げる。彼に与えられるすべての快感が愛しくてうっとりする。そんな私は、いつの間にか部屋の突き当たりにあるベッドに寝かされていた。そして、私に覆いかぶさってきた彼は切なそうな笑みを浮かべて、何度も触れるだけのキスを落とす。

「アンナリーゼ、君を失うと思った。君ともう……こんなふうに、愛し合えないと思っていた」

彼の目から溢《あふ》れ出てきた涙がぼろぼろと落ちてきて、私の頬を濡らしていく。

まるであの幼い頃に逆戻りしたような彼に、私はあの夜にしたように優しく抱きしめてその頭をナデナデする。

「エセルバート、私も怖かった。貴方を置いていってしまうことが不安で仕方なかった。だから、もっとエセルバートを感じていたい。私が不安に思わないくらいに抱いてほしい……今までよりも、もっと深く愛し合いたい」

そう告白した私は、意を決して彼の着ている服に手をかけて脱がせはじめた。

自分からこんな淫《みだ》らなことをするなんて恥ずかしくて胸がドキドキするけど、私だって彼を求めているってことを示したい。

そんな大胆な私に、彼は顔を赤くして嬉しそうな笑みを向けている。彼も私の着ているナイトドレスに手をかけようとしたけど、なにかに気付いたのか手を引っ込めてしまった。

「これじゃ……君を傷つけてしまう……」

その言葉に彼の視線の先を辿ると、そこには闇に染まり鋭い爪を生やした彼の手があった。

「大丈夫。私はどんな姿のエセルバートでも愛せます。だから……もっと、触ってください」

彼に見せるように、自分の着ていたナイトドレスを捲《まく》り上げる。露《あら》わになった私の素肌をじっと見下ろす彼は、再会した時から悪魔のように白目が黒くなり、血のような赤い瞳をしていた。けれど、まったく怖くない。だって私は、彼を心から愛してるから。

「たとえ貴方が悪魔になって闇の底に落ちてしまったとしても、私が見つけ出して夜這《よば》いして差し上げますわ！　そして、ここに誓います。一生をかけてエセルバートをうんと溺愛して、執着して幸せにしてみせると！」

そう自信満々に彼に誓い、黒く染まった彼の手の甲にキスを落とす。

まるで紳士の甘い口説き文句のような私の誓いに彼はキョトンとしていたが、やがて一気に破顔した。

「ははっ！　あぁ、君はなんで……こんなにも、俺を虜《とりこ》にするんだ。アンナリーゼ、俺も君を愛してる」

そうして私達は、互いの熱を確かめ合うように体を重ねる。

私の首筋に口づけする彼は幸せそうに微笑み、私の着ているナイトドレスを捲《まく》り上げ露《あら》わになっている胸を愛おしそうに見下ろした。

「アンナリーゼ、……舐めてもいいか？」

いつも有無を言わさずに私の胸に触れて、舐めたり甘噛みしたりするのに。甘えたわんこみたいな可愛い視線を私に向けて許可を求めてくる。

じっと許可を待つ彼に根負けした私は、羞恥心《しゅうちしん》を抑えながらも自分の胸を突き出すように背中をベッドから浮かせた。

すると、彼が嬉しそうに私の背中を抱き寄せ、胸の頂《いただき》を優しく吸い上げる。

「……あ、……ん……っ」

熱い彼の口の中で胸の先端を吸われたり転がされたりする度《たび》に、快感が私の頭の中を甘く溶かしていく。

「俺の舌で少し刺激しただけで、こんなに立ってしまう君の乳首も可愛くて好きだ……」

「……やっ……あっ、んっ」

お腹の下あたりに疼《うず》きが湧き上がり、もどかしくなってきて腰がもじもじと揺れるのを止められない。それに気付いたのか、彼の手が私のそこに入り込もうとしていたけど、何故か、途中で止めてしまった。

悲しそうな表情で黒く鋭い爪を見つめていた彼だったが、なにかを思いついたのか微笑み、私の上半身を抱き寄せる。

逆立ちするような体勢で、後ろから彼に抱きしめられている予想外の状況に、私の羞恥心《しゅうちしん》は爆発寸前だ。

「やっ！　恥ずかしいですっ……ひゃっ」

持ち上げられた私の両足が彼の両肩に乗せられる。私のそこの間近に彼の端整で綺麗な顔があることに意識が飛びそうだ。

「アンナリーゼ、気持ちよくしてやるからな」

そう言って真横にある私の太腿をひと舐めした彼は、なんの躊躇《ちゅうちょ》もなく秘所に口を寄せた。

「エセル……バートっ……汚いから……はなして……ひゃぁっ！」

彼の生温かい濡れた舌が、私の蜜口にぬるりと入り込んできた。かと思うと、舌が何度も出し入れされる。その刺激が気持ちよすぎて体が震え上がり、甘くとろけてしまいそう。

私のそこの近くに感じる彼の吐息や、くちゅくちゅと水音を立てて舐められることが恥ずかしい。止めるように、彼の頭に手を伸ばしたけど、それを許さないとばかりに、蜜口の上にある小さな花芯をぬるついた舌で執拗《しつよう》に転がされる。

「やぁっ……あぁっ、だめ……んぅ……っ」

小さな肉芽を舌で円を描くように動かされ、その刺激が気持ちよすぎて抵抗する力が入らない。

今まで感じたこともない快楽が波のように押し寄せ、私のギリギリにあった羞恥心《しゅうちしん》が崩壊していく。

頭の隅で、聖魔法女学園で学んできた清楚《せいそ》なお嬢様としての自分が、『破廉恥《はれんち》ですわぁ！』と顔を真っ赤にして訴えている声が聞こえた気がしたけど。もう、どうでもよくなってしまった。

「アンナリーゼのここは汚くなんかない。……甘くて、すごく美味しい。もっと舐めさせてくれ……」

「あっ……気持ちいいっ……エセルバート、気持ちいいですっ……」

私のそこに顔を埋めている彼を、切ない目で見つめる。彼の少し黒く染まった金髪が、私のそこに触れてくすぐったい。

目を閉じた彼の長い睫毛《まつげ》が綺麗でうっとりする。秘所に感じる舌の刺激に、目の前がチカチカして頭の中が真っ白になった。

強い快楽が全身に走った私は、彼の頭を両手に抱き寄せてビクビクと体を震わせる。

ぐったりと力の入らなくなった体をベッドに横たえて息を切らしていると、満足げな顔の彼が私の体に覆いかぶさってきた。

気持ちよかったか？　と微笑む彼に、私は妙な闘争心が湧き上がる。

「私だって、エセルバートを気持ちよくさせたい」

私のその言葉に、彼は顔を赤くして期待するような視線を向けてきた。

（彼にばかり気持ちよくさせられている。だから、今度は私が気持ちよくさせたい）

その思いで、私は彼の逞《たくま》しい体の下にある硬くて長いそれに優しく両手で触れた。彼のそれはとても立派で、先端から先走りを溢《あふ》れさせている。それをドキドキしながらも両手に馴染《なじ》ませた私は、その熱い肉棒を握って上下に擦り上げる。

「うっ……アンナリーゼ」

感じはじめた彼の声に気をよくした私は、熱い男根の先にある出っ張った傘を口に含んだ。そして、長い幹のところを握っている両手を激しく動かして刺激を与える。

私の唾液でドロドロになった肉棒に歯が当たらないように注意しながら、口を上下に動かす。時に猫のように舐め上げたりするとビクビクと反応して波打つ彼のそれが、なんだか可愛く思えてきた。

その立派すぎるのに可愛いそれを愛《め》でるようにチュッとキスをして咥えなおし、彼がもっと気持ちよくなるように一生懸命に手と口を動かす。

「きもふぃい？」

「あっアンナリーゼっ……喋っ……っ！」

彼の震えた手が、私の顔をそれから離そうと頭を掴んだけど、その前に熱くて硬いそれから、私の口の中いっぱいに熱いものが勢いよく入り込んできた。

「アンナリーゼ、大丈夫か！」

慌てて私の口元にハンカチを寄せると、口の中に入った熱いものを吐き出させられる。しかも、潔癖症故《ゆえ》にか、浄化魔法をしつこく何度もかけられてしまった。ふわりと口の中に広がる爽《さわ》やかな香りまでする浄化魔法。そこまでしなくてもいいのにと視線を向けると、彼が半泣き状態になっていた。

申し訳なさそうに瞳を潤《うる》ませてブルブル震える彼の姿に、思わず胸キュンしてしまう。怒られたわんこみたいで可愛い彼に、私は堪《たま》らなくなってぎゅっと抱きついた。

「エセルバートが気持ちよくなってくれて嬉しい。それに、少ししょっぱかったけど……美味しかったですわ」

お返しするように甘い言葉を彼に囁《ささや》くと、達したばかりの男根が急に元気を取り戻して、抱きついていた私の体にすりつけられた。

「まだ、足りない。もっと、二人で気持ちよくなろう」

「うん……一緒に、気持ちよくなりたい」

向かい合い、私の濡れた秘裂に男根を擦り付けて激しく上下に動きはじめた彼の首に抱きつく。お互いの気持ちいいところを押し付けて激しく擦り合うと、頭の中がふわふわしてきて甘い快楽にうっとりする。彼の舌が私の胸の先を舐め上げ、口に含んだかと思うと優しく吸い上げる。上にも下にも与えられる甘い快感に、頭が気持ちいいことだけでいっぱいになった。

「気持ちいい。あっ、あぁっ……エセルバート、指も欲しいです」

甘えるように声を上げると彼はその願いを叶えるため、私を抱きしめる右腕を下ろし背後から私の割れ目へ手を寄せた。

蜜口から溢《あふ》れてきた愛液を右手の指に絡めて傷つけないように優しく入れ込むと、ゆっくりと出し入れされる。

「ああっ……気持ちいいっ」

「アンナリーゼの中が、俺の指を放したくないと言っているみたいに……吸い付いて、可愛いな……そんなに気持ちいいのか、アンナリーゼ」

「気持ちいい……エセルバートっ！　……あ、あっ……やぁ……ああっ！」

「……アンナリーゼ、……っ！」

ベッドをギシギシと激しく軋《きし》ませ、私達は強い快楽に体を仰《の》け反《ぞ》らせて一瞬、意識を飛ばした。息を切らしながらゆっくりとベッドに横たわると、未だに熱が冷めない私の体はピクピクと痙攣《けいれん》を続ける。

(汗だくになって、必死に擦り付け合う私達は……本当に、しているみたいだった)

私のそこがじんじんと切なそうに疼《うず》く。甘い欲情がちらつく瞳で彼を捉えると、彼もギラギラした獣のような悪魔の瞳で私を見つめ返していた。

ベッドに寝かされた私の両足の間に座り込んだ彼をうっとりと見上げる。

既に私達は体中《からだじゅう》汗だくで、疲れ果てているにもかかわらず、その行為を止められずに、より深く愛し合う準備を済ませてしまった。

(早くエセルバートと心も体も深く交わって、気持ちよくなりたい)

欲情に濡れた秘処は蜜でぐしょぐしょで、ベッドのシーツまでその蜜で濡らしていた。

「エセルバート……早く、きて……」

体に溢《あふ》れ出す欲情のままに自分から両足を開き、両手で蜜口をそっと広げる。

「ああ、堪《たま》らないな……もう、抑えきれない」

彼の掠《かす》れた声が、男の色香を感じさせて胸がドキドキする。私の視界に映る彼の男根が、私が招くように開いた蜜口にピタリとくっ付くと、グッと彼の欲望が押し込まれてきた。

「んぅ……ああっ……おっきいっ」

ぬぷっという水音と共に太くて硬い彼の熱棒が、以前の激痛を感じさせることなく滑るように蜜口の先へと入っていく。

その熱い欲望に、今まで経験したことがないゾクゾクした甘い快楽が湧き上がり、私の体が喜びにビクビクと震える。

(奥にっ……入ってきてる……っ！)

強い圧迫感はあるけれど、入り込んできた彼の男根は、私の体を溶かすように熱くてすごく気持ちいい。

彼の指で何度もイカされてしまったおかげなのか、初めてでもあまり痛く感じない。逆にその微かな痛みまで快楽として感じてしまっている。

「アンナリーゼ……痛くないか…？」

「……はい。熱くて……気持ちいいです……」

「そうか、よかった……くっ……アンナリーゼのなか……熱くて、溶けそうなほどに気持ちいい……」

彼の長い太茎は根元まで埋まり、私の中でビクビクと震えている。

今にも達しそうな彼の顔は高熱の時のように火照《ほて》っていて、目にはじわりと涙が浮かんでいた。

そして、幸せそうに私を見下ろしている。

私も彼と一線を超えて愛し合える喜びに、涙を浮かべて微笑んだ。

「エセルバート……やっと、一つになれた……」

私の奥底まで入り込んだ、彼の硬くて熱いそれを感じるお腹の下あたりに手を添える。

「アンナリーゼっ……くっ!!」

熱く膨れた亀頭が私の最奥を求めるように動き、ぐんと突き上げられる。

「あぁっ……！」

私の中で彼の熱棒がドクドクと力強く脈打ち、じんじんとした痺《しび》れがせり上がり、とろけそうな感覚が広がっていく。

生理的な涙で霞《かす》む視界で見上げてると、彼が私をあやすみたいにおでこにキスを落としてきた。

「アンナリーゼっ……君が俺を煽《あお》ったりするから、もう……止められない」

「ひゃっ……っ」

私の奥深くに入り込んでいた熱棒が、ゆっくりと馴染《なじ》ませるように動きはじめた。雄茎をずるずると引き抜いたかと思うと、ずずっと突き上げられる。

「ふぁっ……あっ…っん、んっ……」

お腹の奥を膨れた亀頭で押し上げられ、その度《たび》に体が溶けそうなほど心地いい甘い喜悦が湧き上がりうっとりしてしまう。

「アンナリーゼ、君の一番気持ちいいところも……いっぱい、突いてやる」

ぐちゅぐちゅと蜜壁をこするように動いていた熱棒が、以前バレてしまった私の気持ちいいところを攻め、何度も何度も突き上げてきた。

「そこ……あぁっ……気持ちいいっ……んっ、あぁッ……っ」

「アンナリーゼ、中がうねって……こんなに絡みついて……気持ちいい……っ」

私の中で更に硬くなった肉棒がズンズンと抽挿《ちゅうそう》を繰り返し、その度《たび》に目の眩《くら》むような快楽が駆け抜けていく。突かれる度《たび》に、甘い喘《あえ》ぎが口からこぼれ出てしまう。

「エセルバート……もっと、奥にきてっ……気持ちい、い……っ」

どろどろな私の中で激しく動くそれが、私のいいところをトントンと刺激し、歓喜すら感じる刺激に体が震える。

「ああ……もっと奥を突いてやる」

ぐちゅぐちゅと粘着性のある音が私と彼の結合部から漏《も》れている。その卑猥《ひわい》な音が聞こえなくなるほど、お互いの肌がぶつかる激しい音が部屋に鳴り響く。

「くっ……アンナリーゼ……っ」

「エセルバート……っ」

ずんっと最奥まで突かれたかと思うと、彼が呻《うめ》きながら腰を突き出して背をぐっとしならせた。

「あぁ、熱い……エセルバートのが、中に……っ」

ドクドクと脈打ちつつ私の中へ熱いものが流れ込んでくる感覚。とめどなく放出される彼の精が私の子宮を満たしていく。

彼と一線を超えて一つになれた。その喜びで胸がいっぱいになる。そのまま幸せな夢心地で、眠りそうになっていたんだけど……

私の中で静まり返っていた熱棒が、またゆっくりと動きはじめた。

「あぁっ……？」

その激しい動きに私の体が再び火照《ほて》り、強い快楽がまた押し寄せてくる。

「あっ、あっ……エセルバート……なんで……さっき、イったばかりじゃ……ひゃあっ」

「アンナリーゼっ……まだ、君を感じていたい」

私の体を覆い隠すようにして見下ろしてくる彼は、未だに闇落ち途中の黒と赤の瞳で、金髪の毛先の黒が広がっていく。

そして、ベッドに寝ている私の体に茨《いばら》が絡みついてきた。その黒く染まった茨《いばら》は鋭い棘《とげ》がなく、蔓《つる》のようで痛くはない。だけど、生温かくてぬるぬるした液を纏《まと》ったそれが私の太腿や胸を這《は》う度《たび》に、ゾクゾクした甘い快感が与えられ体が震える。

普通なら恐怖を感じるはずなのにまったく怖くない。むしろ、蔓《つる》から与えられる快楽に酔いしれていたいと思う。

「ふっ……うっ、アンナリーゼっ……わるい……止められないっ」

「いいですよ……もっと、もっと動いて……私も、エセルバートを感じていたい……」

そうして私は、彼の激しい衝動を受け入れるように身を任せるのだった。


あれから、どれくらい経ったのかしら。

私は未だにエセルバートの熱い欲望に身を委《ゆだ》ねていた。

ふと、閉め切ったカーテンの隙間から温かい光が漏《も》れているのを見て、朝になったことに気付く。

彼は絶倫で達してはすぐに元気になって、時には達しながら激しく腰を動かしていた。そして、今も私と交わり続けている。

しかも、ずっと入れたままの状態で一度も私の中から抜いていない。蜜口と彼のそれの間から泡立った白濁の液が太腿を流れていた。

そろそろ抜いてほしくなった私は、彼が達したのを見計らってベッドの端へ体を動かす。けれど、すぐに彼の背後から伸びてきた無数の黒い蔓《つる》で体を引き寄せられてしまった。

一度離れたら、すべてが終わってしまうとでも思っているような切ない顔で私と唇を重ねる。舌を絡めながら私を抱き上げると、お互い仰向けのままベッドに横たわった。

彼の上に寝かされた理由がわからずに首を傾げていると、彼の手が背後から伸びてきて、私の小さな肉芽をぬるついた指で撫でまわし、繋がったままの熱棒で私の中を下からゆっくりと突きはじめた。

「んっ……これ、気持ちいい……あぁっ」

「これなら、アンナリーゼの体に負担がかからないだろ？　俺もアンナリーゼの熱をじっくり味わえて……気持ちいい……」

今までの激しいものではなく、ゆっくりとじっくり動く彼のそれに、じわじわと気持ちよさが溢《あふ》れ出す。

ぬるついた黒い蔓《つる》が太腿、お腹、脇から首筋まで這《は》ってきて、ゾクゾクした快感が駆け巡る。まるで体中《からだじゅう》を舐められ、中も外も彼に味わわれているみたいだ。

彼が私の蜜壺で愛液と交わった彼の熱いものをかき出すように動いて、どろりと蜜口から温かい液が大量に流れていくのがわかる。

そのゆっくりな動きが徐々に私のムラムラを刺激して、もっと激しく突いてほしいと切なくなってしまった。

「すまない、無理をさせて……。でも、まだ……君を放したくなっ⁉」

彼の熱棒を中で咥えたまま体を起こすと、彼の上に座り込み腰を振りはじめる。こんなことをして、淫《みだ》らな女だと思われたらと不安だけど、私の奥底に眠っていたえっちな思考を止められない。

「私だってエセルバートから離れたくない……もっと、一緒に……気持ちよくなりたい」

今度は私が主導権を握ろうと彼に微笑むと、私の中にあった彼の肉棒がグンと大きく膨らんだ。

それでも動きを止めず、彼と舌を絡めて濃厚なキスを交わす。そして、彼の熱を味わうように腰を振り続けた。

小さな肉芽を彼の体に擦り付けながら、私の中にある彼のそれが一番いい反応をするところにあたるよう打ちつけさせる。

「あっ、あっ、ああっ……エセルバート……ふっ、……んっ、あぁんっ」

甘い快楽に身を任せて動く度《たび》に、快感が全身を走って口から勝手に喘《あえ》ぎ声が漏《も》れる。汗を流しつつ彼を見下ろすと、私の汗がポタポタと彼の顔に落ち、それをうっとりとした顔で見つめられていた。

彼は瞳を潤《うる》ませ、微かに喘《あえ》いでいた。そのえっちすぎる彼の乱れた姿に、私は動くのを忘れて見《み》惚《と》れてしまう。

すると、彼の熱棒が急にぐっと突き上げられ思わず声を上げる。そして、お返しとばかりに私が打ちつけていた気持ちいいところを何度も何度も激しく攻めてきた。

「やっ……えっエセルバート……あっ、あっ、あぁッ」

「俺にもっと……甘い声を聞かせてくれアンナリーゼ……っ」

今度は焦らすようにゆっくりと突きはじめ、じわじわと引いてはぬるぬると奥に入り込んで、私の欲情を刺激する。

（もっと速く動いて、もっと激しく突いてほしい）

私は体を切なく震わせた。私の中にある彼のものを、甘えるみたいにキュンと締め付ける。

「やぁっ……いじわる……しないで……もっと、動いてよぉ」

「ふふ……甘えるアンナリーゼも、可愛いな」

彼が乗っかっていた私をベッドに寝かせ、太腿をグッと折りたたむみたいに押してきたかと思うと、私の中へ深く深く入り込むように欲望をズルズルと押し込み、激しく突きはじめた。今まで以上に奥深く入ってきた彼のそれが、私の子宮を何度も何度も突いてくる。

「あっ、あっ！　…奥…きもちいぃ……」

今にもイってしまいそうな私に、追い打ちをかけるように生温かい蔓《つる》が伸びてきて、胸の先に巻き付き軽く引っ張ったり擽《くすぐ》ったりする。

それだけじゃない。私の蜜口の上にある小さな肉芽まで、黒い蔓《つる》が舐め上げるように這《は》った。

「それ……反則っ……気持ちよすぎて、おかしくなっちゃうっ。もう、イっちゃうっ……あっあぁッ」

「アンナリーゼ……出すぞ……っ」

「あっ……ッ！　あっあぁっ……んッ」

ぐちゅぐちゅと激しく水音をさせ抽挿《ちゅうそう》を繰り返す彼は達しそうなのか、私の顔に顔を近づけて濃厚なキスをしてくる。

（キスされながら……突かれるの、気持ちいいっ）

上も下も絶えず快楽を与えられて、おかしくなりそう。

「エセルバートっ……いっ、イっちゃっ……ああ――ッ」

「くっ――、……アンナリーゼ……っ」

グンと一気に私の奥深くにある子宮を突き上げ、大きく膨らんだ肉棒の先から熱いものが勢いよく子宮に放たれる。その温かさが体に広がっていく感覚と共に一瞬、意識が飛んでしまった。

今まで経験したことのない快楽と幸福感に身も心も満たされていく。お互いを強く抱きしめ合う私達は、キスをしていた唇をそっと離して息を切らしながらも見つめ合う。

いつの間にか、闇落ちしていたエセルバートの黒と赤に染まった瞳は碧眼《へきがん》に戻っていた。黒に変わっていた髪も汗に湿った金髪に戻り、毛先が黒く染まっているだけになっている。

「どんなエセルバートでも愛せますが、今のエセルバートが、一番好きです！　愛していますわ、エセルバート」

「俺も、君を愛してる。幼い頃からずっと、君だけが俺の最愛だ」

そう幸せそうな笑みで見下ろしてきた彼に、私も幸せいっぱいに微笑み返すのだった。

＊　＊　＊

ウェブ恋愛小説の主人公である姫宮花奈として、遅れて異世界トリップする前。

前世の私には五年付き合っていた彼氏がいた。その彼氏とそろそろ結婚してもいいかもしれないと考えていた私は、彼からのプロポーズ待ちだったわ。

だけど、待っても待ってもプロポーズされない。

（体だけの関係になりつつある彼としっかり話をしたい）

そう思いながら電車の中で、チェックが日課になっているお気に入りのウェブ恋愛小説をスマホで読んでいた。

恋愛小説の恋人達みたいに、彼と以前のように心も体も愛し合えたらと思う。


そうして彼の住むマンションにやって来た私は、差し入れのケーキセットの白いボックスを手にエレベーターに乗って、彼の住む三階へ向かう。

エレベーターには先客の、仕事帰りのＯＬがコンビニの袋を持って立っていた。その袋の中身は高めのアイス二つと甘い缶チューハイ二本。

（女子会でもするのかしら？）

女二人でなにが楽しいのか。そんな時間があるならナイトバーに行って、男と連絡先を交換する方が将来的にもいいと思う。

そう考えつつ視線を向けると、私の持っていたスマホ画面を見ていたらしいＯＬの顔が真っ赤になった。かと思うと、二階で止まったエレベーターから逃げるように素早く降りてしまった。

（なんだったのかしら？）

ＯＬの不審な行動に首を傾げながら彼の家の前までやって来た私は、合鍵を使ってドアを開ける。もう寝ているかもしれないと、忍び足で廊下を歩いて寝室へ向かう。

そこで、私は見てしまったのだ。

寝室の少し開いたドアの隙間から、男女が乱れ愛し合う姿。彼の激しく動く体に揺さぶられ、喘《あえ》ぎ声を上げる若い女性。

二人は大きくベッドを軋《きし》ませていて、私の存在にまったく気付いていなかった。頭が真っ白になったわ。

ふらつきつつ寝室を後にした私は、徐々に怒りが噴き出してきて――

気が付いたら、燃え上がるマンションを外で見上げていた。

「あんたがやったんでしょ！　私、見たんだから。あんたが『全部、燃えてしまえばいい』ってブツブツ言いながら、階段を下りているところを!!」

ぼんやりしていた私に掴みかかってきた女。エレベーターで会ったＯＬだ。体中《からだじゅう》、酷い火傷《やけど》をして消防士に支えられながらも、私を憎しみも露《あら》わに罵倒《ばとう》している。

「私の親友を……美桜を……許さない！　絶対に、死んでもあんたを許さないから!!」

涙を流し射殺さんばかりに睨《にら》みつけてきた。そんな女に、私はぼんやりと首を傾げていた。


そんな悪夢で目を覚ました私は、真っ暗な闇の中にいた。

辺りを確認しようとしたけど、まるで何かに拘束《こうそく》されたように全身が動かない。

(なんで私は……こんなところにいるの？)

私は恋愛小説の主人公、姫宮花奈なのに……

「これもすべて、死にぞこないのアンナリーゼのせいよ！」

だから、私のハッピーな人生を奪ったアンナリーゼに、最も望まないだろうバッドエンディングを迎えさせた。この異世界を、私の光魔法ですべて燃やし尽くして終わらせるつもりだった。

「なのに、なんで！　どうして私がこんな真っ暗なところにいるのよ!!　早く恋愛小説のプロローグに戻して！　いるんでしょ！　この世界の創造主である【作者】なんだから、それくらいできるでしょ!!」

『貴方、本当にどうしようもないわね』

うんざりしたような声が、予想以上に間近に聞こえた私は悲鳴を上げた。

目の前に、うっすらと淡い光に包まれた女が立っている。

オフィススーツ姿のＯＬに見えるが、その髪の先は金の糸のように輝き、黒い瞳にも虹色の粒子がチカチカと光っていた。

この女はどう見てもあの時、涙を流しながら私を射殺さんばかりに睨《にら》みつけていたＯＬだ。

「嘘でしょ」

『皮肉なものよね。私の小説を読んでくれていた貴方に殺されるなんて思わなかったわ。ねぇ……大事な親友まで奪われた、私の気持ちがわかる？』

そう言って悲しそうに微笑むと、女は私の胸に人差し指を添えた。

『いいわ。貴方のためだけに、もう一つ……ここと似た新たな異世界を創ってあげる。そこでやり直せばいいわ、好きなだけね』

そのどこまでも感情のない声と共に、私は姫宮花奈として異世界トリップした。若い、正真正銘の姫宮花奈として。

私を邪魔していた悪役令嬢アンナリーゼは死んでいて、男主人公であるエセルバート様は潔癖症のトラウマ持ちだった。

(だけど、なんだかおかしいの)

私を取り巻くイケメン達もエセルバート様も、私が主人公だというのに見向きもしない。時に私の存在にすら気付かなかった。

それに王太子のエセルバート様も天才魔法使いも、護衛騎士、大商人の子息に大司教の孫、イケメン達の誰もが人形のように感情が見えない。

まるでこの異世界に生きているのは、私だけなんじゃないかと怖くなった。

しかも一定期間が経過すると、私の意志と関係なく巻き戻り、プロローグに戻ってやり直しになるのだ。

「なんで、ループするの……ねぇ、誰か。私に返事してよ！　……お願い、謝るから……私をここから出して……」

絶望と孤独に悲痛な声を上げる。だが、その声が届く者は、この世界に存在しなかった。何故なら、ここは……

作者が【ごみ箱】に捨ててしまった世界だったからだ——

終章　花嫁は魔塔主の溺愛執着を望む

魔塔の外にある緑豊かな草原で、私とエセルバートの結婚式が執《と》り行われました。

空はどこまでも青く、寒くも暑くもない今日は華燭《かしょく》の典《てん》に相応《ふさわ》しいと、ロイとグレンが和《なご》やかに話している。その横では、賢者様と魔法使い達が天を貫きそうな巨大なケーキを浮遊魔法で運んでいた。

会場の客席では、新婚生活真っ最中のマーベリンとセリオンが私達を祝福するように微笑んで見守っていた。

私の大事な人達に囲まれて結婚式ができる喜びに胸が熱くなる。

「アンナリーゼ、時間だぞ」

「ええ、行きましょう、お父様」

結婚式の前日に魔塔へやって来たお父様の腕を掴んで、私はバージンロードを進みはじめる。その背後から泣きながら見守るお母様に釣られて、涙がじわりと浮かんでしまった。


そうして白い花で作られたアーチが美しい檀上へ着いた。私はぼろ泣きするお父様の腕から離れ、壇上で待っていたエセルバートの差し出す手に手を添えた。

「君のウエディングドレス姿を俺はずっと夢見ていた。とても綺麗だよ、アンナリーゼ」

純白のドレスに身を包む私を目に焼き付けるようにじっと見つめる彼を、私もお返しとばかりに見つめ返す。

私とペアである純白のタキシードに魔塔主の礼装のローブを羽織った彼はとても魅力的で、思わず頬を赤らめて呆けてしまう。そんな私を彼は満足そうに見下ろしていた。

「俺は君に出会えた幸福に感謝し、永遠なる愛を誓う。俺の可愛いアンナリーゼ。これからもずっと、俺の隣にいてくれるか？」

「はい。もちろん！　私は、いつ……いかなる時も、貴方を愛し、共にあることを誓いますわ！」

愛する彼と結婚できる喜びに、涙が溢《あふ》れて声も上手く出てこない。それでも必死に誓いの言葉を口にすると、彼が私の頬に触れて親指で優しく涙を拭《ぬぐ》ってくれた。そのエセルバートまで目に涙を浮かべている。

「アンナリーゼ、幸せすぎて……俺も涙が、止まらなくなってしまった」

「ふふふ。じゃあ、今度は私がエセルバートの涙を拭《ぬぐ》って差し上げますわ」

私は頬を赤く染めたまま、彼の頬に流れる涙をすくい取るようにキスをした。そして、結婚指輪を交換して彼と誓いのキスを交わす。

周りにいたエルフの美女達が祝福の歌を奏ではじめ、魔法使い達が私達の頭上にヤドリギの葉を生やす。

そんな私達を祝福するように、晴れやかな空にユニコーンの群れが現れた。

その群れのボスになっていたらしいセコムーンの口に咥えられていた籠《かご》から、真っ白な花びらが雪のように降り注ぐ。

そして遥《はる》か天空からの美しい光が、私達を照らしていた。

＊＊＊

緑豊かな草原で行われた結婚式は、まるで異世界の神様に祝福されたような幸せに満ち溢《あふ》れていた。

そして、日が沈みはじめた頃。

大事な人達に祝福の花びらで見送られた私達は現在、魔塔の最上階にある魔塔主の部屋に向かっている。

誓いの口づけを交わし、改めて婚姻契約を済ませた私達は、一度目の婚姻を交わした幼い頃よりも本当の意味で結ばれた夫婦だと実感していた。

序盤でうっかり死んじゃう悪役令嬢に転生した私が今、物語の主人公のようなハッピーエンドを迎えている。

「こんなに幸せになっていいのでしょうか？」

「いいに決まっているだろう」

私の問いに即答した彼は、少しお酒を飲みすぎてふらつく私を抱き上げると、魔法ロビーから最上階へ向かう魔法陣に乗った。

「私は悪役令嬢なのに、男主人公のエセルバートと結ばれるなんて夢みたい」

「ずいぶんと酔ってしまったようだな」

頭がぽやぽやしている。彼の言う通り、お酒に酔ってしまっているみたい。

「仮に、これが夢だったとして。俺と結ばれない未来の方がよかったか？」

彼と結ばれない未来。

考えたこともない問いかけに首を傾げる。

「俺が君を求めて夜這《よば》いすることはなく、君は隣国で他の男と結ばれて、幸せになる未来もあったかもしれない。こんなにも君に執着する俺とは、結ばれない方が――」

「嫌に決まっています！　貴方と結ばれないなら、物語通りに序盤で死んだ方がましです!!」

彼以外の男性と結ばれるなんて想像もできない。

彼から逃げた私を三年間も捜し続け、人間の領域を超えたエルフの里まで見つけにきてくれた。

勘違いだったけど、私に旦那がいると知っても諦めずに奪おうとまでしたエセルバートの溺愛と執着から逃げたいとは思わない。いや、逆にその深い愛に包まれていたいと思う。

「ははっ、そうだよな。君はどんな俺でも大好きで、愛しているんだものな」

「はい！　地球一、いいえ！　異世界一、宇宙一愛していますわ!!」

「あははっ！　アンナリーゼ、俺の最愛の妻よ。そこまで熱烈に俺を愛してくれてありがとう。ならば俺も、全力で君に愛を示さないとな」

そう言って、いつの間にか着いていた最上階の魔塔主の部屋に入り、お姫様抱っこした私を寝室のベッドに寝かせる。

純白のドレスに付いていた真っ白な花びらが、寝かされた拍子に舞い上がり、ハラハラとベッドに散らばっていく。

その光景を酔った意識の中でぼんやりと見つめていたけど、私の目の前で魔塔主の礼装の白いローブを脱ぎ捨て白のカッターシャツのボタンを外して露《あら》わになっていく彼の逞《たくま》しい汗ばんだ胸板にうっとりする。

「エセルバート……」

「なんだい？　俺の可愛い花嫁さん」

私の頬を大きな手で包み込み甘く囁《ささや》く彼に、私は求めるように手を差し伸べる。

「早く……来て、私を抱いて」

「アンナリーゼ」

私の誘いに嬉しそうに微笑んだ彼が、応《こた》えるようにベッドに入り込んできた。私に覆い被さった上半身裸の彼は色っぽくて、ただでさえ酔っている頭が余計に麻痺《まひ》してしまいそうだ。

そんな私の背中を優しく撫でたかと思うと、あっという間に着ていた純白のドレスの背後にあったホックを解いてしまった。そのままウエディングドレスの中に着ていたコルセットの紐まで解かれ、露《あら》わになった自分の胸に恥ずかしくなってきた。私は逃げるように身を捩《よじ》る。

「どうしたんだアンナリーゼ。小悪魔みたいに俺を誘惑しておいて逃げるなんて、悪い子だな」

「だっだって、いつもは魔法でパパッと私の服を脱がせるのに！」

「こんなに美しい君のウエディングドレス姿は今日しか見られないだろ？　だからゆっくり、時間をかけて脱がしている」

「……………むっつりスケベ」

「君限定だから問題ない」

私のジト目を鼻で笑う彼は、言葉通りにじっくりと私の着ているウエディングドレスを脱がせていく。ふと素肌に彼の指が触れる度《たび》に酔いとはまた違う熱が体に湧き上がってきてしまう。

「エセルバート……やっ……」

逃げ腰な私の背中を強引に引き寄せ胸の頂《いただき》にキスを落とされ、くすぐったさと甘い疼《うず》きが体に走って、口から喘《あえ》ぎが漏《も》れる。

「ほら、君の薄赤い小さな蕾《つぼみ》が硬くなって、すごく美味しそうだ」

その言葉に自分の胸を見下ろすと、胸の頂《いただき》が勃《た》っていて恥ずかしい状態になっていた。

「あっ……見なっ……んんっ」

彼は右手で私の胸を揉みしだきながら、その硬くなった胸の頂《いただき》を口に含み、味わうように吸ったり甘噛みしたりする。我慢しようとしても喘《あえ》ぎを止められない。胸に感じる甘い快楽に、下腹部がじんじんして切ない疼《うず》きが走る。

「エセルバート……お願い、もう……」

恥ずかしくも彼を欲してしまう。堪《たま》らなくなった私は、自ら純白のドレスの裾を捲《まく》り上げた。

そうして露《あら》わになった真っ白な薄絹の花柄レース紐パンとガーターベルト付きストッキングを穿《は》いた足に、彼が驚いたように目を大きく開ける。そんな彼と同様に、私も驚きを隠せないでいた。

エルフのお姉様達や美魔女カレンさんにエステティシャン並みのマッサージをしていただいているうちに寝落ちして、気が付いたらウエディングドレスの着付けが終わっていたのだ。それ故《ゆえ》に知らなかった破廉恥《はれんち》な下着に羞恥心《しゅうちしん》が募《つの》る。

幼少期のセクシー透け透けナイトドレスよりも清楚《せいそ》でいて危険すぎる下着姿を、私はすぐにドレスのスカートを戻して隠そうとする。でも、彼の手で瞬時に止められてしまった。

「俺のために、こんな淫《みだ》らな下着を着けてくれていたなんてな。嬉しいよ、アンナリーゼ」

「あの……これは、エルフのっ……ひゃん!?」

必死に弁明しようとしたけど、いきなり強い力で足を開かされてしまった。しかも、紐パンの白いリボンを引っ張られている。リボンを少し引っ張られただけで簡単にはらりと落ち、隠されていた秘部が露《あら》わになってしまった。

「いや……っ、見ちゃ……やぁっ」

じゅくじゅくに濡れている陰部を彼に見られている。恥ずかしくて今すぐにでも逃げ出したい気持ちが湧き起こるけど、彼に与えられた甘い快感に既にとろけてしまった体は麻痺《まひ》したように動かない。

「あぁ、堪《こら》えられない……」

熱に浮かされたように顔を赤くした彼は、私を欲情しきった瞳で見下ろしている。

荒い息遣いと彼の逞《たくま》しい体から溢《あふ》れ出す色気に刺激されて、私の体もさらに熱くなってきた。そして、私の耳に何かを外す音と衣擦れの音が聞こえてきた。

音のした方へ視線を向けると、そこには男の欲望を感じさせる太くて長い熱棒がそそり立っていて、血管が浮いたそれの先端に雫が溢《あふ》れてきている。その透明の体液に、私の蜜口がひくひくと物欲しげに震えてしまう。そんな私の愛液が溢《あふ》れる蜜口に誘われたように熱棒がピタリとくっついてきた。くちゅりと水音を鳴らして重なった性器の感触にゾクゾクした快感が走り抜け、私の体は歓喜に打ち震える。それも束の間、彼の欲望が勢いよく蜜口に入り込んできた。

「ひんっ……あぁっ」

「くっ……アンナリーゼ……っ」

これまでにないほど大きく感じる熱棒で、苦しいくらいに蜜壁を押し上げられる。みっしりと肉壁全体に密着した熱い欲望が私の奥まで侵入して強い圧迫感があったけれど、すぐに快楽に変わってしまった。

　こんなに急に挿入されても痛さを感じずにいられるのはきっと、今まで何度も交わり続けていた私の中が彼の形を覚えてしまったからかもしれない。

　激しく腰を動かし、私の気持ちいいところを突き上げては引いてと抽挿《ちゅうそう》を繰り返す彼の熱棒も、私の中にぴったりとはまっていて、快感がどんどん押し寄せてくる。

「アンナリーゼ……気持ちいいな……っ」

「あぁっ、あ……気持ちいい……エセルバート……」

　さらなる快楽を欲するように、自ら腰を揺らしていた。より彼の熱を感じたいと体をくねらせ、一番奥まで来てほしいと求めていると、彼の熱棒が私の子宮を力強く突き上げてきた。

「ひ、……ぁあああっ」

「そんなに、俺を煽《あお》るな……君に俺の子供を孕《はら》ませたくなるだろ」

　私の穿《は》いていたガーターベルトの紐を弾かれ、ゴムの痛みがパチンと肌を走る。男を煽《あお》る悪い子にお仕置きだと私を見下ろす彼に、私は噛みつくようなキスをした。

「むしろ、望むところですわ」

「言ったな……アンナリーゼ。覚悟するといい」

　そうして呼吸を奪い合うような熱烈な口づけを交わしていると一瞬、私の中にある肉棒からピリッとした痺《しび》れが走った。

「……？　今、なにかっ……あぁっ」

「君のことを考えて避妊薬を飲んでいたんだが……。俺達はもう夫婦だから必要なかったな。君の要望通りに避妊薬の効果を魔法で打ち消した」

「えっ……避妊薬って……ひゃぁ⁉」

片足を持ち上げられ、彼の肩に乗せられてしまった。その足にキスを落とされてくすぐったさに体を震わせていると、私の中にある彼の肉棒がより最奥に押し込まれた。そして、荒々しく腰を振られ、視界が激しく前後する。

「あぁぁっ、ぁ、あっ、奥まで入って……ああんっ」

「中にいっぱい出して……君を孕《はら》ませる」

じゅぶじゅぷと互いの体液で濡れた結合部から響く淫靡《いんび》な水音に、肌と肌がぶつかる乾いた音が重なる。

「アンナリーゼ、俺の愛しい妻――君は俺のものだ」

私が自分の妻だと全身に刻みつけるような愛情に満ちた言葉に、体だけじゃなく心まで彼のものになりたいと思った。

もう二度と離れられないくらいに、心も体も繋がっていたい。

「エセルバート……私も愛してる……」

彼に対する恋心が際限なく溢《あふ》れてきて切なくなる。その私の告白に反応してか中にある肉棒が大きくなって、私に溺れそうなほどの快楽を与えた。

「ああっ……気持ちいい……私、もう……」

「アンナリーゼ……一緒に……」

互いの甘い衝動を求めるように抱きしめ合い、深く貪《むさぼ》るキスを交わす。まるで魂《たましい》が交わって一つになってしまったような感覚の中、共に絶頂を迎えようとしている。

「くっ……アンナリーゼ……っ」

「エセルバート……──っ」

私の最奥に入ってきた彼の熱棒が硬く膨らみ、どくっと戦慄《わなな》いて先から熱いものを勢いよく子宮に注ぎ込む。

彼の熱が私の中で広がっていく幸福感と堪《たま》らない快楽に、体を極限まで仰《の》け反《ぞ》らせた。

焼かれるような甘い快感の余韻《よいん》と、心地よい疲労感に身を任せてベッドに沈む。そのまま眠ってしまいそうな私を彼が抱き寄せてきた。

お互い汗だくで、湯気が立ちそうなくらいに体が熱いのに、全然離れたいとは思えない。彼の腕に頭を置いて幸せを噛みしめつつ微笑んでいると、彼が満面の笑みを浮かべた。

「これで、できたかもしれないぞ」

「赤ちゃん？」

「ああ、君との子供なら何人だって欲しい」

「私もエセルバートの子供なら十人だって二十人だって産みたいですわ」

「ははっ！　大家族だな。ならば魔塔に子供部屋を沢山作ろう。魔塔の庭には子供が一度に三人は乗れるブランコに、ツリーハウスを作ってもいいな」

幸せそうな笑みを浮かべて、私達の未来にあるだろう家族に夢を馳せる彼に、私は穏やかに微笑むのだった。

この作品に対する皆様のご意見・ご感想をお待ちしております。

おハガキ・お手紙は以下の宛先にお送りください。

【宛先】

〒150-6008 東京都渋谷区恵比寿4-20-3 恵比寿ｶﾞｰﾃﾞﾝﾌﾟﾚｲｽﾀﾜｰ8F
（株）アルファポリス　書籍感想係

メールフォームでのご意見・ご感想は右のＱＲコードから、
あるいは以下のワードで検索をかけてください。

アルファポリス　書籍の感想　検索

ご感想はこちらから

本書は、Webサイト「アルファポリス」（https://www.alphapolis.co.jp/）に掲載されていたものを、改稿、加筆のうえ、書籍化したものです。

悪役令嬢《あくやくれいじょう》に転生《てんせい》したはずが潔癖王太子《けっぺきおうたいし》に
溺愛執着《できあいしゅうちゃく》されて逃《に》げられません

蜜星ミチル（みつほし みちる）

2023年8月31日初版発行

編集－反田理美
編集長－倉持真理
発行者－梶本雄介
発行所－株式会社アルファポリス
〒150-6008 東京都渋谷区恵比寿4-20-3 恵比寿ｶﾞｰﾃﾞﾝﾌﾟﾚｲｽﾀﾜｰ8F
TEL 03-6277-1601（営業） 03-6277-1602（編集）
URL https://www.alphapolis.co.jp/
発売元－株式会社星雲社（共同出版社・流通責任出版社）
〒112-0005 東京都文京区水道1-3-30
TEL 03-3868-3275
装丁イラスト－鳩屋ユカリ
装丁デザイン－AFTERGLOW
（レーベルフォーマットデザイン－團 夢見（imagejack））
印刷－図書印刷株式会社

価格はカバーに表示されてあります。

落丁乱丁の場合はアルファポリスまでご連絡ください。

送料は小社負担でお取り替えします。


ISBN978-4-434-32475-8 C0093